邊界那麼寬

桂春 米雅 著
Kuei Chun Miya

目次

推薦序

獻給自然與人性的詩篇

里慕伊・阿紀

接到聯經出版公司來函邀請我為桂春・米雅的長篇小說《邊界 那麼寬》寫推薦序文時，我非常驚喜，也特別為米雅感到高興。這是米雅的第一部長篇小說，我很榮幸能藉此機會率先閱讀她的大作。

拜讀《邊界 那麼寬》，發現這部小說探討各種議題，納入國族、群體、城鄉、性別、山海等不同的面向。這部小說以臺灣東海岸部落為背景，融合愛情、文化衝突、自我追尋與環境保護等，米雅以她一貫細膩的筆觸，呈現了部落女性哈露蔻，以及日本學者松本之間的情感糾葛，並透過他們面對傳統與現代、個人與社會的拉扯，展現深刻的人性和文化掙扎。透過靈媒蘇麥依娜與自然的神祕聯繫，哈露蔻對部落與個人夢想的矛盾，以及松本對未知世界的探求，不僅感受到他們在情感與文化間的拉扯，也讓人深思現代社會中的身分認同與環境保護議題。米雅的這部長篇小說，果然「邊界那麼寬」，由衷佩服她能駕馭如此龐大且多面向議題的能力。

米雅說她從小生活在人煙罕至的山區河谷，似乎這樣的成長經歷，使她特別善於描繪大自然，在閱讀的過程中，彷彿置身於臺灣東海岸那片美麗而神祕的山谷林地。米雅的詩寫得極好，在這部小說中也充分展現了她文字特有的美感。詩人的特質使她的文字簡練而富有深度，每一個段落都像一首精心構築的詩作。描寫情感時，也特別善於捕捉細微的情感波動，並且將情感與自然景觀緊密結合，使她的文字富含詩意和靈氣。

《邊界 那麼寬》主要圍繞著四位主要角色展開：蘇麥依娜、哈露蔻、松本與凌子。蘇麥依娜不僅是一位靈媒，更是一個部落傳統的守護者，擁有敏銳的靈性能力，能夠感知自然界的變化，甚至能夠以儀式與吟唱來治癒他人。她的角色在小說中不僅是個人命運的象徵，更代表了整個部落與自然界的共存關係。蘇麥依娜與自然的聯繫，讓整個故事充滿了靈性和神祕感。

蘇麥依娜作為部落的精神象徵，她的存在猶如古老信仰與自然之力的化身，深刻映射出傳統文化在現代化進程中的困境與掙扎。她主持的送靈儀式，彷彿是對已逝靈魂的安撫，也是一種對即將消失的文化輓歌。隨著蘇麥依娜的年華老去，她所承載的傳統漸漸走向末路，似乎整個部落的信仰也在她的離去中逐漸消散。米雅以細膩的筆觸，展現了在全球化的風潮下，部落如何試圖維持與天地、萬物的聯繫，也道出了人類在自然與文化變遷中的失落與追尋。

然而，哈露蔻卻對部落的傳統生活感到束縛，渴望逃離這片熟悉的土地，去探索外面的世界。她面臨著傳統與個人夢想之間的矛盾，不願完全順從部落對她的期望，也無法輕易割捨與家鄉、家人之間的深厚情感。這種掙扎體現了現代社會中普遍存在的身分認同問題。

松本是一位來自日本的學者，專注於研究臺灣的自然環境與文化。哈露蔻與松本之間的愛情，是這部小說的亮點之一。這段跨越文化、地域的感情，既充滿了浪漫色彩，也因文化差異與社會壓力而顯得緊張與不安。他們的相遇彷彿是命運的安排，但兩人之間的文化隔閡與外界的期待，使這段感情充滿了挑戰與波折。米雅對這段愛情的描寫充滿了詩意與自然意象——海洋的寧靜與狂野，山風的輕拂，愛情不僅僅是兩人之間的私密情感，更像是一種與天地萬物的共鳴。在這部小說中，米雅對大自然的細膩描繪令人印象深刻，臺灣東海岸的壯麗風光，在她的筆下彷彿成為了與角色對話的生命體。每一片葉子、每一陣山風、每一隻飛鳥，都充滿了活力與象徵意義，與故事中的情感波動緊密相連。

凌子，是阿美族母親哈露蔻與日本父親松本的女兒，自小就在臺灣與日本兩地輾轉遷移與成長，跨文化的成長背景賦予她複雜的身分認同感。凌子從小受到母親哈露蔻的影響，學會了尊重自然和部落的傳統。然而，作為生活於現代社會的年輕女性，她也開始感受到內心的矛盾。一方面渴望追求外面的世界，另一方面，她與部落和族人的情感聯繫又讓她無法完全脫離這片土地。在與幸田的互動中，凌子展現了她對愛情和自我實現的追求。幸田是一個穩重且充滿支持的角色，他鼓勵凌子去追求自己的夢想，並在她情緒低落時給予她情感上的支持。這段關係幫助凌子逐漸理解自己在傳統和現代之間的定位，並開始探索自己作為一個設計師的天賦。凌子受到「樹木終將回歸森林」的啟發，決定再次回到部落，這一次，她不再是迷茫的少女，而是帶著堅定的信念和勇氣回歸。她要為故鄉的權益而抗爭，為守護部落的文化和傳統而努力。然而，當她終於又回到故鄉部落，原本以為可以在這裡找到安身立命的歸屬感，卻再度陷入迷茫。探討了個體在面對文化變遷與現代化衝擊下的身分認同危機，充滿深刻的情感與哲思。

《邊界 那麼寬》中的每一個角色都面臨著內心的矛盾與外在的挑戰，他們的選擇與掙扎，反映了人們處在現代社會的普遍困境，如何在傳統文化與現代化之間找到自己的位置。無論是哈露蔻對未來的渴望，還是松本對未知的探索，都深刻地體現了人類對自我與世界的追尋。米雅以詩意的文字描繪了角色們的情感波動與自然景觀的美麗，在字裡行間感受到生命的韌性與希望。她的文字優美而富有深度，既表達了情感的複雜性，也展示了對自然的深刻理解。

《邊界 那麼寬》，不僅僅是一個關於愛情與文化的故事，更像是一首獻給大自然與人性的詩篇。

前言

原本想，寫東海岸的故事，可以簡單得如這裡的生活一般緩慢、悠閒；我可以寫青山環繞、或翔鷹高飛的自在，描述一隻鳥自然的死亡，不必再和海洋有交集。然而我的心眼卻望向了大海，寫海風、聽海洋，土地帶著文化思緒流竄，女人的視角在故事裡像雨絲顯露著真實，即將消失的古老文化，烙印著遺失的生活記憶，我用每一個典當後的夜晚填寫的文字，卻如同淹沒一般的藍。

群山連綿，拉長無盡的太平洋海岸線，山巒就這樣守護著，那蘇麥依娜一如往日地堅守著風吹草動的脈動，寂靜時分潛伏著空洞，道盡了人們漸漸與自然的疏離。我又一眼向北，意識和感知便有了訴說的對比，或者給自己，也是能給您我親愛的友人，在白浪翻騰中展開陌生的旅程，如你我不曾相遇，卻又集結在相同的土地與海洋的記憶裡。我複誦著蘇麥依娜的話語，再一次寫著生命的紀事。

孩子、看哪！
就在那裡
土地、海洋和森林
有一雙被遺忘的雙眼
山林中的芭蕉葉
鯨魚的歌聲
像風

楔子

蘇麥依娜隨手放一顆白玉髓在籃子裡，莿桐花開了，竹籃子又會多一顆白玉石子，每多一顆石子就代表新的一年又開始了；成為Sikawasay（靈媒）好多年，都不記得竹籃子裡的白玉有幾顆了。眺望遠方，大海今天格外的寧靜，幾束陽光透著雲朵灑落，海平面上不規律的波紋透漏了天空的訊息。算算時間，蘇麥依娜預估再過一個小時，天邊的黑雲就會進入海灣，整理好裝備也該起身了，到Fohang（八仙洞）還有一段距離；那裡有個孩子莫名地喜歡吃泥土，應該是沒有其他辦法醫治了，才會找上門求助，若不是尋求不了醫治的方式，在這個年代還有誰會相信泛神靈的傳說。蘇麥依娜吃力地踮腳尖，單手伸進屋簷尋找儀式用的法器，那是某種動物的下顎骨，蘇麥依娜拿了一個放入袋子；又打開屋角的一扇小窗，幾隻黃蜂急忙飛了出去，趁著這些黃蜂不在，蘇麥依娜摘下一個蜂巢也放入袋子裡，又在腰上繫著古銅鈴。走出大門看著山谷下方的小路上，有一群遊客往梯田的方向走去。蘇麥依娜敲敲屋簷下的木箱子，兩隻嬌小的鳥兒探出頭來。

「Malingad to.」（阿美族語：該啟程了。）

海洋反射著輕柔的晨光，沙灘上橫放著漂流木，是為了方便將滿載漁獲的舢板拉上岸所預備。小徑兩旁的雜草露水尚未蒸發，一段路走來褲管早讓露水沾濕。蘇麥依娜走在樹林裡，看見凌子那孩子帶著弟弟古拉斯，尾隨著自己的母親刻意保持一段很長的距離。海面那一方，晨曦將海面染成了紫色薄霧，海灣上行走的人像小螞蟻在海灘移動，法妞（貓的名字）總會安靜地陪伴著姊弟倆。

樹林間突然有了動靜，凌子警覺地立即起身觀望，這裡的野生動物很多，在樹林裡什麼也看不見，怕是凶猛的山豬，拉著古拉斯準備用跑的回家。蘇麥依娜從茂密的樹林中喊著孩子的名字，暫時安撫了凌子緊張的情緒，她走出樹林，看著兩個小孩被驚嚇著，便牽起凌子和古拉斯的手，一起走往村莊的方向。

「Somay ina o mana ko mialaen iso?」（蘇麥依娜，妳拿那個是什麼？）

好奇的古拉斯總是有很多問題。

「Mi'iyof to fali ato kawasan.」（要召喚神靈的。）

蘇麥依娜揮揮手中的芭蕉葉回答。

「Minaan korira?」（為什麼？）

「Makesem adada ko faloco’ ato tiring no tao’.」（因為人的靈魂受傷了。）

「Nima a kawasan?」（哪位神靈可以做到？）

古拉斯和凌子睜大著眼睛等著蘇麥依娜回答。

「’iso.」（是海鯨。）

蘇麥依娜指著大海，幾束光從天空落在海面上，海風陣陣襲來，吹皺了梯田裡平整的秧苗。

有很長的一段時間，這片海灣就如搗住瓶口的空瓶，剝削了該有的恐懼，隱匿著事件的真相，急於遠離的過客走私著靈魂，卻留戀著天空的灰藍。蘇麥依娜扛起芭蕉葉，望著繡眼鳥飛去的方向，相信即便人們遺忘了對自然的信仰，萬靈也將為人們開啟窗子，迎來宇宙自由的風。

海角

突來的雨天，哈露蔻只好躲進果園的矮房內休息。她習慣地哼唱一首不知名的歌，幾乎是不變的曲調旋律。

海灣村莊的孩子很多，但大部分是隔代教養的占大多數，哈露蔻自己本身也算是。平日哈露蔻在幼兒園裡工作，園內的孩童和麻雀一樣吵雜，唯一可以讓這群小麻雀安靜的方式，大概就是彈琴唱兒歌了。每當哈露蔻坐上風琴的椅子，打開風琴蓋的瞬間，孩子們就像看見小米田的山雀湧入風琴周邊，這方式非常好用。

假日空閒時間，哈露蔻大多在果園裡忙碌著，除了念高中那一段日子曾經離開過村莊，年輕漫長的歲月都在這片海灣的村莊裡生活，也為了陪伴自己的祖母阿洛。

有一段日子，大量的仲介公司來到村莊，招聘男人到阿拉伯國家工作，或是出海當遠洋船員，甚至仲介年輕女子到國外，導致村莊裡有一段時間幾乎只剩下老人和小孩。哈露蔻的母親就在那段時間出國工作，但不到兩年就傳來噩耗，連同遺體也在國外火化，沒有送回村莊。父親到阿拉伯的前三年，還會寄一些生活費回來，之後便音訊全無，哈露蔻的祖母每回打電話到仲介公司，對方大多是說聯絡不上，或是說阿拉伯沙漠地區聯絡困難。就這樣哈露蔻失去了雙親，只能跟著祖母靠著販賣海灣的貝類和山坡地上所種的果子生活。

在這樣偏遠的村莊裡，許多人為了生活，幾乎十五歲就放棄讀書的機會，有些人到都市工廠工作，少數人留在村莊成了漁夫。哈露蔻用盡了許多方式讓自己可以繼續升學，她尋求教會的協助，省吃儉用存錢，只為了買簡單的收音機聽取外界的消息。在早期的東海岸，即便有電視，也沒有任何頻道可以收訊，收音機就成了接收外界消息的唯一管道。

It never rains in Southern California.（南加州從來不下雨。）

歌聲在收音機裡忽大忽小地唱著，哈露蔻輕輕地轉動收音頻率，歌聲帶著雜音呈現，但依然令人著迷。哈露蔻也想告訴村莊外的人，東海岸這個偏遠的村莊裡，常常是烈日直射，海風情緒多變，也會下著傾盆大雨，自己是不是也可以不顧一切地搭上巴士遠離村莊，在別的城市裡，想念著這個貧瘠、被世界遺忘的村莊呢？

But girl don't they warn ya.（但是女孩，沒人會警告妳。）

It pours, man it pours!（這裡一旦下雨，會是傾盆大雨的啊！）

聽著歌曲，哈露蔻陷入了未來的迷惘之中，深吸了一口氣，把眼神拉向海洋另一端，海洋閃閃波光，有個小黑點在光束下。哈露蔻想起來，今天蘇麥依娜會出海做儀式。

南方的海域，雲朵如羽翼般擴張開來，灰雲像是厚重的大毯子覆蓋著半邊天空，哈露蔻收起了農具趕忙下山。早上天氣看起來還溫和，沒想到過了午後，天氣說變就變。她順著回家的路，在田間隨意摘著些野菜，蝸牛就算跑步也不會走太遠，順便也撿一袋回去；山苦瓜的葉子幾乎被摘光，哈露蔻想起餐桌上幾乎餐餐都有苦瓜葉子，那今天就不要摘了。青木瓜底下的一點紅，已經被藍鵲啄出一個大洞，哈露蔻查看四周，趁藍鵲不在，她快速地摘下木瓜就跑；雖然是自己種的木瓜，但被藍鵲盯上了就是屬於藍鵲的，哈露蔻要拿還得偷偷地摘，藍鵲太凶了沒辦法，就當是分享吧，反正木瓜很多。

其實哈露蔻不用擔心藍鵲的問題，就在同一個時間，這群藍鵲正在追逐一隻麝香貓玩，但不知哪裡來的陌生人，破壞了藍鵲們的遊戲，藍鵲只好轉移目標，追著那位戴帽子的人類攻擊，追逐了一陣子之後，那陌生人便進入了樹林躲避，看起來他對麝香貓也很感興趣。

雨勢如同洩洪一般狂洩而下，哈露蔻淋成了落湯雞才進家門。偏遠山區使用瓦斯是奢侈品，家裡的熱水爐是用柴燒加熱，哈露蔻必須趕忙生火煮些熱水，泡澡驅寒免得感冒了。鐵皮的屋頂發出大雨落下的大聲量，看著幾處漏雨的屋頂，她嘆了一口氣，不知道什麼時候有多餘時間處理屋頂漏水。海灣這個地方的海風帶著鹽分，鐵皮的屋頂很快就腐蝕，連找個修屋頂的師傅都很困難。

哈露蔻全身濕透了，在火爐前取暖，想著等水燒熱了就可以好好泡澡。哈露蔻冷得打哆嗦。

雨強勢地打在屋頂上，聲音像是撞擊聲，應該是有什麼果子掉在屋頂上。屋頂已經漏水了，哈露蔻不想破損的位置更加嚴重，便忍著雨水的清冷，走出廚房望向屋頂。原來是幾隻猴子路過自家的屋頂，看著有點傻眼。

「ここで雨から身を隠すことはできますか？」（我在這裡躲雨可以嗎？）

一位身穿卡其色服裝的男士，清瘦的身上背著大背包，頭上頂著斗笠，有點狼狽地躲在一半的屋簷下，對著哈露蔻說日語。

哈露蔻一愣，想著這男人剛剛是不是滾下山溝，怎麼把自己弄得像逃難似的？

「あなたは中国語を話しますか？」（你會說中文嗎？）

「可以說，很少……言い方がわからない（不太會說）。」

「我只會一點點日本語。」

哈露蔻冷得打哆嗦，才發現兩人都在淋雨，便領著日本人進到廚房取暖。

對話有點尷尬，哈露蔻的日語是從老人家那裡學來的，大概就是簡單的問候、三餐飲食、還有氣候，要聊天有點難度；日本人的中文有些零散，但是比哈露蔻的日語好很多，兩人盡可能努力聽懂對方說的話，大部分是笑著帶過。

「我的名字松本，文学と歴史（文史）的工作。」

松本從背袋裡拿出筆記本，看著被雨水沾濕的筆記本有點懊惱。哈露蔻看著他連背袋都沾上了土，應該是真的滾落到山溝裡了。看松本懊惱的樣子，哈露蔻拿了一個鋁製的空水壺，又在火爐裡面挖了木炭裝進鋁製水壺裡面，大約放了水壺半滿，而後將沾濕的筆記本翻開，放一條乾毛巾在筆記本上，利用水壺裡木炭的熱度，將筆記本沾濕的水燙乾，幾次循環，筆記本不但乾燥還平整。哈露蔻看松本的筆記本和構圖全部使用鉛筆，雨水沾濕比較不容易暈開，松本應該有防備在先。

「大倶來，湧き水があります，この場所。」（有湧泉，這個地點。）

哈露蔻指著筆記本，松本在「大倶來」的地名上畫了一個問號；她想說明大倶來在邦查（阿美族）語所代表的意義，但自己的日語實在不太靈光。

「この場所には湧き水がありますか？」（這個地方有泉水嗎？）

「こんな感じじゃない（不是這樣的）。大倶來的意思是『泉水湧出的地方』，地名。」

哈露蔻比手畫腳越說越急，心想不多話就沒事了，自己的日語又不精，現在弄得有點尷尬。

「地名の意味（地名的涵義）！妳的意思、地名、涵義？」
「是啊！我很擔心，不知道該如何解釋。」
「そうか。」（原來如此。）

此時祖母阿洛從海邊撿了貝螺回來，尚未見到人，就聽見阿洛口中念著今天在海邊聽到的事，說著當年風光嫁到花蓮市那個誰家的女兒，總是開著一部高級車回村莊，看起來像是過得不錯，但每次回來，就是搬了幾袋米還有海產回去。阿洛語帶著懷疑，也是刻意說給哈露蔻聽，意指嫁給白浪（漢人）沒有想像中那麼美好。阿洛邊講邊走進廚房，突然看見有陌生男人感到詫異，皺著眉頭、眼神示意哈露蔻怎麼沒有防備之心，又上下打量著松本，看松本外表是有禮的書生樣貌，稍稍卸下了心防。

阿洛聽松本說起踏查記錄大圳的事，不小心在林道上迷路，才唐突地進來躲雨。松本有些緊張起身要準備離開，阿洛卻開口請他留下喝點熱茶。

阿洛告訴松本，自從日本政權撤離臺灣之後，許多地名已經被更改，在地的原住民語有自己對於村莊地名的名稱，想來會增加松本田調的困難度。看著全身淋濕的松本，阿洛也不忍他著涼受寒，又說應該趕不上末班車了，將就讓松本在後面的倉庫留宿。哈露蔻的澡盆剛放滿浸泡袪寒的草藥湯浴，祖母半強迫地讓松本去泡澡，松本太久沒有感受泡澡的溫暖，差點想磕頭道謝。

哈露蔻準備一些簡單的糯米飯和熱茶招待了松本，松本攤開自己的記錄本，三人點著燈仔細地看著圖案，祖母阿洛和哈露蔻看著筆記本的構圖，每個地方都覺得很眼熟，阿洛指著幾張圖告訴松本，紀錄上的只是一部分，有一大段被遺漏了。從和祖母對話和記事本上的資訊，大概知道松本記錄的是有關日本在臺灣建設的鳥居遺址還有水圳設置的位置圖。

「我的名字哈露蔻，祖母給我的名字。」

松本聽著名字感覺親切，雖然知道日本曾經在臺灣殖民，但是過了這麼長的時間，部落還有人使用日文名字，有似曾相識的感動。

祖母的眼睛總不時監視著兩人，阿洛實在不是疑心病太重，只是害怕再一次失去親人。自己的女兒出國工作，莫名地在國外火化，連骨灰罈也沒有送回來，女婿在阿拉伯更是音訊全無。村莊裡跟哈露蔻一樣年紀的孩子大多早早就結婚了，失去女兒和女婿的阿洛，堅決不讓孫女哈露蔻離開村莊，更重要的是村莊裡也沒有合適的人選可婚配。

哈露蔻被祖母監視著不知該如何是好，屋外大雨看來沒有稍停的意思，松本也覺得彆扭，沒有留宿的打算，起身向阿洛鞠躬道謝後，便冒著雨離開。

阿洛在爐灶旁瞪了哈露蔻一眼，嘴上不饒人，叨叨絮絮地說著哈露蔻行為失態，像沒見過男人似地想跟陌生人跑，說著說著又哭了起來，說是哈露蔻一定早有計畫要丟下自己離開，越說越上火地吼著哈露蔻不要臉。

這不是阿洛第一次情緒失控，以往哈露蔻還會向阿洛保證一定會照顧阿洛到老，但這種耐心慢慢地被消耗，接踵而至的是無奈和無語。尤其是今天，哈露蔻看著松本有一種似曾相識的溫暖，阿洛卻擺個臉色給人看，心裡非常不是滋味，有一點衝動也想跟著祖母大聲吼叫，但無奈自己做不到。

此時松本走在海岸公路上，早知道已錯過了末班車。觀看四周海面上風浪不大，雨天的村莊街道尚未點亮燈火，雨絲細細地飄下。在前方視覺的盡頭處，松本看見有人淋著雨，朝著自己的方向奔跑！

「誰かが終電に乗り遅れましたか？」（有人也錯過末班車嗎？）

看著淋著雨跑步的人，松本有同是天涯淪落人的同情。

「先生等一下，ノート（筆記）。」

松本匆匆離開，哈露蔻聽著阿洛嘴不饒人地念不停，忍耐的限度已經到了臨界點，一股衝動想單獨躲到山區的搭鹿岸（休息或躲雨、過夜的小屋）過夜，也好圖個安靜。一轉身便看見松本的筆記本擱在桌上，沒多想，拿著雨衣裹著筆記本便往公車站跑去，一路還擔心沒追到人，但也沒把握可以追到松本，哈露蔻擔心地淋著雨、奮力地追趕。

「どうもありがとうございました、このメモは私にとって非常に重要です。」（非常感謝，這份備忘錄對我很重要。）

哈露蔻氣喘吁吁地將筆記交到松本手上，沒讓松本再多說什麼，隨即轉身淋著雨在路上奔跑。

「どうもありがとう！」（萬分感謝！）

松本大聲喊著，目送著哈露蔻的背影在雨中淹沒，街道上不再有其他的行人。

松本漫無目的地往村莊的方向走著，想著如果幸運也許可以搭個便車，但等了許久天色漸暗，也沒看見任何車子經過。回想這些日子在周邊走動，除了一般的住家矮房，沒有看見任何旅店住宿的招牌，松本無奈地走回村莊，希望可以找到住宿的地方。

他來到一家雜貨店，是目前自己唯一可以投靠的地方了，這些日子來過幾次，是上山前補給食物的店鋪。雜貨店內部貨品不多，就是一般茶米油鹽還有罐頭類，冷飲和礦泉水是最常購買的飲品。

偶然有一次，在山區踏查下山實在餓了，匆匆進入雜貨店，看著架子上有幾個麵包，趕忙將麵包全數拿走，卻被老婦人大聲制止。松本當下有點困惑，老婦人白了個眼，用日語說那麵包今天到期，海灣這裡天氣炎熱，雖然還在保存期限內，但吃了一定會讓人不舒服。老婦人命松本稍候，走進屋內拿了幾顆類似粽子的食物塞在他手中，外層說是林投葉編製的，松本不知道那是什麼。

老婦人回答：「お弁当（飯包），恋人のごはん（情人的飯包）。」

看著手中的食物，松本真不知該怎麼吃。

老婦人拿了一顆讓松本學會拆開，說那是海邊林投葉手工編製的外層，裡面是簡單的米飯。早期米飯珍貴，女孩子們為了表示心意，也擔心情人工作會餓著肚子，又不能太明目張膽地送飯包，只好做這種小袋子的飯包，那樣就可以偷偷塞在情人的袋子裡，攜帶方便，又不會被長輩發現，久而久之「情人的飯包」因此而得名。

「恋人のごはん（情人的飯包）。」

老婦人睜大眼睛伸出手，說照著幾個麵包的價錢收費，她可不想讓松本以為自己愛上他。松本看著這位頭髮灰白、身材微胖的老婦人，不由得大笑。因這次的相遇，松本便經常跑來雜貨店光顧，現在唯一可以尋求協助的人也只有老婦人了。

雨勢逐漸趨緩，村莊裡少數的幾支路燈不太情願地一閃閃發光，從外面看著雜貨店內的老婦人，她正戴著老花眼鏡繡著裙片。松本輕輕敲著門，老婦人驚訝地看著晚上出現的松本，放下手邊的繡線喊著松本進屋，聽他說著錯過車班的窘境，笑著告訴松本今天注定要流落街頭了，這個村莊可沒有住宿的地方。

老婦人到屋內端了一些熱食，是晚餐剩下的一些飯菜，讓松本先喝一碗味噌魚湯暖暖身子，這碗湯讓松本想起了在日本的家鄉。

「二斤をお支払いください。」（給我兩個麵包的錢。）

老婦人用這種方式讓松本付費，彼此互不相欠。

即便如此，松本還是覺得收費太便宜，但老婦人的用意並不是價錢的問題，她每次看見松本這個外國人，就想起自己在海外的兒子，希望自己的孩子在國外也能被照顧。

松本依舊擔心夜宿的問題，老婦人想了想，問松本會不會唱歌？這讓松本有點摸不著頭緒，從背袋中拿出口琴，說可以吹奏口琴，唱歌可能沒辦法。

既然今夜要流落街頭，松本已經想好了，海岸周邊有一處涼亭，雖然要走一段路，至少可以暫時睡一個晚上，只要不會淋雨就不用再擔心了。他吹奏了幾首日文歌曲，老婦人安靜地在旁邊繡著裙片。松本看絲線不是一般市面販售的繡線，像是植物抽絲的手染線，顏色自然樸實。

偶爾老婦人聽見熟悉的曲調，也會跟著口琴唱起來。大雨已停歇，夜晚的海風竄入屋內，雜貨店的燈泡搖擺了幾下。看著眼前低頭拉繡線的婦人，彷彿看見了一張年輕明亮的臉龐，松本想像老婦人年輕時一定是個美麗的女子，雖然老婦人目前頭髮已灰白，但明亮的眼神依舊充滿生命力。老婦人繡著桃紅色十字繡圖騰，精細得讓人驚豔，有這麼一刻，松本幾乎忘了眼前是一位老人，是婦人端來的一杯熱茶，在眼前冒著熱氣，才將松本從幻境中叫醒。

「あなたのハーモニカは素晴らしいです。」（你吹奏的口琴很好聽。）

老婦人說為了答謝松本的吹奏，住宿的問題可以替他想想辦法，但是現在自己還沒聽夠，希望松本可以多吹奏幾首歌曲。老婦人拿起手邊的茶走向大門口，用手指沾了茶水，口中念念有詞地向著廣場彈了茶水，每彈出一滴茶水，都是恭敬嚴謹的神情。老婦人告訴松本，歌是靈魂的聲音，祖先會聽見，所以一定要先跟天地打招呼。

Haya u papah no kudasing ni hoy yan
Haya u papah no kudasing ni hoy yan
Haya u papah no kudasing
Haya u mata iso ini
Ho hay yan howa iya nalo hay yan Ho wa iya ni hoy yan（意境虛詞）

中文語意：

哎呀！是花生葉啊！花生葉
哎呀！花生葉啊！是花生葉
花生葉呀
親愛的！就像是你閃爍的眼睛

老婦人唱一首〈見物思情〉的情歌，用含蓄的愛慕之情表達著思念，也說起邦查的文化、情感，包括生活，都離不開歌曲傳唱。無論松本是否聽得懂族語，仍請松本用心聆聽歌的故事，去感受聲音的傳達。

老婦人將歌詞轉譯唱成日文，也改了內容，訴說村莊的男人越過海洋，在天涯的音訊全無，部落裡美麗的女子都在異國男人的懷裡，或在海角的那一方。

夜晚，村莊裡顯得格外安靜且荒寂，歌聲穿過了巷道。年長的鄰居看著雜貨店有外來客，依照習慣進來作陪，長輩們各自帶著簡單的食物加入。松本發現，在這個年齡層的老人大多精通日語，雖然腔調特殊，還是可以聽懂。

老婦人技巧性地將話題帶入長濱大圳，婦人知道這些老朋友中，家中的前人曾是開鑿大圳的成員，他們使用傳唱的方式流傳大圳建設的過程，歌曲中記錄著傳統的地名、河流支線的走向和穿過石壁聚集的水流，祖先們挖鑿石壁，利用高低差產生虹吸現象讓水流動，引水往高處灌溉作物。幾百年來歷經不同外來的統治者，但祖先留下的大圳，依舊水量豐沛，若不是天災和人口外流，這周邊百里良田也不致荒廢。

老人家圍著圈唱著，用他們可以傳達的日語，傳唱祖先在這塊土地上的努力。老人用單腳用力踏在地板上打節拍，地面微震，松本的情緒也跟著澎湃。

松本盡全力地寫下口述，這群老人口中的資訊，是自己在圖書館遍尋不著的資料，長者看著松本的筆記本，用長滿皺紋的手指出大圳遺漏的分布位置，老人畫出支幹的走向，熟練地在圖面上找出山谷和峭壁、高矮的階梯，老人甚至約松本隔些日子一起繞過這座山，到山的另外一處，去看看祖先的大工程，可以說是松本的意外收穫。

炎熱的夏季和颱風在東海岸愜意逗留，松本終於明白村莊的屋頂上為何總是捆綁著長竹竿，每一戶的屋頂幾乎與地面貼近★；除了奇特的屋頂，房子的周圍會挖一條壕溝。七月的某個午後，雜貨店的老婦人特地來找松本，要松本做防颱準備；自從那日沒趕上末班車的夜晚，其中一位長輩將他另一處的矮房子租給松本當工作室，費用依舊是用麵包的價錢來計算，當然也是老婦人的意思。雖然屋內設備簡陋，但水電和簡單的桌椅都俱全，讓松本方便許多。婦人帶來了手電筒和簡單的泡麵，還特別叮嚀，門窗要用木板和鐵皮從外面固定好。松本走出租屋處時，看左右鄰舍相互幫忙綁屋頂、釘門窗，也加入了行列。

放眼望去，此刻竟是無風無雨，只是天空壓得很低，遠遠的都能聽見海濤怒吼的聲音。

松本仔細地將這幾個月的紀錄用塑膠套包好，以防不慎被雨水打濕。整理了雜亂的書桌，又將幾件衣服摺疊，才看見床邊擱置的雨衣。這些日子忙著，幾乎忘記與哈露蔻相遇那天的事，想起哈露蔻當天的模樣，她泛紅著臉、閃躲的眼神，都讓自己有股衝動。那天兩人離得好近，莫名想親近應該是男人都有的衝動吧。

其實那天原本想留下的。這段日子在這個區域踏查，怎麼會不知道末班車時間呢？只是自己有心刻意拖延。但當天如果留宿又顯得過於唐突，況且自己也感覺到哈露蔻的祖母並非真心想讓他留宿。其實那天也可以用跑的下山，一定可以趕上末班車，當時心中想好了，如果哈露蔻開口留他，那自己一定不會推辭。想著想著，生理的反應總是來得比思想還要迅速。

★註：早期在東海岸，房屋的建材大多使用竹子、鐵皮，結構較為脆弱，海岸附近的住屋為了預防強風將屋頂掀開，會將屋簷延伸至接近地面。

一個人在陌生的國度，幾乎都在荒野尋找遺跡，每到一處人煙罕至的曠野，都讓松本有些後悔當時的選擇。自己其實可以安逸地在日本生活，不用像現在過著餐風露宿的日子，來到這個意想不到的窮鄉僻壤，真的是一時衝動。

這個村莊七成都是年邁的老人和幼年的學童，來往交通不便，連個發洩精力的場所都找不到，松本疑惑村莊的男人是如何度過年輕氣盛的時光。當然也曾經看見幾位年輕女子，但幾乎都是路過的遊客。生理慾望在這個村莊裡，像是廢耕的水田和遺留的鳥居，沉睡在雜草叢生的荒野中。

畢竟松本不過年近三十，孤單的日子也讓身體發出抗議的訊息，他常將自己浸泡在河溝裡，讓亢奮的狀態不至於看見野生動物都能產生幻覺。最常態的處理方式，應該是在夢裡和分手的前女友三津翻雲覆雨吧。

松本和三津交往了幾年，三津的家世不算顯赫，但也算是企業名流，兩人有相似的環境背景，只是松本幸運的不是長子，可以自在地當學者，無後顧之憂。三津喜歡甲蟲，因此兩人走遍了千葉周邊的森林步道，一趟步道走下來，三津可以拍下許多不同的甲蟲，而自己的任務就是幫忙三津背相機和底片。三津的繪圖本精細地描繪著不同的甲蟲，她可以一邊做愛一邊學甲蟲展翅，而她皮膚細白，雖然常在森林走動，還是難掩她豔麗的容貌。

松本的手指從三津的肩膀順著腰身撫摸，她的眼神魅惑，扭動的身子根本讓人無法招架。三津喜歡將雙乳貼在自己耳邊，深情地說：

「你聽見了嗎？我心裡有你。」

即便自己有許多疑問，兩人還是分手了，感情的事就是無法說得太清楚。那年在日本神奈川縣箱根的仙石原草原上，秋天的芒花盛開時，白色芒花和偏黃的芒草葉在陽光照射下發出金黃色的透光。三津看起來是那樣有活力，她和以往一樣，挽著自己的手臂緩慢地行走，沒有激烈的爭吵，只是事發過於突然，讓自己感到震驚。三津邊走邊說，長輩已經安排好，她要嫁人了，她的婚事由不得自己的喜好，婚事攸關家族企業的發展，是傳統商業聯姻的關係。三津的態度像是早已知道事情會如此發展，她沒有傷心、哭泣、祈求原諒或起伏的情緒，她在人潮往來的步道上擁抱著自己，身上的香氣撲鼻，不避諱人來人往的異樣眼光。松本感覺到三津用盡全身的力氣擁抱自己，就像兩人再也不會見面。

芒花散開的飛絮往天空飛散，手腕上是三津送給自己的一支名貴手錶，當下如木魚敲響一般，松本聽見震耳的秒數震動，卻沒有喚醒震驚的情緒。自己從來沒有想過兩人會分手，來不及跟三津爭辯，也來不及挽留，連生氣的時間都不足夠。他看著三津轉身離開，在芒花的步道上，和芒花飛絮一點一點地消失在草原的另一端。三津沒有回頭。

颱風環流已逐漸接近陸地，平日吵雜的蟲鳴全然安靜，連同忙碌的螞蟻早已閉門躲避，村莊防颱的準備已全部就緒。房東提著一袋魚走過面前，將松本的思緒拉回現實，他說晚上去「巴道夕」，松本一臉疑惑，經老人解釋才知道巴道夕是「聚餐」的意思。老人指派一項任務，請松本去田間或是山邊尋找鹽膚木的葉子，像是理所當然要聽他差遣的意思。

沿著老人指示的方向，意外地看見荒廢的鳥居石燈籠橫躺在荒煙漫草中，不知是巧合還是老人家刻意指引，稍稍平息了方才的突兀情緒。找到了鹽膚木又是一頭霧水，鹽膚木的葉子看起來粗硬，吃下肚可能會胃痛吧！知道這裡的人喜歡吃野菜，但這粗硬的樹葉，果真可以食用嗎？松本邊採集，同時滿腦子疑問，直到傍晚看著老人將鹽膚木葉子放入大鍋子熬煮，這才明白是要泡腳用的，不禁笑了出來。

天空染成橘紅的暮色，風勢有增強的趨勢。幾位老人和雜貨店的老婦人，將雙腳放入水桶內泡腳，一整排五顏六色各式的桶子，畫面看起來很有趣，松本實在忍不住又提筆畫在記事本上。老人預估颱風會在清晨進入村莊。老婦人早早就準備好蒸煮的糯米飯，簡單醃漬的貝螺在小碟子裡當配餐，魚湯的味道很特別，湯面上漂浮著兩條紅色小辣椒格外顯眼，幾片綠色的葉子是帶刺的食茱萸。老婦人說這是海洋的味道。

整個村莊處在一片漆黑的狀態，電力公司早在下午就提前停止供電，老人家自製了許多火把，點亮了雜貨店，松本也拿到了兩把。松本在睡夢中被強風驚醒，他打開手電筒，手腕上的手錶時間是清晨四點左右……

「時計を交換する必要があります。」（手錶該換了。）

松本看著三津贈送的手錶，自言自語地說著。強風陣陣猛烈侵襲，房子被風撞擊得震動，松本實在害怕這房子瞬間被狂風吹走。暴雨敲打在鐵皮屋頂上，像千千萬萬顆碎石擊落，聲聲震耳，現在只能向老天祈禱，讓颱風趕快離開。屋外依舊漆黑一片，松本只好在屋裡靜靜地躺著。

颱風讓人感到不安，松本翻來覆去，無法再入睡。昨晚老人家說，海濤在颱風過境時會打在馬路上，幸好有林投樹削弱了海濤的力道，也保護了村莊不被海浪侵襲。這個村莊，老人們蒼老，隨著季節在周邊尋找可用的資源生活，吃野菜、捕撈魚蝦，度過每個艱苦的日子，他們貧窮卻不悲觀。這裡幾乎是被世界遺忘的村莊。松本想起哈露蔻，她是村莊裡少數的年輕女子，也許已經結婚了，才留在村莊的吧！想著有些失落。

孤獨不安的清晨，滿腦子竟想著哈露蔻。那天在哈露蔻家泡澡時，澡盆裡放了許多青草葉，說是祛寒用的，昨晚雜貨店幾位老人也用了樹葉泡腳，想來在這個村莊的人，對於泡澡使用的藥草有特殊的喜好。和哈露蔻相遇那天，自己在山區看見一隻類似麝香貓的動物，以至於在森林中亂竄失去了方向；也沒想到這裡的藍白色尾巴的鳥這麼凶猛，還被牠們追著跑，還好太平洋的位置清楚可見，可以明確地找到村莊的位置，要不然很可能在森林中迷路。正當走過了一片果園，正好看見遠處有人走過，心想，只要跟隨著那人的路徑下山，必定可以走到村莊；不巧老天在半路上竟下起大雨，一路奔跑看見一處矮房，只能暫時在屋簷下躲雨，雨下得太大了，村莊幾乎淹沒在雨幕中。

隔著小巷子，看著一位老人正在屋簷下吊掛著魚乾，盆子裡生著火，看來像是要燻乾淋濕的魚。大雨沒有減緩的趨勢，卻看見獼猴從幾棵樹上跳過屋頂發出一陣聲響，松本看得忘我。當時屋簷下的房門突然被推開，有一位女子走入雨中，她抬頭望著屋頂上的猴子，雨水滑過她的黑髮，順著輪廓滑過胸前，身上的衣服被雨水浸透、冒著熱氣，曲線隨之若隱若現。松本瞬間感到心跳加速，血脈賁張，應該是孤單太久了，生理自然地產生了反應，一股強烈的慾望想要靠近，目光在女子身上游移，但很快地壓抑這突來的衝動。想著自己竟會有失態的想法，站在雨中注視著那女子，直到自己鼓起勇氣開口。

颱風終於解除，村莊卻是一片狼藉，老婦人建議松本一週內都不要到山區，說颱風過後，不是只有人類需要整理環境，山區的動物也需要修復家園。這種說法，讓松本體驗了村莊和大自然之間的微妙諧和。

閒不住幾天，熟悉的老人喚著他一起工作，長輩大概把松本當成自己的孩子了，說下完雨該去撿蝸牛了。這又是一件令人感覺新奇的事，翻開記事本，松本在上面畫了隻蝸牛，並寫上了日期。

老人拿著藍綠紅條紋的塑膠提袋行走在田間，許多作物因颱風而吹毀已無法收成，幾位老人卻看也沒看一眼地繼續往前走。颱風過後，荒地裡的雜草全貼在地面上，老人拿起長鐮刀，砍出一條長長的路線，看著老人吃力地砍草，想著撿蝸牛也太辛苦了，還必須砍草！

「これは水路の消える支流です。」（這是消失的水道支流。）

老人在雜草中指出一條荒廢的渠道。撿蝸牛只是老人家的藉口，老人到了這裡之後，找了一處平坦的地方席地而坐，將袋子裡早準備好的鍋子拿出來，各自忙著準備野餐。他還告訴松本，水圳的支流連綿到山腳下，荒廢太久了，平常都被雜草覆蓋，根本很難找到，趁著颱風幫忙，水圳才得以重見天日。老人說他們老了，走不動了，就在樹下煮食物等松本回來，還不忘交代順便撿蝸牛回來。

除了原本的圳道之外，這些日子老人家已經帶著松本沿著石坑溪，找到二十幾條水圳的支線；水圳分布跨過了一座山，又經過了好幾個村莊，為了不耽擱腳程，老人甚至提早一天在其他村莊等松本。想到幾位年邁的長輩，松本總想可以為他們做點什麼。得知他們的孩子大多離開了村莊，有些在遠洋失蹤，有的到阿拉伯滯留不歸，有些搬到城市去住，很少回來，重點還是因為村莊地處偏遠，交通不便。好一些的，在祭典的時候會出現；而老婦人的兒子就在阿拉伯定居了，會定時地寄些生活費回來。

老人家對金錢沒有多大慾望，除非是生病；但村莊附近連一家診所也沒有，只能依靠巡迴醫療車，拿些簡單的藥備用，生死在這裡只能順應自然。松本漸漸融入了老人的生活圈，可能自己沒窮過，也或許是不想面對在日本的情傷，即便水圳的紀錄即將完成，松本想回日本的期待一點也沒有。

那是一個燥熱的初秋，老人家總能找出很多怪事請松本幫忙，他們穿過溪流，走過幾個田間小路，行經的路上，松本隱約聽見了陣陣的銅鈴聲。不久迎面走來一名少婦，幾位長輩見著她，便恭敬地與她寒暄。松本對這位婦人所配戴的飾品印象深刻，除了腰間的古銅鈴，髮際上也有類似鳥類的羽毛，而她那股神祕陰冷的氣息讓人不敢直視；看著老人對她如此恭敬，松本也不敢失禮，隨即鞠躬表示敬意。等婦人離開後，老人方才告知松本，婦人是村莊僅存的傳統巫師，負責部落相關神靈與文化的所有祭儀。

濕地中的白腹秧水鳥正在育雛，珍貴的黑檀樹在這裡隨處可見；轉了幾個彎，眼前出現一片稻田，松本又是一陣驚喜，這說明了水圳將經過此處。果然不出所料，松本聽見水流潺潺的聲音，老人指向遠山，說著水圳概略的走向。再往遠處的竹林望去，看見一處小聚落，老人領著松本繼續往房子的方向去，人尚未接近屋子，狗吠聲已經傳來。

房子的長廊上，年長的婦人正使用傳統織布機，松本恍如坐上了時光機，回到了上一個世紀。他看著一位婦人敲打著樹皮，一邊浸泡一邊搥打，說必須將樹皮纖維擴張到極限以便縫製衣飾；另一側有許多砍下的香蕉樹，香蕉被一層層地剝下外皮，老人熟練地抽下香蕉絲進行軟化，旁邊還有大鍋子正熬煮著染劑——松本竟意外親眼看見傳統的染織工法！幾個孩童在一棵樹上吃著果子，那是一種珍貴的綠色龍眼。老人特別叮嚀松本，為了保存傳統的染織技術，這裡是不給外人參觀的，要他用眼睛看，少開口，以免被人轟出去。

織布機有規律的節奏吸引著松本的雙眼，婦人手腳並用，熟練地使用織布機，編織著美麗的菱形圖騰紋，松本滿是驚奇地又隨手畫上筆記。

「後でバスに乗りましたか？」（你後來趕上巴士了嗎？）

松本抬頭，話像卡在咽喉，一時說不出口，哈露蔻像一道光芒般地站在自己眼前，她的長髮盤在頭上，露出了細長的頸部，松本遲疑了一會兒才回答。

「車に乗り遅れた。」（我錯過車班。）

松本根本無法入睡，全身酥麻血脈流竄，怎麼也沒想到繞過竹林之後，可以遇見哈露蔻。松本起身在屋內來回踱步，全身細胞進入亢奮狀態，想了幾個可以再見哈露蔻的方式，也許明天可以去幫忙染織線，或是帶一些伴手禮去找她，或者現在即刻就去！不行，這樣太失禮了……而且她祖母可能在家守著。輾轉難眠一整夜，松本還是沒有想到比較好的藉口去找哈露蔻。又想起今天巧遇的場景，當哈露蔻得知自己錯過車班，她笑得如此燦爛，兩人坐在樹下閒聊，孩子從樹上丟了幾顆綠色龍眼敲醒了松本，讓原本盯著哈露蔻的視線稍稍移開。哈露蔻的肩膀上沾了染劑，黑髮有清草的味道，松本彷彿聽見自己的心跳，目光在哈露蔻身上很難移開。老人走過來開玩笑地說，回去時不要忘記帶走自己的眼睛。

想見哈露蔻的慾望讓松本變得有些煩躁，自己不想再等待，也不想思考，直接表白也許是最好的方式。松本匆匆地到了雜貨店，看著該買些什麼比較恰當，但是貨架上除了罐頭類和一般雜貨，沒有更像樣的東西了。這種時候，松本才發現，在偏遠的鄉村，浪漫不是用錢可以買到的。

哈露蔻的日子過得非常忙碌，再過幾週，村莊的祭典即將舉辦，但需要的苧麻線不足，她趕緊將染好顏色的絲線掛在竹竿上日曬，廣場上曬滿著這些日子染好顏色的絲線。這些繡線得來不易，有些草本染劑還需要靠運氣才能採收到足夠的量；雖然可以買化工染劑代替，但是這裡離城市太遠，取得實在不易；也曾想過用現代的絲線替代，顏色既鮮豔又好看，但是長輩相當反對這樣做，長輩們希望延續傳統手藝，讓文化傳承不會中斷。祖母阿洛認為，要用從土地種出來的植物，才能縫製出有生命的傳統服飾。於是村莊的人合力栽種了苧麻、取香蕉絲，還四處採集植物染劑，從來也不考慮在傳統服飾上使用現代的繡線。

哈露蔻穿梭在苧麻線中，翻動著絲線。必須讓絲線均勻地曝曬在陽光下，但又不能曬太久，以防止斷裂。必須重複數次地染上色劑再風乾，才算完成染線的工作。

陽光溫和，哈露蔻卻感覺燥熱，汗水從頸部順著背脊緩緩地往下滑動，滑至腰間，又順著股溝流動至大腿，直到汗水掉落地面蒸發。

身體一陣陣發熱，起風了，感覺自己也即將化作一縷輕煙。屋頂的鐵皮反射著刺眼的陽光，哈露蔻不得不閉上眼睛；她用指尖感受絲線的乾濕程度，也感受著陣陣的山風在身邊流竄。即便清風帶來涼意，也無法緩和她起伏的情緒，她低下頭，不讓自己泛紅的臉被人看見。

哈露蔻和松本再一次相遇的那日，激動湧滿心頭，眼眶瞬時泛淚，無來由的情緒實在無法克制。想著自己孤獨地度過青春，像大海無限的延伸，看稻田的秧苗變成金黃的稻穗，那山間的青栗子還能吸引著猴子。她想有人帶她走，到遠方，就算冰天雪地也沒關係，至少那裡有人陪，有自由的空氣可以好好呼吸，自己受夠了祖母阿洛的情緒勒索。哈露蔻移動腳步走近松本身邊，怕錯過了這次的機會，再相遇就更難了。

走向松本的每一步，都帶著不確定性。他會記得她嗎？那已經是幾個月以前的事情了，如果他記得，怎麼不來找她呢？或是他根本瞧不上自己。哈露蔻內心忐忑又多愁善感，自從那次雨天遇見，總是不經意地想起他，祖母三不五時地指責哈露蔻不安分，也沒止住哈露蔻想與松本相遇的渴望。

由於阿洛平日嚴厲，村莊裡適婚的青年都已外流，哈露蔻實在沒有機會找到適婚的對象。而自從松本出現後，更挑動了阿洛的敏感神經，對孫女的監視更是變本加厲，怕哈露蔻知道松本其實就在山下租屋，用盡了方法防備著哈露蔻和松本見面。有幾次祖母阿洛發現哈露蔻情緒的波動，嚴厲地指責哈露蔻，說自從那天她見了那位日本男人之後，就活像一隻發情的貓。哈露蔻聽著實在羞辱、感到委屈，但不否認自己對松本一見傾心，或許是自己太孤單了。

山風有節奏地吹動了絲線，像波浪般在指尖滑動。想著松本，內心又起了波動，或者松本也把自己放在心裡？哈露蔻在空氣中探究著訊息。自己還年輕，當發情的貓再正常不過了，哈露蔻的臉頰發熱，心跳一次次地加速。蘇麥依娜曾說過，如果遇上自己喜歡的男子，就像唱著一首單純的歌，只為了想念的他，那感覺會像蝦子爬過心頭，騷動全身每一寸毛孔，臉是燙的，空氣中充滿迷幻的香氣，身體在雲端上輕飄飄的，又不自主地感覺憂傷，而世界會為妳發出美麗的彩光。

哈露蔻正體驗蘇麥依娜的形容，更確定自己遇見喜歡的人了，這是個美好的經驗。即便祖母冷言冷語，哈露蔻也不在意了，自己年輕的生理，原本就該經歷這樣悸動的過程不是嗎？

哈露蔻沉浸在幻覺之中，讓絲線輕輕地滑過臉龐，像一雙溫柔的手輕拂著臉頰，哈露蔻穿梭在絲線中陶醉，直到感覺微醺的暈醉。身體搖搖晃晃地站穩後，緩慢睜開雙眼，風輕輕撥開竹竿上的絲線，有一雙深情的眼睛正注視著自己。也許還在虛幻中，哈露蔻分不清虛實，難忍內心壓抑，掩面哭泣。

「私はあなたに会いたいです。」（我想見妳。）

陽光將松本從絲線中分隔地出現，彼此眼中看見對方的渴望。山風擺盪絲線像浪，松本將哈露蔻拉進懷裡，他知道兩人有著相同的意念，怪自己猶豫太久，現在只能珍惜離開村莊前的每一天。

哈露蔻必須用盡方法避開祖母的監視，才能順利地和松本見面。哈露蔻走過每一處水流過的稻田，松本記錄著每處水圳的位置，一座山或是鑿開石壁的小徑，都留下兩人的足跡。在海灘上，兩人尋找特有的寶石，松本沒想到這片海岸藏著這麼多寶藏，有些寶石是被海浪打上海岸，有些是因為颱風天，從海岸山脈隨著溪流沖刷來到了海灘，只要運氣好，多少可以找到一些；松本好奇村莊的人怎麼不販售寶石來改善這裡的生活品質。不過現在這不是重點，松本只想好好陪在哈露蔻身邊。

松本牽著哈露蔻實在歡喜，自己要帶幾個回日本，請寶石專家鑑定，順便訂製成項鍊墜子或戒指，作為定情之物，哈露蔻希望松本不是說說而已。

即使難捨難分，也必須面對現實，松本勢必要回日本一趟才行。這天哈露蔻帶著松本進入林道，在幾處杳無人煙的荒野尋找鳥居的遺址，做完這次的地形勘查紀錄，松本的計畫也將告一段落。看著松本密密麻麻的筆記本，哈露蔻知道這個男人已完成他的工作，即將離開；雖然松本一直沒開口，心裡總是有數。哈露蔻顧不得祖母的冷言辱罵，她只想追隨內心的悸動，為自己的人生做一次重大的決定。

樹梢形成了一波波綠浪，藍鵲從兩人眼前低空飛過，兩人進入一處臺地，從這裡望向大海，是無邊的天際，連接著太平洋，呈現一片湛藍。父親在前往阿拉伯之前，就已為哈露蔻在這裡搭建好搭鹿岸；搭鹿岸孤立在樹林間，陪伴了哈露蔻許多獨處的日子。搭鹿岸內外是灰色的水泥牆和竹子混合搭蓋而成，裡面有一張竹床，屋子中間是石頭圍起的生火位置。搭鹿岸是村莊裡每個父親都會為女兒蓋的一間新房，讓女孩在自己想獨處或孤單的時候，有一處可以安靜休息的地方，更重要的，搭鹿岸會是自己和心愛的人單獨相處的小房子。

哈露蔻熟練地在屋子裡生火，早早就吊掛在屋樑上的茵陳蒿，現在燻出淡淡的草香。竹床附近，哈露蔻特意將傳統陶罐插滿了野薑花，剖開的長竹子已換上新綠的，是為了拼接成竹管的水道，水源順著竹管嘩啦啦地落在大水缸內溢滿。松本好奇地看著各種顏色編製的大麻花繩，上面垂掛著許多鈴鐺，從窗戶連接好長一段到戶外；松本將脖子伸出窗外，那麻花繩連綿到視線那一端就像沒有盡頭。他輕輕地拉動花繩，鈴鐺清脆地發出聲響，草叢中的鳥驚嚇地飛起。是趕小鳥用的吧？可是這附近沒有任何作物？松本有些疑惑。

月亮不知是什麼時候悄悄掛上的，窗外的遠方那裡是海洋。松本轉身，哈露蔻正背對著他幾步距離，她點上了蠟燭，屋內多了輕柔的光。哈露蔻放下盤在頭上的長髮，望向松本的眼神盡是渴求，也許無需太多的言語，便能意會眼神傳達的訊息。松本一把抱起哈露蔻，在竹床上探索著彼此，盡情釋放壓抑許久的情感慾望。哈露蔻用她嬌嫩的聲音說，松本是爬在她腿上的螃蟹，正搔動著自己全身的細胞；這形容既新奇又充滿煽動力，松本無法抵抗生理的亢奮，慾望之火焚燒著每處毛細孔，當然要盡責地當那隻英勇的螃蟹，順著哈露蔻的每寸肌膚試探、尋找、進入她的體內。松本感覺哈露蔻承受著一陣痛楚，看著哈露蔻羞紅的臉，身體又不聽使喚地展現占有的慾望，竹床發出了規律的節奏聲響。哈露蔻伸出手，拉起一條絲線，絲線牽動了大麻花繩上的響鈴，鈴聲隨著身體的擺動響徹山谷，傳至海洋的那一端。

幾位老人家像是通靈似的，特地為松本辦了一次聚餐。他們簡直樂壞了，村莊的年輕人太少，更不用說看見出雙入對的情侶在大街散步；少了這種景象，村莊就像沒了希望似的死寂。松本不知道長輩從哪裡得知自己和哈露蔻之間有進一步的交往，但對老人家來說，松本來到這個村莊簡直就是老天的憐憫。他們支持松本和哈露蔻交往，這裡裡已經很久沒有看過成雙成對的戀人了，老人家希望年輕人可以勇敢地相愛，不用顧慮太多，浪費時間和生命。

雜貨店的老婦人趁著吃飯的時間問松本，哈露蔻有沒有準備什麼特別的裝飾，比如彩繩、鈴鐺或是什麼貝殼串，會發出響亮聲音的東西？老婦人還比劃了一下拉繩子的動作，讓松本有些害臊，不敢回答。看松本那一臉遲疑，老婦人大概猜測出結果，用力拍著松本的肩膀，滿意地笑著。

又是一個燥熱的傍晚，松本和往日一樣到老婦人的雜貨店用餐，海風竄進屋內，並沒有帶來涼意，餐後也無心寫紀錄，就幫著老婦人將貨架上的罐頭排列整齊，老婦人滿心歡喜，不知為了什麼原因，用力地掐了松本的臀部，松本吃驚地閃開，無法理解這樣失禮的舉動是何用意，在日本是不可能發生這種事的。松本看著老婦人甚至有些怒氣，老婦人卻是無所謂的表情，還誇讚松本的身體不錯，可以生孩子。

松本好幾天沒有去雜貨店找老婦人，一方面是尷尬，一方面是為了即將離開而心浮氣躁。

幾日後，老房東帶著一把藤心到租屋處找松本，看著堆疊著一桌子的記事本，看得出來松本有些煩躁。老房東說老婦人是把松本當自己的孩子，才會去掐他屁股，表示這個男孩長大了，以後不再是自己的兒子，而是其他女子的男人，會成為別人的父親。捏一下屁股，就像在跟這個孩子道別，也讓孩子記得自己也曾經為人子。

老房東讓松本帶著藤心去找老婦人。藤心是老房東一大早去山上砍下的，邦查人都喜歡吃，吃起來雖是苦的，但吃完後會回甘，就像父母養育孩子的心情一樣。老房東催促著松本快去，別讓老人家太傷心。

松本回想那一天老婦人落寞的神情，婦人沒解釋自己的舉動，讓松本出去後就把店門關上。想想還是自己太過小心眼，才會變得這麼尷尬。

以前松本幾乎天天上門吃飯，因為掐屁股事件，說真的是文化差異造成的誤解。松本走進雜貨店，將藤心用雙手舉過頭頂，敬禮交給了老婦人，老婦人白了松本一眼後，展開笑顏接受了藤心，還問這幾天松本是不是都吃空氣？讓松本有點羞愧。

老婦人準備了一些餐食，又花了一些時間煮藤心，幾位老人早早就躲在門外等待適當時間進門，手中還各提著簡單的配菜，鬧哄哄地圍上餐桌。老婦人看著幾位老人，小抱怨著說會被他們吃垮，但表情是開心的。老婦人煮的味噌魚湯風味非常好，老人家說起他們的孩子都在國外，如果自己一個人吃飯顯得孤單，於是說好了要常常聚在一起。

「Tata malangiro kita.」（走吧，我們相互取暖。）

老婦人常常這樣說著，也將松本當成是自己的孩子，這可能讓松本有壓力，老人說深感抱歉。松本聽著心裡一陣暖，夾了一塊魚放在老婦人的碗內表示歉意。松本知道，再也沒有比這裡溫馨的餐食了。

老婦人邊吃邊告訴松本，邦查人男女交往的習俗和臺灣其他族群不同，大多是女生追求男生。松本是外國人，不太了解這裡的風俗習慣，邦查的文化傳統中，除非真心想要跟這個男人相守，女孩子才會帶心愛的男人到搭鹿岸，在歡愉中拉響鈴鐺，或是其他可以發出聲響的裝飾。有人用竹片，也有人用貝殼，那些聲音像歌，是要告知神靈和祖靈，她愛上這個男人，要和他一起生活，是很重大的決定才會這麼做。

松本沒想過搖鈴鐺還有這樣嚴謹的意涵，自己確實太不了解這裡的人文了，原本以為哈露蔻只是為了增添氣氛而掛上，此刻才明白哈露蔻的真誠和決心。

老人憶起年輕時，被心愛的女子帶到搭鹿岸的心情，每個男人的臉上洋溢著青春和幸福，他們走過自己獨特的文化浪漫。

老婦人透過老花眼鏡，斜眼看著松本，笑笑地問松本：

「真面目な仕事はありますか？」（你有認真工作嗎？）

松本笑而不答。回日本的日子只剩下幾週了。

阿洛始終無法接受哈露蔻與松本交往，極力阻止兩人見面。光是想到哈露蔻可能會離她而去，便幾乎瘋狂地在村莊裡散播松本是壞男人的事情，甚至到松本的租屋處哭求松本趕快離開村莊，不要誘拐自己的孫女。阿洛瘋狂的舉止讓村莊陷入不安，阿洛成天地想盡辦法讓哈露蔻有忙不完的工作，但根本起不了任何作用，村莊裡的其他老人會協助哈露蔻，讓她跟松本去花蓮出遊，乾脆幾天都不要回來。阿洛又放走了村莊耕田用的牛，再誣告是松本故意放走的；看著其他人不相信自己說的話，便氣呼呼地跑到雜貨店找老婦人理論，詛咒老婦人的兒子將會死在國外永遠回不來，說老婦人像是妓院的老鴇，所有狠毒的話阿洛都能說出口。直到阿洛自己病倒，口中還是極力制止哈露蔻去見松本。

哈露蔻內心不滿，卻不想頂撞祖母，她不忍心這麼做。對哈露蔻來說，松本是自己深愛的人，但她也遺傳了祖母固執的個性，絕不輕易放棄和松本在一起。

小島之約

日本千葉縣的雨天會和臺灣不同嗎？望著窗外的雨，松本想起與哈露蔻相遇那日的景象——屋簷下掛著的海貝殼，是哈露蔻在臺灣東海岸撿拾後串起來的，雨水淋在貝殼上輕輕擺盪，發出海洋的聲音。

松本曾經多次思考如何改善哈露蔻村莊貧瘠的生活，也想過尋求管道，讓水圳再一次溢滿，水流可以穿流經過每一畝田地，但看著村莊裡七成都是年邁的老人，還有隔代教養的幼童，所有的想法又瞬間止住。假如要發展觀光，也需要有年輕人才可行。松本手上拿著幾顆乒乓球大的玫瑰石，想著那也許會是一個契機。

回來日本將近三個月，松本從電視新聞上看見三津和夫家長谷川森賀的消息。果然是大企業的聯姻，一舉一動都在大眾的關注下，三津看起來高雅，眼神充滿幸福。或許緣分就是這樣吧，自己又能如何呢？現在松本要擔心的，應該是要如何跟父母親解釋哈露蔻的存在。父母原本以為自己會和三津結婚，也有助於家族提升社會地位，但是事情的發展讓父母非常錯愕。他們曾經親自拜訪三津的父母，但是結果依然無法改變，松本也因此遠離日本，到臺灣完成一項研究專題。

松本更擔心哈露蔻祖母的狀況，離開幾個月了，是否有好轉？即便他留了些存款給哈露蔻，但是松本知道哈露蔻根本不會去提領，除了她自己有工作，在村莊也沒有其他可以消費的商店，最重要的是，哈露蔻居住的地方沒有銀行，連寄信都需要等行動郵局來到村莊才有辦法寄信。松本臨走前，重複地請求幾位長輩幫忙照顧哈露蔻，擔心自己在工作上會耽擱，短時間不能去臺灣。

在日本，松本被許多事情牽絆著，光是要告知父母哈露蔻的事，已經是傷透腦筋，最終還是靠著大哥替他婉轉地告知父母。松本的父親得知消息，果然如預期地勃然大怒，將松本訓斥一頓。父親不願意承認這段關係，母親更難以置信松本的對象在國外，不僅會有文化隔閡的問題，他們更難接受未來的媳婦可能目不識丁，是粗鄙的鄉村女孩。費了幾番口舌，也無法讓父母接受哈露蔻。

松本沒有想到事情變得如此複雜，除了和父母溝通，研究紀錄的審查需要耗費一些時間。他在自己的公寓裡，重複地閱讀審查需要補充的內容項目，正焦頭爛額地埋頭整理；幾篇國家圖書館的文獻紀錄和實際田調的位置有誤差，村莊裡口述大圳支流的位置，和在地邦查人使用地名與文獻紀錄上的資料明顯不同，許是日本尚未治理村莊之前，邦查人已開闢圳道。松本必須在這段歷史紀錄上再做許多的辨證，畢竟是古老的水圳，可以追溯至西元一八六七年，周邊許多村莊的水田都得仰賴水圳灌溉。松本的腦海不斷浮現和老人走過的荒田，思考是否是自己的紀錄有所錯漏，偶爾竟也會想起哈露蔻的笑顏。松本有些疲累，放下手邊的資料閉目養神，不想思考。

天色昏暗，松本走往一處河流，河床上的芒草高過了肩膀，歪斜的幾棵樹上有飛鳥來築巢。他沒有聽見蟬鳴或是青蛙的叫聲，放眼望去竟是一片蒼茫。前方隱約看見有人影迎面走來，又像是有微風吹過他的臉龐；松本仔細觀看走來的人影，她的姿態溫婉，腰線誘人。月色投入眼眶，耳邊隱約聽見敲門聲，松本分不清置身在何處，覺得聲音實在煞風景，不想理會，但連續的敲門聲讓松本驚醒，才發現原來是自己睡著了！看著牆上的掛鐘，已經是晚上八點。敲門聲還持續著，松本連忙起身走向大門，想著這個時間誰會來訪，打開房門，三津便奮力地投入懷抱。

松本還沒從夢中清醒，看著三津的舉動感到詫異，她深吻著他。松本睜大眼睛，腦海瞬間清醒，輕輕拉開三津，直視著她的雙眼，不明白她是何目的。他知道這件事發展下去必會有嚴重的後果，前一陣子電視上還大肆報導著三津夫家叱吒商場的新聞，松本不想讓自己陷入情感牽扯。

松本在船艙內翻來覆去，想著那一夜三津突然登門。在那樣孤單地思念哈露蔻的夜晚，迷濛之中自己差點無法把持，事情進展得不太合乎常理；松本驚覺失態，趕忙讓三津整理儀容，連哄帶騙地帶著三津走出公寓，找了一家居酒屋想打發她。松本不想知道三津出現的原因，既然做出了分手的決定，兩人就沒有必要糾纏不清，更何況三津的夫家長谷川家族在商界的名氣可不小，當時也是三津主動提出分手的，至今松本都尚未釋懷。雖然三津希望能給她解釋的機會，松本卻斷然地拒絕，現在松本只希望父母可以接受哈露蔻，不想節外生枝。

松本當天很晚才回到住屋處，是為了免除被三津干擾。松本決定暫時離開住屋處，第一個念頭就是前往小笠原島，那裡交通不便，去臺灣之前也曾經住過一段日子。自己甚至花了幾週的時間，在和哈露蔻定情的搭鹿岸牆面上，畫了小笠原島的全貌，那幅壁畫是自己對哈露蔻相守的承諾。到小笠原島安靜住幾日，應該是躲避三津最好的選擇。

小笠原島是一座觀光小島，人口大約在三千人左右，松本搭了二十四個小時的郵輪才來到小島。還在臺灣時，松本就曾想著島上會不會比較適合哈露蔻居住，因為小笠原島和臺灣的東海岸有許多相同之處，這裡的沙灘有海龜上岸產卵，亞熱帶特有的生物和植物會讓哈露蔻愛不釋手。松本又想，哈露蔻應該會找到許多可以吃的綠色植物，這座島很快就會少掉三分之一的雜草。也不知道哈露蔻哪來這麼多海洋傳說故事，說一隻橫著走的螃蟹，從來不會向前走，但也會勇敢地找到目標。想到哈露蔻說著小蝦在她心裡亂竄來形容自己讓她心動，松本亢奮地笑出來。海岸上有不少林投樹，松本拔了葉子，想編出情人飯包的袋子，忙了半天卻沒有完成，看來編情人的飯袋並沒有自己想得容易。

小島唯一不方便的是交通問題，離島的船班好幾天才會來一趟，居住在島上的居民大多以導覽和販賣紀念品維生；海島特色的自然生態，即便交通不便，也常是一票難求的狀態。松本想著下次再來，也許會是一家三口了，必須加緊腳步，自己可是哈露蔻心中那隻勇敢的螃蟹呢！想到哈露蔻，松本心頭又是一陣暖意。

松本搭乘當地導覽的小船到小笠原西南方的無人島上，島上有許多瀕臨絕種的珍貴植物和特殊的石灰岩地形，沿著險峻難行的崖壁走了幾分鐘之後，眼前一座岩壁被海水掏出一個圓洞，扇形水面清澈碧藍。松本仔細地看著白沙灘，這樣的海灘是否有勇敢的螃蟹？看著雪白的貝殼，松本心想，果然和臺灣的不同。

導覽員說著關於島嶼的歷史，還有登島的人數限制，上岸時間限制在兩小時，海面上接續上岸的遊客已在遠處等待，松本隨著導覽員的腳步往船艙處前進。海面碧藍，清澈的水面有了動靜，一群海豚隨海風躍出海面又沒入湛藍的海水中，引來驚呼聲連連。空氣裡有一陣甜膩而熟悉的香氣，海灣還有幾艘小船與他們交錯，松本看見一艘小船上的遊客樣貌熟悉，戴著一頂大花帽和太陽眼鏡，她面對著小島，只露出側面在松本的視線內。松本震驚，希望是自己看錯了，是三津在另一艘小船上準備登陸小島，自己有一種被跟蹤的恐懼，腦中又開始思索三津的目的。松本下船後立即詢問回程船班的日期，但心中又多了許多的疑慮，也許不是自己想得那樣複雜，或許只是巧合而已。

島上突然下起了小雨，餐廳窗外的景色全淹沒在雨水中。三津果然也在島上，松本在餐廳用餐時，有一隻手搭在自己的肩上，熟悉的香水味讓松本沒有太驚訝；在這座島上，遊客可以用餐的地方就這幾家餐廳。三津面對著松本坐下，順勢遞上了一封資料袋，她點了餐點自顧自地吃了起來，松本看著資料內容，瞪大著眼睛重複地看了幾遍。

回東京的船班就在明天，松本不得不將三津帶回房間問清楚。資料報告上指著三津所生的孩子不是長谷川森賀的，這事情非同小可，細數和三津分手至今將近三年，難道長谷川家沒有察覺孩子血緣的問題嗎？三津可以隱瞞這件事情不需要讓松本知道，在這個時間點跟蹤自己來到小島到底有何目的？這件事情絕對不能讓父母親知道，松本可以預見事情的嚴重性，難道三津不怕被丈夫察覺嗎？自己又該如何向哈露蔻解釋？松本心頭一陣糾結，皺著眉頭看著一派輕鬆的三津，眼前是自己曾經深愛的女人，他不明白三津的用意，心中架起強烈的防備。

三津安靜地喝著咖啡，看著眼前的松本，已經不是那年迷戀著自己的男人，他焦慮，甚至有些沉不住氣，以前自己都沒發現松本經不起大事，松本的眼神不再對自己有情意，可以感覺他在躲避。想起自己幾次私自回到松本住的公寓，卻沒想到松本絕情地換了門鎖；也曾在披上婚紗之前想過打電話給松本，讓他將自己帶走；而在自己生下松本的孩子後，更帶著孩子來到松本的公寓門前痛哭。那陣子極盡崩潰的煎熬，如今面對松本卻沒有感受到一絲慰藉，三津失望也心寒，更不明白自己這些日子在期待什麼。

期盼終歸還是期盼，松本沒有自己想得那般有魄力，結婚幾個月後，知道自己懷孕了，卻不知是不是該開心。既然期待松本無望，和長谷川森賀一起生活也沒有那麼難為，但事情總是沒有自己想得那麼單純。

生下孩子之後，森賀才悄悄告訴她，自己不孕。三津當場暈了過去，醫院以為是生產後太虛弱，住院一陣子。長谷川森賀並沒有追究孩子是誰的，讓三津更不知該如何是好。雙方家人因森賀生下長子，心裡的重擔都卸下了大半，唯獨三津幾乎天天無法入眠，導致精神耗弱，隔年就生了一場大病。

森賀當然清楚三津懷了誰的孩子；那年芒花盛開的季節，森賀就站在草原另一端看著三津和松本分手。森賀清楚三津和自己一樣無法決定自己的愛情，何嘗不知道和心愛的人分手是何種心情，自己和三津都必須為家族承擔責任。

森賀在倫敦早有論及婚嫁的人，並同居了多年，但枕邊人肚子卻遲遲沒有懷孕的跡象，森賀一直期待女友盡快有孩子，那麼自己的婚事就由不得家族安排了。起初誤以為是女友避孕才遲遲不見孩子降臨，直到偶然的一次爭吵，雙方都認為對方刻意避孕，森賀才意識到自身的問題，經醫院檢測，確定是森賀精蟲不足、無法讓女方受孕，突來的結果讓森賀十分震驚。隔年父母便令森賀回日本結婚，並繼承家業，但倫敦的女友不願一同回日本，她決定分手。說來沒有孩子作為籌碼，森賀的家人也不會同意自己私自決定婚事，只能強忍著，割捨了這段感情。

回日本那天，機場下著大雨，清晨分外的冷清。森賀在飛機上思考了許多事情，尤其是無法生育是非常嚴重的問題。走出了機場，家裡的司機已經在外等候，母親美玥穿戴整齊，端莊地坐在車內。高速公路上行車朦朧地在雨中奔馳，母親拿出一張相片，說那是自己未來的妻子三津。

森賀也沒有把握和三津是否能一起生活，但母親卻是非常慎重地向森賀分析，兩個家族的聯姻在商場牽動的利弊。母親知道自己在倫敦有論及婚嫁的女友，卻語重心長地說，愛情若不是已經到了海枯石爛，那麼跟什麼人結婚，其實就是學習相處而已。當下森賀很想知道，母親是否曾有過一段刻骨銘心的戀情，還是對母親來說，愛情並沒有想像的偉大。

母親一如往常的沉穩，喜怒不形於色，森賀實在猜不透母親真正的心思。

三津懷孕，森賀就已經知道那不是自己的孩子。自己並沒有那麼大的肚量，只是權衡利弊之下必須隱藏許多情緒。且母親的態度一如以往的鎮靜，雖然高興，總覺得母親知道什麼，森賀看不透母親的態度，更不願說出孩子身世的實情。

對於丈夫森賀，三津需要他表明一個態度，也好選擇去留的問題，但打從兒子慎吾出生後，森賀的態度沒有太多的改變，反倒是想更親近三津，反常的行為讓三津備受羞辱。森賀的母親美玥看著嬰兒時的神態，也讓三津不安；雖然美玥什麼也沒說，三津腦中的各種想法卻一湧而出，變得行為異常，夜裡三津常常在惡夢中驚醒，甚至懷疑森賀可能趁自己睡著，會偷偷殺了兒子慎吾，於是在夜半穿著睡衣坐在大廳，悶不吭聲，也不開燈，緊盯著房門看，就為了確認森賀是否會偷偷溜進嬰兒房。幾次保母起床餵奶，被客廳披頭散髮的三津嚇得魂都飛了。

里莎是長谷川家最年輕的幫傭，年紀約三十出頭，是母親美玥遠房親戚的女兒。里莎平日負責美玥的日常起居，年輕、勤快、有活力。里莎原本被安排在長谷川家經營的茶屋工作，長谷川家的茶屋從江戶時代延續至今，百年老茶屋是政商界經常交流的重要據點。有一次美玥來茶屋，不小心扭傷了腳，里莎便自告奮勇地前來協助。里莎進退有禮、做事有條理、會察言觀色，美玥想著里莎畢竟是遠房親戚，便讓她留在自己身邊工作。

里莎偶爾會協助做其他家務，尤其對森賀少爺的事特別勤快，三津也是看在眼裡，但美玥並沒有讓里莎有太多機會。里莎常藉口整理房間是女傭的工作，一大清早便進入臥房協助森賀著裝，又常常有意無意地窺視房內，只要三津和森賀在房間單獨相處，里莎總藉故倒茶送水地進來。剛開始三津並不太在意，既然和森賀沒有什麼情愛可言，而里莎也確實有幾分姿色，只要不要太明目張膽，三津也不太想跟一個幫傭計較。

里莎確實看出了三津的心思，膽子便越來越大，無視三津的存在，當著三津的面用羞澀的眼神看著森賀。三津忍不住警告里莎謹記自己的本分，而里莎根本沒把三津放在眼裡。

三津每日跟著母親美玥學習管理長谷川家族的事務，必要時還須參與商務聚會。美玥看三津一天天沉重的身子，便交代里莎要隨時協助三津的日常起居，這讓里莎更肆無忌憚地進出三津的房間。

里莎對森賀的情愫來自少女時期，里莎不曾忘記第一次來到長谷川家的情景。父親當時還意氣風發地和森賀的父親平起平坐，自己和母親在內廳，端著長谷川家進口的高級茶具喝茶，母親還特意讓森賀帶自己隨意參觀，有意想製造機會讓她和森賀單獨相處，從那天開始，里莎便認為森賀會是自己未來的丈夫。如果不是父親在商場上過於自負，導致經商失敗，也不會讓一向自命不凡的里莎一夜間淪為平民。父親經商失敗後，里莎費盡心思，好不容易有機會才來到長谷川家的茶屋工作，原本計畫找機會再和森賀見面，沒想到森賀從倫敦回來，卻是被安排和另外一個女人結婚。里莎無法接受，發誓必須拿回原本屬於自己的地位，自己應該要成為森賀的妻子。

美夢終究無法實現，里莎歸咎於三津的出現，看著三津的精神狀態越來越差，里莎暗自竊笑，感謝老天聽見自己的祈求。里莎拿走三津的飾品，也取走衣櫥內自己喜歡的服飾。那原本就該屬於自己的東西，里莎眼神堅定地看著鏡子裡的自己。

看著三津半夜獨自坐在大廳、精神恍惚的樣子，就讓里莎精神亢奮，祈禱三津快些發狂，最好可以離開這個家。當醫生診斷三津是產後憂鬱症，給了一些藥物交代要定時服用，里莎卻常常將藥減半或乾脆丟棄。

里莎將藥丟掉的事，三津不是不知道，也知道這些藥物都不及森賀說出內心的想法來得有作用。在自己心情消沉的日子，常看見里莎用盡方式接近森賀，想著實在是令人作嘔，里莎甚至有意無意地和森賀有身體的碰觸。起初看著覺得憤怒又可笑，時間久了，憤怒的情緒慢慢消散，不禁開始同情里莎的癡情，也想過，假使森賀因為孩子的事提出離婚，自己也不會有意見。就讓里莎陪伴森賀吧，省得兩人眉來眼去、慾火難耐的樣子，總之已經不重要了。

森賀和三津的婚姻看似風平浪靜，也只有兩人知道婚姻並非外界看見的那般美好。森賀當然也看出里莎對自己有意，偶爾也享受著兩人的曖昧關係，緩解和妻子之間無法明說的心結。里莎常會刻意在屋子轉角處等著森賀，森賀被里莎挑起了興致，便尾隨著里莎躲在屋子暗處，掀起里莎的衣裙，探觸著彼此的底線，里莎用自己豐滿的臀貼近森賀的兩腿之間。但到了緊要關頭，森賀卻沒有再進一步深入，激情很快地隨理智急速消退，森賀防著里莎，他很清楚這女人的野心。

幾個月用盡方法激情誘惑，眼看就要達成，里莎沒想到森賀竟然在緊要關頭臨陣脫逃，就差那麼一點就成功了，里莎越想心裡越不是滋味。美玥也不知什麼原因，在這個時間點安排森賀和三津出遠門。森賀的態度也說變就變，對里莎異常的冷淡，里莎不知道在哪個環節出了問題，要再想出其他計策奪回森賀。

在小笠原島的小船上，三津安靜地看著大海，海水碧藍，沙灘細白刺眼，腦中卻還出現森賀和里莎在儲藏室的畫面。森賀將手伸進里莎的衣裙內盡情地撫摸，里莎卻故意將門半掩，好讓三津看見這一幕，里莎的聲音從儲藏室傳出，分明就是在挑釁。三津沒想離開，發現里莎的挑釁讓自己有些興奮，聽著里莎和森賀的喘息聲，嘴角竟微微地上揚，直到美玥迎面而來喚醒了三津，儲藏室也頓時安靜了下來。

美玥穿著傳統和服，腳步移動時，木屐發出了聲音，應該是今天有重要的會議，美玥才會如此盛裝。美玥伸手牽著三津一起走在長廊，她依舊冷靜端莊，喜怒沒有表現在臉上，跟隨其後的是幾個資深的女傭。美玥加了一點力道緊握著三津，交代三津用最快的速度進房著裝，今天要將三津介紹給重要的合作公司，美玥將三津拉近耳邊……

「就是洩慾用的女子，不必自己處理。別忘了身分，難道要讓妳的家族蒙羞？」

三津心裡一陣酸楚，忍著眼眶的淚不讓它滑落，又看著自信挺直著腰、走在眼前的這位母親。也許美玥什麼都知道，也許孩子的事情她也知道，卻不動聲色！三津立即有了想法，既然愛情儼然已失去，重要的是必須鞏固在長谷川家族裡的地位，依目前的情勢看來，母親美玥這裡是支持自己的，畢竟自己是名門出生，對於家族爭權的戲碼和手段再清楚不過了。三津想著這些日子自己怎麼突然就迷失了，愛情也許曾經有過就好，現在必須下定決心振作起來才是。

海風陣陣撥亂了三津的捲髮，冷空氣侵入了雙眼，夾雜著森賀自言自語地訴說和里莎之間的糾葛。或許森賀想撇清兩人的這段關係，森賀甚至對著三津發誓，自己和里莎不會再有交集，然而這一切聽在三津的耳裡，變得可笑也多餘。

森賀解釋，即使和三津沒有婚姻關係，里莎也不會是自己身邊的人，他說里莎的野心過於明目張膽，他很清楚自己必須承擔什麼樣的後果。

三津感覺這些話就像海面上的波紋，等行駛的船隻走過，一切就像沒有發生過。

三津看著幾隻海豚從眼前浮出海面，一會兒又潛入海底，海豚的聲音像鳥叫，幾次交錯地游過船邊。從海豚的眼中，三津看見自己陌生的模樣，為自己眼神渙散、幾乎失去靈魂的面目而震驚，壓抑在心底的情緒傾瀉而出。三津不想回應森賀的自白，經歷了這些事情之後，自己很清楚，當這些眼淚流完，她會是完全不同的自己。

海風捲起三津的衣領、拍打在臉上，森賀說著遙望自己和松本分手那天的場景，他看著松本站在草原直到天色昏暗才離開，森賀也派人調查松本的背景，說著自己的嫉妒和憤怒。森賀知道孩子應該是松本的，更想找松本談談，但是松本卻離開了日本，兩人的婚姻受傷的又何止是三津。森賀注視著三津，說曾經跟蹤三津，看三津抱著孩子在公寓門口哭泣的那一幕，內心一陣糾結、嫉妒且痛苦，呆坐在樓梯間直到很晚才離開，而松本的公寓大門一直是關閉的。

聽見森賀曾經跟蹤自己，三津惱羞成怒，憤怒地控訴森賀連溝通都不願意，卻在屋子暗處和里莎曖昧地磨蹭，非常激動地站起來，預備跳入海中；森賀即時拉住三津，穩住船身，才免於翻船。森賀拉著三津的手不放，乞求她放寬心，他不想失去三津跟孩子，就算是權力交換也沒關係。

三津終於可以一吐心中的怨氣，她不想知道森賀為何突然改變態度。權力交換是個很誘人的條件，但三津學會了母親美玥的態度，不表態出喜怒。

森賀想著幾個月前，跟里莎火熱私會的那段日子，某一天，母親不經意地告誡森賀，還有什麼比接納來得更好的方式面對兩人的難題呢？假使森賀無心管理長谷川家族的龐大事業，她不反對森賀回去倫敦，將來他們可以培養慎吾當繼承人，母親相信森賀的父親長谷川雄也有這樣的打算。森賀聽了十分震驚，母親冷淡的表情就像自己不是她親生的孩子，懷疑母親和父親知道許多事，包含自己和里莎的曖昧關係，而森賀始終沒敢跟三津提起這件事。

森賀這兩天和三津的言語談話中，也明白了父母選中三津的原因。三津對於經營的概念思維清楚、冷靜、果決，有母親沉著的影子，森賀相信三津可以掌管大部分家族的事業不成問題，三津比里莎更精明果決，森賀不由得產生了危機感。

郵輪在海上行駛，森賀和三津便躲在船艙內相擁談情。森賀必須守住三津，對森賀來說，依目前的情勢判斷，三津已被家族大多數的人接納，可以守住三津，就能穩住自己在長谷川家族繼承的可能性。

三津發現森賀有一雙棕色的眼睛。她告訴森賀自己喜歡甲蟲，因為甲蟲有堅硬的外表，當甲蟲展翅時，翅膀裡面卻有一對柔軟的彩翼，會發出一種驕傲的聲響。三津翻過身子，一腳跨坐在森賀的身上，就像從前跨在松本身上的那隻展翅的甲蟲，用一種勝利姿態和嬌媚的眼神注視著森賀，心中很清楚這種關係是維繫在龐大的利益之上。

天空雲朵堆疊，拉近了與海面的距離，松本看著三津走出房門，輕鬆地走在小島的街上，不久身邊出現了一個男子和小男孩，那小男孩就是自己的兒子嗎？松本的心情無法平靜，想著孩子的事又該如何向哈露蔻交代。

三津讓自己知道慎吾是他的骨肉，但是也清楚地表達立場，她和森賀才是孩子合法的父母，對於兒子慎吾，他們夫妻已達成共識，這次來是要未雨綢繆，因為天下沒有永遠的祕密，讓自己也做好心理準備。在未來慎吾的成長中，這個祕密也許會被公開，也許永遠不會，但他們會在最恰當的時間告訴慎吾，更不希望慎吾的成長被干擾。

看著窗外三津一家人遙遠的身影，松本深吸一口氣，這件事情完全在自己的意料之外。

從小島回來好幾日了，三津裡外都沒再看見里莎，在還沒去小島旅遊之前，里莎幾乎清晨尚未六點就悄悄進入三津夫妻的房間。三津詢問老雇傭英子，英子難掩氣憤，像是終於被問起對這件事情的態度，她忿忿不平地說那幾天他們夫妻不在時，里莎睡在三津夫妻的床，還穿著三津的睡衣明目張膽地走出大廳，拿了咖啡又走進房間的事。英子看了非常震驚，進房間斥責里莎，里莎卻警告英子注意自己的態度，說三津被鬼附身活不久了，甚至詛咒三津快點死，而里莎將會取代三津做這裡的女主人。

英子簡直無法相信，里莎甚至私下找了法師在後院作法，好巧不巧被夫人碰見，夫人以鋪子沒人管理為由，冷靜地說要里莎去幫忙管理，將她調開。英子咬著牙說，應該把里莎辭掉才是。

家族業務繁瑣，從小島回來之後，森賀便和母親商議要跟隨父親學習管理家族事業，美玥當然樂見森賀專心投入事業經營。三津忍不住問母親留下里莎在鋪子工作的原因；美玥維持一貫冷靜的作風，慢條斯理地說，一條魚放在自己的池子裡妳可以管理，如果妳將牠放入大海，牠就有機會興風作浪。美玥要三津好好思考每一項決策可能發生的利弊得失，愛情可以偉大，也值得追求，但一生有過一次就好，關於事業，可以有感情，但是更需要謀略，這是美玥給三津的第一課。三津看著美玥，這外表冷靜、看似嬌弱的婦人，這些年能將長谷川龐大家族的大小事務管理得穩妥，確實是個沉穩、有智慧、手段高明的女人。

又過了幾個月後。美術館距離華麗的街道僅幾步之遙，廣大的日本庭園內，種植著許多植物，景緻優美。森賀走在竹子打造的走廊通道，巧妙地與松本並肩而行；兩個男人沒有開口，只聽見彼此步伐移動的腳踏聲。兩人經過了望石柱，又一起走過弘仁亭，幾棵矮灌木逼得兩人肩膀微微碰撞，但誰都不願意退一步。步道石階兩旁有簡易的休憩石桌椅，時間終於將沉默用盡，森賀入神地看著一隻爬在石桌上的金龜子。

「她說她喜歡甲蟲。」

松本看著金龜子，又將目光轉向另一側，人工水池裡的藍色蜻蜓高低飛舞。松本將目光停留在建築物的屋簷下，松本當然知道森賀指的是三津，但此刻內心浮現的卻是在臺灣遇見哈露蔻的那個雨天。松本不知道該如何回應森賀，現在要談論三津，對松本來說並不恰當，自己說的每一句話都將會是地雷，自己不想讓三津陷入為難，更不想被套出什麼話來。

兩人經過一座石造的如來佛立像時，森賀拉住松本，停下了腳步，而後對著佛祖起了誓，也為拆散松本和三津而致歉。

松本一時不知該如何回應森賀，只希望事情不要節外生枝。松本請森賀不用對自己致歉，更清楚地表態那年在草原上，自己和三津的關係就已終止。松本猜測著森賀起誓的目的；森賀過於冷靜的處事態度，讓松本無法從森賀的言語中知道他的想法，更不能提起孩子，森賀越是表現出真誠、寬容，越讓松本感到一股寒意。

森賀暗中觀察著松本的情緒波動，不斷試探松本對三津的態度，他不容許任何人影響長谷川在地方上的名聲，只要松本表露出對三津或孩子有一絲想法，他會想出所有可能的手段讓松本不再藕斷絲連。森賀也想過是不是讓這個男人在日本消失，這會是可能的方式，當然森賀希望這種事情永遠也不會發生。

當松本走出美術館時，森賀的司機已在大門等候多時。松本和森賀很有默契地形同陌路一般，各自往不同的方向離開。

未來變得多變、不可預期，三津果然守承諾，從離開小島那天開始就沒有再出現過，松本也鬆了一口氣。但想起那小男孩，心中難免還是震驚。

夜晚高瀧湖畔滿天的星斗，看著這麼美麗的星空，松本內心感嘆，三津跟孩子的事將成為自己心中不能說的祕密，松本已經決定將這件事帶入棺材裡，不對任何人說起，真希望這個祕密從來不曾存在。

期待的日子終將來臨，當年一時衝動，才會提出去臺灣做關於長濱水圳的研究紀錄，此刻順利取得學術的認可，松本恨不得立即飛到臺灣和哈露蔻分享喜悅。在離開日本之前，松本還是必須和父母聚聚，即便父母依舊勸說不要再到臺灣和那位鄉下女子有接觸，松本卻透漏哈露蔻已經產下孩子的訊息，讓父母相當震驚。看著收拾好的大小行李，松本的母親對兒子有萬般的不捨，眼見兒子心意已決，沒再說什麼。看著星空，松本想起和哈露蔻在搭鹿岸那幾個纏綿的夜晚，身上有一股衝動正在體內竄流。松本端起一碗母親親手煮的味噌湯，腦海浮現了村莊老婦人那裡的粗茶淡飯。

松本買了一些紀念品，其實大部分是腸胃藥，還有消炎止痛的家用藥品，準備送給臺灣幾位可愛的老人，當然也準備了哈露蔻的禮物；離開臺灣一年多的日子，想著終於可以和哈露蔻見面，松本內心有些激動。松本在美術館和森賀作了約定，下次再見面，身邊會帶著妻小，他們在太平洋那一端，那女子將會是他一生的伴侶。松本非常確定，也算是對森賀的一種承諾，因為自己有家人了。

日本城市的鳥瞰圖在雲層中消失，松本閉上雙眼，期待著和哈露蔻相聚。再睜開眼時，海天成了相同的顏色。

人煙稀少、地處偏遠，海灣依舊是以往的海灣，但多了凌子，村莊的長輩忙了起來。凌子是村莊裡的寶貝，常在許多老人的手中傳遞著，除非凌子餓了，才被匆匆地送回哈露蔻的懷裡，孩子吃飽了奶水，幾個老人又笑嘻嘻地把孩子帶走；哈露蔻從幼兒園下班後，必須在長輩家中找孩子。唯獨阿洛，直到凌子誕生都不願意承認松本的存在，阿洛冷言冷語地告訴襁褓中的凌子，說她是沒有人要的孩子，是母親不知羞恥偷偷跟男人生下的小孩。雖然凌子還是嬰兒，但當阿洛用這般刺耳的言語對她說話時，凌子竟不安地放聲大哭。

開學後，園長建議哈露蔻帶著凌子來上課，雖然長輩們都願意協助，但偶爾帶來幼兒園，其實對其他幼童來說也是另一種學習。哈露蔻答應園長會跟長輩們溝通，但畢竟還是擔心會影響工作。

燥熱的夏日，太平洋湛藍得刺人雙眼，即便有海風陣陣，也感受不到一點涼意。哈露蔻正忙著準備幼兒園的午餐，背上的凌子感覺悶熱而哭鬧起來，她將凌子從背上放下，幼兒園的孩子學會協助照顧嬰兒，拿著玩具逗凌子玩。教室的窗戶已經全開，老舊的電風扇奮力地送出強風，但燥熱依舊難擋。孩子的眼睛隨著窗外幾位老人而好奇地移動，哈露蔻也伸長著脖子看這雜貨店那幾位老人走來；他們用黃藤編製了嬰兒搖籃，現在村莊裡的長輩家中幾乎都有搖籃了，當然是為了凌子預備的。老人忙著在教室一角擺放搖籃，園長非常滿意藤編的搖籃，園長認為把嬰兒放在教室裡，也是教育的一環，園長讓幼兒園的孩子學習互相照顧。總之在這種偏遠的村莊，幼兒的教育是園長說了算。

老人們沒有讓凌子有太多時間在幼兒園，他們總能找出時間幫忙照顧凌子，孩子成了這群老人的生活重心，只是這樣的協助又讓阿洛精神緊張，幾次到幼兒園和其他老人搶著要照顧凌子。哈露蔻在無計可施之下，只能威脅祖母要搬離村莊，這才讓阿洛稍稍收斂。

即便是炎熱的夏季，幼兒園的孩子依舊充滿活力。哈露蔻坐在椅子上，用大腿夾住一個好動的小女孩梳理頭髮，他們剛剛睡午覺醒來，各個像麻雀一樣地活躍，哈露蔻恨不得灑一把米讓孩子們安靜，不得已只能一個個像老鷹抓小雞，幫忙孩子整理儀容。幾個孩子圍著搖籃逗凌子玩，凌子對幼兒園的孩子果真有幫助，孩子顯然在學習著照顧更小的孩子。

孩子像麻雀一窩蜂地往窗子的方向吵鬧著，哈露蔻喊著孩子別爬太高，她轉頭看著那群小小孩，卻看見站在窗外、風塵僕僕的松本深情地看著她。哈露蔻直覺地衝出教室，用盡全身的力量擁抱松本，她要確定松本真實地存在，自己都不確定松本是不是真的會回來，雖然有書信聯繫，但依舊抵擋不了內心的空虛和恐慌。

園長拍拍哈露蔻的肩膀，跟著激動起來，由衷地替哈露蔻高興。這些日子園長不敢提起松本，覺得松本應該不會回來，這幼兒園裡面有一半的孩子沒有父親，這些孩子的父親，當時哪個不是海誓山盟地說著誓言，只是真正負責的沒有幾個。

園長看著村莊裡的女孩，大多年紀輕輕就扛起家計出外工作，她們對都市非常嚮往，對女孩們來說，到都市就業是唯一改變生活的方式。但在都市生活並沒有想像那般容易，女孩們在大都市孤單無助，又是情竇初開的年紀，只要有男子噓寒問暖，女孩大多全心地跟著。但是最終男子失聯，女孩在都市懷孕生子，帶個小孩無法工作，只能將孩子送回村莊。這裡的人也心知肚明，不會問起孩子父親的事情，許多孩子就在老人的臂彎裡長大。

這世界上還是有真心的人。園長想起自己當年也只是愛上這裡的海灣，決然地賣掉在都市知名的幼兒園，即便周邊的朋友都認為自己瘋了，但這個村莊的故事讓自己著迷。她喜歡那個搖擺著鈴鐺、走過大街的蘇麥依娜，喜歡幾位光著腳的老人，他們在海邊捕撈，回村莊的路上可以看見老人背著一條大魚，沒有招牌的雜貨店要像尋寶那樣才能找到位置。自己太喜歡這裡了，彷彿外面的世界都與村莊無關。園長看著孩子們，細數在海灣的時間，一轉眼也十幾年過去了。

松本看著自己的女兒，有說不出的激動。那個下午到夜晚，村莊的老人忙著準備餐食和晚宴，從午後直到晚上，大家唱著跳著，老人張開嘴、露出一排假牙，那是從松本成立的基金裡提撥的錢為老人裝上的牙齒，老人看著松本就像看見自己的孩子回來一樣開心。那是一個溫馨的夜晚，只有祖母阿洛，她的疑心病又開始發作。老婦人催促著哈露蔻，趁著阿洛跟幾個老人逗嘴，帶著孩子往側門出去，一家三口到搭鹿岸休息。

哈露蔻將搭鹿岸整理得很溫馨，她買了一張雜誌裡看見的床組，用絲線編織成帷幕。

輕風從窗外吹來，流水依然流暢地溢滿。哈露蔻每天會來到這裡看著遠方的海洋，陶罐的野薑花常更新，室內滿是花香，床單保持乾淨地等待，為著松本的到來而準備著。

松本再也按捺不住內心火熱，他摟住哈露蔻，將纏綿相思交給身體來探索宣洩。他們熱情相擁、不知饜足，身體渴望這等待已久的魚水之歡，他們親吻著對方，雙手在汗水中確認彼此的存在。哈露蔻沒有多餘的時間拉動彩繩，她想將身體全心投入在交歡的世界裡，直到月光已更迭，晨曦悄悄來臨。哈露蔻攤軟地趴在松本胸前睡著，晨曦投射著她柔美的曲線，又激起了松本的慾望，再一次盡情地歡愉。

松本又聽見令自己懷念的廣播，村長開啟播放器時，即便手上有工作，村民也會站在原地不動，仔細聆聽是否是自己的孩子打電話來。村長是個貼心的人，為了不讓一路趕來的村民內心忐忑，會先問明事由再呼叫村民。村長慣用族語的廣播內容總是簡潔清楚。

「第三鄰、第三鄰，烏瑪、烏瑪，你的孩子有呼吸的問候，二十分鐘後還會再打來，不要緊張，電話等你。」

那年，長途電話費對村民來說是奢侈的消費，會盡可能讓孩子在每個月固定的時間打電話，於是村長門前的板子上，會清楚地寫著排班的時間和姓名，一個小時最多四個人輪流接聽電話。二十分鐘的電話費就會讓老人心疼，他們希望孩子可以省下電話費，只要報平安、交代重要事情即可。村長門前的一棵大樟樹，樹下會擺放一張大竹床還有長板凳，方便等電話的村民等候；雜貨店的老婦人每天清早會固定來到樹下煮一大鍋子的茶水，清洗好月桃葉子，放在旁邊方便大家舀水飲用。這些年來不曾改變。

凌子從嬰兒開始便是這裡固定的成員，現在大一些了，也來到村長家幫忙老婦人清洗月桃葉。看著許多人聚集說著等待，凌子不懂等待的意義，對這村子裡的人來說，等待成了日常，是生命中不可缺的煎熬；這裡的老人對於等待，已經超出了生活可以忍受的極限，是凌子不喜歡的感覺。

祖母阿洛還是害怕哈露蔻離開，松本只能向阿洛保證，不會偷偷帶走哈露蔻，緩和了兩人之間的緊張關係。凌子三歲那年，哈露蔻又生下了一個兒子古拉斯，這可讓松本樂壞了，他立誓要好好照顧孩子跟哈露蔻。這又把阿洛嚇壞了，她疑心松本會偷偷帶著孩子跟哈露蔻離開，只要哈露蔻稍微整理一些衣物，阿洛就覺得他們一家人要遺棄她。每當松本要回日本之前，阿洛都會扣著兩個孩子，以防他們偷偷逃離村莊。

古拉斯像極了松本。松本想早些帶妻子和兩個孩子回日本，盡快讓孩子習慣日本的生活文化，畢竟在日本非常重視長男的教育，但哈露蔻告訴松本，任何一種文化都是珍貴的，何嘗不順其自然呢？哈露蔻希望兒子有自己生命的歷程，不是被刻意安排地成長。

幾位村莊的老人用部落傳統的方式教育古拉斯，村莊裡常常可以看到一個泥巴娃娃在田間遊戲，松本看著實在震驚，但是哈露蔻就是不去干涉，說那是男人的成長，耆老會負責讓古拉斯身強體健。

松本不懂為什麼哈露蔻不干涉兒子的活動，除了平日的生活起居、照顧古拉斯的健康之外，哈露蔻幾乎放任耆老帶著孩子上山下海，哈露蔻說了很多松本難以理解的想法，比如邦查的傳承文化裡，女人不會去干涉男人成長的訓練，又說年齡階層有一套教育方式，自己根本不用擔心兒子該如何教育，她將古拉斯全權交給族人長老，說得好像兒子是撿來的。

松本看古拉斯幾次在河流中載沉載浮，被帶入森林說是要介紹古拉斯給動物認識，整個想法顛覆了松本既有的觀念。松本戰戰兢兢地緊跟在側，實在不放心。

實在忍不住了，松本第一次用嚴厲的口吻糾正哈露蔻，甚至告訴她關於日本女人婦德的論述，哈露蔻只是靜靜地聽著，看松本火冒三丈的樣子，卻裝著一副委屈地伸舌頭，根本沒有想改變目前的教育方式。松本氣得跟雜貨店老婦人抱怨，更希望老婦人可以幫忙勸說。老婦人卻反問松本，有比這種生活教育更有趣的嗎？

即便一群耆老得知松本對於訓練的質疑，但他們知道有一天，松本將明白古拉斯會和其他男子不同。他們帶古拉斯去抓青蛙，卻看見古拉斯去追水鳥，帶他在海灣找貝螺，古拉斯已經將自己潛入海中。松本在日本的生活環境原本就優渥，看著兒子跟野人一樣生活簡直嚇壞了，萌生帶兒子回日本的想法。

文化差異的確造成兩人之間對於孩子教育上的理念不同，松本因此常在哈露蔻面前表現出一家之主的氣魄，好讓哈露蔻聽從自己的教育方針。但儘管用盡方式，生氣或命令，都無法改變固執的哈露蔻，反倒笑臉地質問松本，男人怎麼會浪費時間在情緒上？男人不是應該在海上或是在家以外的地方奮鬥嗎？松本悶了好幾天不跟哈露蔻說上一句話。

那是一個安靜的夜晚，海浪平靜無波，輕悄悄地滑向海灘又緩慢折返。古拉斯讓父親先坐上竹筏，自己卻跟著耆老推著竹筏往海面上奮力推進；松本原本想下來幫忙，卻被制止了，耆老怕松本無法跳上竹筏。看著兒子有力的臂膀將竹筏推進海面，又像一條魚俐落地跳上竹筏，松本現在相信耆老說的話，自己一定做不到。

古拉斯請父親不用擔心，說自己十三歲，這是成為真正的人必須接受的訓練。古拉斯熟練地捲動釣魚繩，讓松本學著綁魚鉤；古拉斯沒有特意幫忙父親松本，謹記耆老教導，指導和尊敬之間的差異，他不能讓父親感覺比孩子差。古拉斯緩慢地綁上魚鉤，用松本可以跟上的速度，而松本隨著孩子的動作將魚鉤固定，感受到兒子的體貼，認真地跟上進度。當松本把魚鉤完整地綁上，古拉斯給松本一個溫暖的擁抱。松本內心激動地跟著古拉斯拋出魚繩，學著孩子將照明燈照射在海面上，四方瞬間來的魚群紛紛跳向燈光的位置，從灰暗的海面劃過松本的耳際，松本體驗著海洋截然不同的生命力。

「お父さん、魚は餌にいます。」（爸爸！魚上鉤了。）

松本和古拉斯合力要將魚拉上竹筏，他們必須花一點時間讓魚消耗體力。松本畢竟沒有在海上搏鬥的經驗，他的力道不足，無法真的幫上古拉斯。耆老趕忙跑來接手，對古拉斯來說，這條魚的力道可以將他拉下竹筏，耆老用腳頂著竹筏，古拉斯則跑向另一側，盡可能地穩住竹筏。松本被浪高拍打了幾回，險些掉入海中，古拉斯不慌不忙地拉了父親一把。海上搏鬥的場景確實驚險，松本知道自己不該跟來，拍著古拉斯的肩膀，重新思考孩子和大自然教育的重要性，這不是正規教育可以學得的。看著耆老敬重大自然的態度，更顯示了自己對大自然的陌生，身為父親，沒有理由阻礙古拉斯學習古老的智慧。松本終於願意放手了。

「父よ、あなたの恋人は。」（父親，你的愛人。）

古拉斯指著海岸上的火光，笑著跟父親說。松本卻一臉狐疑，搖搖晃晃地看著海岸。

「それがあなたのお母さんだとどうやって確信しますか？」（你怎麼知道是你母親？）

「彼女はあなたを愛しているから。」（因為她愛你。）

哈露蔻看著松本父子兩人坐上竹筏，當然理解松本的憂慮，自己怎麼可能不擔心？每當古拉斯帶著簡單的用具上山或是潛入海中，自己總是心驚膽跳，要等到古拉斯安全上岸才安心。但就算再不捨，還是必須忍住不去干涉訓練。松本的擔憂自己可以理解，但此刻她更擔心松本在海上的安全，再怎麼說，松本沒有經歷過大海的洗禮。哈露蔻擔心地在海岸等待，她在海灘升起了火，讓松本看見海岸上的光。

季節更迭，松本往返日本與臺灣已成了日常，村莊也悄悄地多了日本氣息。每當松本看見蘇麥依娜在莿桐花開的季節祈福，便會掛上日本的鯉魚旗，祈求神靈保佑孩子健康成長。人們在不同文化的交織下，學習包容彼此的不同。然而，無常總會伺機而動，阿洛在某個苦楝樹落葉的清晨，在睡夢中離世。哈露蔻一時間無法接受，即便祖母阿洛平日言語尖酸，畢竟養育了自己。

前幾年，松本父母專程來臺灣要看古拉斯，古拉斯是松本的長男。松本的父母風塵僕僕地來到花蓮，那幾天哈露蔻根本無法入睡。而對古拉斯來說，天下好像沒有什麼可以讓他擔憂的。凌子和母親一樣有些緊張，她不太習慣頭髮綁上蝴蝶結，總感覺自己跟山羊一樣，長了一對可笑的角。

古拉斯一點也不怕生，見了祖父母，牽著姊姊凌子的手用日語問候松本父母，又用邦查傳統禮儀行禮，哈露蔻用日語說明了邦查行禮的方式。古拉斯拿著一杯茶由上往下畫個半月形弧度，再單膝跪地，雙手奉上茶水，對祖父母行禮；凌子是女生，動作較為優雅，她調整好衣著，雙手奉上茶水。松本的父親聽著哈露蔻解說，也一改嚴肅的態度和古拉斯聊了起來。古拉斯希望祖父母可以到村莊去，他可以帶祖父到海上釣魚，或是抓海膽給祖父吃。古拉斯的親和力讓松本的祖父十分歡喜，說彷佛看見幼年時那個好動的松本，只是在日本的教育下才會變得拘謹。松本也頗感意外，回想家族中確實少了像古拉斯這種個性的孩子。

凌子顯得有些緊張，她不知道祖母會不會像阿洛曾祖母那樣嚴肅，她低著頭不敢直視。

「自分で編みましたか？」（妳自己編織的嗎？）

「母が教えてくれた。」（母親教導我的。）

松本的母親看著織帶的圖案驚嘆。松本的父母看著哈露蔻除了皮膚曬得較深之外，其餘都應對得體，孩子教育得健康守禮，總算比較安心。松本的父親嚴肅地斥責松本讓妻小流落在外，允諾在日本，松本不用跟他們兩老一起生活，言下之意是接受了哈露蔻的身分。

遠方的家

村莊的飛魚季只有短短的兩個月，山上的莿桐花開得豔麗。古拉斯慫恿著父親跟著他上船捕飛魚，有了幾次的經驗，松本已經知道魚群會四處衝撞，他準備好面罩，分送給大家可以保護眼睛。海面沒有想像的那般平靜，魚群互相追趕，常常是一片混亂的景象。松本知道自己幫不上什麼忙，看著耆老和古拉斯灑下魚網，自己便拿著簡單的網子，像捕捉蝴蝶一樣等著飛魚自投羅網，這是古拉斯教的。松本將網子固定，站穩腳步後將燈打開，很快的，灰暗中飛來無數銀色的翅膀，幾隻飛魚正好落入魚網。

在白天捕飛魚時，飛魚用閃雷般衝刺的速度逃命，海鳥盤旋於空中，精算著飛魚躍出水面的位置俯衝而下，飽餐一頓。躲過天上海鳥襲擊的飛魚，還必須逃過凶猛的鬼頭刀從海中猛力追趕。飛魚群不時地撞上船身，生死瞬間，分秒必爭，海上果然是屬於男人的搏鬥世界，翻騰著松本內在的野性。

從太平洋看著臺灣島嶼，秀姑巒溪出海口有一處隆起的小島正映入眼簾。離開村莊的日子越來越近，雜貨店的老婦人幾天都不開店營業，她說心臟不舒服，可能快死了，不願意開店營業。松本知道老婦人正在生悶氣，這些年他們已經把松本當成自己的孩子，現在說要回日本，難免讓人感到失落。

村莊的人對於海洋沒有浪漫的想法，他們依靠海洋，也畏懼海洋。松本站在船板上深吸一口氣，海平面的雲朵在膝蓋的高度，如果再往北，日本海的故事會不一樣嗎？一波飛魚群與船身逆向交錯，奮力在海平面狂奔往天空飛起，翅膀的彩光是黑色的。

哈露蔻想了一個方式，可以安撫幾位疼愛松本的長輩。哈露蔻帶著松本來到森林裡找藤心，黃藤的生長常常是纏繞著大樹往天空爬升，使得取藤心有一定的難度，尤其是黃藤表面長滿了長刺，對松本來說是一個大挑戰，仰頭望著天空，不知該如何下手。

古拉斯在松本身旁表示可以協助父親。古拉斯在適當的位置將黃藤截斷，去除黃藤下半部堅硬的長刺，古拉斯示意著父親，現在兩人必須合力將黃藤扯下來。松本看著兒子像猴子，手拉著黃藤用力來回地盪了幾下，樹上紛紛掉下不知名的蟲類還有蜥蜴，樹枝還發出斷裂的聲音。哈露蔻喊著松本不要抬頭，以免樹上許多粉塵落進眼裡。此時的黃藤已經被古拉斯拉下三分之一，松本走向古拉斯，兩人合力抓住黃藤，往看好的方向用力一跳，數公尺的黃藤唰地一聲，瞬間從大樹末梢被扯下。原來吃藤心需要花這麼大的力氣。樹的末梢露出了一個大白光，斜斜地照耀在哈露蔻和兩個孩子身上，松本感謝老天給自己一個奇特的緣分。

一條數公尺長的黃藤，能吃的部分只有末端的五十公分左右，其餘較為堅硬的黃藤可以編製背簍。一家人合力花了半天的時間，好不容易取得一把大約十根的黃藤心。帶著藤心，哈露蔻一家人和幾位老人共餐，這才安撫了鬧彆扭的長輩們。

幾位老人合力縫製了幾套傳統服飾，叮嚀凌子跟古拉斯不要忘記這裡的文化，也不要遺棄海洋，村莊每年的祭典都會為他們留下位子，希望松本一家人每年都回來參加。夕陽緩慢地迎接著星辰，海風輕巧，布達爾和村莊的好友，已經用營火等待著哈露蔻一家人，耆老的歌聲不曾間斷。雜貨店的老婦人還是不情願地跟松本約定，說要吃日本的麵包，就當是這幾年的利息。

「妳會回來嗎？」

布達爾靠著凌子的肩膀，在她身邊問。凌子沒有想過要離開這個生長的地方，有些心慌，布達爾的問題也是這些日子自己的困惑。但是日本是父親的故鄉，自己有一半是日本人，應該開心地面對未來才是。

火堆發出烈焰，也燃燒凌子的內心。父親緊緊地牽著母親的手，他們堅守的情感已是村莊裡希望的象徵。海浪無力地推波，星空閃閃爍爍，布達爾等著答覆，凌子沒有回答布達爾的提問。

日本千葉縣五光十色的街道，凌子剛開始還感到新奇，幾天之後便莫名地產生壓迫感，霓虹燈和壅塞的街道，使得凌子的耳朵無法清靜。古拉斯向父親拿了街道地圖，想知道這裡和海洋的距離，他尋找周邊是否有大山，像個冒險家四處遊走，短短兩週，古拉斯已經熟識了幾家店商，還收到了見面禮。他在公園認識了同年齡的孩子，找到了就近的學區，古拉斯告訴父親要試著到海邊，他整日精力旺盛。松本驚訝的是古拉斯的社交能力，以前曾擔心孩子對環境的適應問題，現在看來是自己多慮。

幾年前，松本將富浦一處老房舍做了修繕，這裡是松本小時候居住的地方，自從父母搬離後就定居在高瀧，房舍閒置了很長一段時間。原本以為哈露蔻可以在小笠原島生活的想法，因為三津的出現，讓松本改變了想法。富浦的房舍有庭院和大型公園，離大海也很近，應該更適合居住，古拉斯一定也會喜歡，松本揚起嘴角笑了。

這些年往返臺灣和日本，除了完成學術的研究，更意外地做起了原礦的生意，靠著家族原本的人脈，臺灣玫瑰石和藍寶石在日本有一定的市場，那年和哈露蔻在海岸撿拾的寶石，使松本有了做原礦生意的想法，起初只是想想而已，當松本拿著原礦要訂製送給哈露蔻的飾品時，機緣巧合之下，得知手中幾塊不同的原礦在日本有許多石藝收藏家非常喜愛，設計飾品的師傅甚至想高價買下松本手上那塊菊花紫玉，開出的價錢讓松本有些驚訝，加深松本對玉石出口的信心，從那一年開始，松本在進行學術研究的踏查之餘，開始做起原礦出口生意。

村莊的老人對於寶石的出處相當熟悉，但礙於對市場價格陌生，偶然看見有人收購，只是隨意地給了一些零散的費用，還不足一次來往花蓮看診的錢。村裡的老人雖然知道被廉價騙取玉石，但也無從追討。最嚴重的一次災難，應該是失足摔落山谷那次。

那次的意外要從尋找東海岸的藍寶石說起。收購商不知哪來的訊息，知道山區有礦脈，但村莊的老人都知道，要在那座山拿走藍寶石必會招來厄運，蘇麥依娜更特別叮嚀，在下過雨的一週內都不能進入那個山區。但收購商開的價碼實在誘人，在一個無聊的雨天，幾杯白酒下肚之後，便義氣相挺地進入了山區。五個人進入山區，只回來一人，其中兩人摔落山谷，當下身亡，另一個驚嚇過度，類似中風失語；收購商不知什麼原因，摔落山谷的位置離其他人的距離很遠，找到他時已經奄奄一息。唯一逃過一劫的一名老人，因為半途腳扭傷又鬧肚子，他形容自己進入山區便開始頭腦發脹，也沒意願跟著上去，便獨自在山下等待，足足等了兩個晚上才忍痛下山尋求協助，但過了三個月，這名老人在自己的家中跌倒後就沒再醒過來。從此村莊對於山區的寶石絕口不提，一直到松本帶著製作好的飾品回到村莊。

松本展示了用在海灘上撿拾的菊花碧玉切割製成的項鍊和戒指，讚嘆菊花碧玉是少有的玉石，可以幸運地撿到，是老天給自己和哈露蔻的祝福，在眾多耆老的面前，親手幫哈露蔻戴上。當下也承諾耆老，要做出口原礦的生意，至於能不能賺錢，自己也沒把握。松本期待可以靠著原礦有些額外的收入，在村莊設立醫療基金，讓村莊的長輩不再為醫藥費擔憂。

村長對於松本的提議提出了幾項質疑，更希望在進行之前可以先請示蘇麥依娜，畢竟那是老天的東西，能不能拿還是需要尊重大自然。這項提議得到全數人的贊同，蘇麥依娜指示村長，只能在水域周邊尋找，便可平安無事。

村長更不想因為多了這筆收入，讓村裡的人起了貪念，關於設置基金的問題，必須在松本的生意上軌道之後才能執行。短期間是不可能有多餘的收入，因此村長希望松本用雇工的方式支付工資，免去彼此過多的猜忌。除非個人持有特殊的玉石，可以請松本代為轉售，雙方再以比例差額作為松本收入，其中的細節還包含扣除運費和手續費。

松本對於眼前這位滿頭白髮、還缺了幾顆牙的村長，其心思縝密的分析頗為認同。經哈露蔻告訴松本，村長原本是公務員，為了村民山坡地被侵占一事挺身而出。當然事情並非表面上那般的簡單，其中牽涉層面過於複雜，阻礙了某些地方人士的利益，因而在工作上遭受排擠才提早退休，是少數在村莊有學識的人。耆老們也一致認同村長的說法，他們不希望因為這些石頭撕裂了彼此的情誼。

原礦的取得並沒有想像中容易，不透過大型機具開採要拿到原礦，全憑著經驗和運氣。老人帶著松本走過木瓜溪，在漫天飛沙的河床上行走，他們並沒有特別的目的地，老人告訴松本，找石頭需要一點緣分，不然會嚇跑祂。松本對於耆老與大自然近乎擬人化的論述感到有趣，也消除了身體因行走帶來的疲勞感。耆老甚至帶著松本到花蓮的三棧溪，松本發現無論有沒有發現玉石，回程中，耆老們的袋子總是滿的，裡面有河裡捕撈的魚蝦，要不就是不知名的野菜。還記得開車經過一片廣闊的甘蔗園時，老人要求停車，下車一會兒又上車，松本想著老人應該是尿急。回程中，老人又在同樣的地方鑽進甘蔗園，當他再出現時，手中提著兩隻大山豪，幾乎跟野兔一般大小，老人家開心地說晚上請老婦人幫忙料理，大家可以喝一杯好好睡覺，還提前跟松本告假，說明天不工作，要休假一天。

松本驚喜玉石的紋路竟可以有潑墨畫的風景，即便是同一塊原石所切割的石片，呈現的水墨畫面皆各具特色，很難找到完全相同的玉石水墨圖，這是松本學術研究之外的收穫，就說立霧溪和木瓜溪相隔不過四十公里，立霧溪的玫瑰石卻呈現著雅士風範的灰黑色水墨畫，偶爾只會出現極少的一點桃紅色，瞬間將水墨畫點亮。而木瓜溪產出的粉桃色玫瑰石，就如同沉浸在霞光的照射下，景緻柔和溫暖，無論是典雅的水墨灰或是浪漫霞紅的玫瑰石，臺灣的寶石皆讓日本收藏家趨之若鶩。

原礦出口持續幾年之久，耆老帶領松本走入各處產出玉石的溪流，在溪流的周邊，松本也找到多處日本時期建設的水圳，但很可惜，許多地方已經不再使用，良田荒廢，或是被開發成住宅區。

尋找原礦，並不是每回都能找到可以出售的玉石，尋找玉石的過程中，常常是強風捲起河床上的飛沙，在烈日曝曬下走了幾公里，耆老割下河床上的蘆葦草，熟練地編織出防曬用的草蓆，背在背後阻隔強光，達到隔熱效果。其中一位耆老鑑識玉石的能力非常準確，他喜歡在流動的河水中尋找，一方面可以看看是否有螃蟹或鰻魚。松本可以順利找到玉石，皆仰仗這群年邁的長輩協助；他們雇用了年輕的臨時工搬運原礦。假日，松本和哈露蔻在海灘上散步，也意外地找到不同的玉石；海浪翻動著海岸上的鵝卵石，哈露蔻說潮來潮往是大海的歌，這樣的日子再美好不過了。幾年後，松本果然有了多餘的收入設立基金，耆老們可以不為醫療費用擔憂，他們可以拿基金去裝假牙；松本發現這裡的老人多半都缺牙，因此許多老人看起來乾瘦、營養不良，松本知道這是村莊老人需要的協助。

松本離開村莊，原礦的買賣可能暫時中斷。其中更重要的原因是後來這幾年，某些地方勢力發現原礦帶來的商機，開始動用機具大量開採礦源，幾處山壁變得面目全非，他們使用炸藥，常常天搖地動，森林中的動物往山下逃竄；河流被挖出許多大小坑洞，到了夏日，不知情的孩子在積水坑洞戲水後，因無法上岸而溺斃。原本是在河岸簡單地撿拾，後來卻變得複雜且牽涉上官商利益的問題，村莊開始有陌生人探詢寶石的出處。藍寶石市場價格明顯被炒作，眼看市場紛亂又無法源可管的狀態下，村長開會提議暫停尋找原礦的工作。哈露蔻和松本商議，他們必須改變方式，決定用較小的原礦作為出口的項目，松本也開始尋求其他國家的寶石販售。

古拉斯在富浦簡直如魚得水，這裡有海灣，有稻田，雖然少了大山，至少是鄉村生活，古拉斯忙得不可開交。凌子看著弟弟古拉斯成日在四處尋訪，一進門就嘰嘰喳喳地分享自己找到一間古老的鳥居，興高采烈地說著鳥居門口的石雕狐狸，凌子的耳朵只有在古拉斯出門的時候才能清靜些。凌子發現弟弟承襲了父親研究的精神，只是父親松本較為內斂，是個書生的模樣，怎麼古拉斯就不得安靜一下？

凌子安靜地望著南方的海域，哈露蔻也看出來了，凌子不像古拉斯積極地想要認識周邊的土地，連身旁飛過的蜻蜓也吸引不了她，凌子的眼神總是望向遠方，就像是自己當年遠望著松本的來處一樣，難道凌子有喜歡的人了嗎？哈露蔻意識到女兒已十七歲了，在祖母阿洛的年代，早已經是有對象的年紀，即便時代不同，生理狀態和少女情懷是不會因為年代而改變的。

「Masamaan ko harateng iso?」（妳有什麼想法嗎？）

「Siwalaay ko haratengen ako.」（我正在困惑著。）

「Mitikol kiso i Taywan?」（妳想回臺灣嗎？）

「Ma. ilol kako.」（我是這樣想。）

凌子看著母親，哈露蔻沒有答應，也沒有反對，母女兩人並肩站著，看著松本和古拉斯組裝著一組餐桌。他們晚上會用上這個餐桌，也許再過一陣子之後，就只剩下三個人在餐桌上吃飯了。哈露蔻知道女孩可以單飛了，她長大了。

小笠原島是松本父母親的渡假小店面，後來因往返船班受限，以至於將店面出租，松本想著，如果哈露蔻喜歡小笠原島，那他們就住在小島上生活。也許都屬於海島，凌子對於小笠原的氣候很容易適應；望著海洋，想起幼年時，母親曾指向太平洋說：

「從這裡往東北方有一個小笠原島，妳父親在那座島上等我們。」

凌子往南方海域望去，那裡是自己生長的地方，即便是相同的藍色海域，十七歲的自己該歸屬於哪裡？凌子想確認自己的心意。

古拉斯來到小島簡直樂壞了，他再一次施展了他的社交手腕，認識了遊艇的幾位老闆，跟著船東在周邊小島接送遊客。古拉斯為遊艇打掃清潔，換來幾趟免費的遊艇旅行。才幾天的時間，古拉斯和住在島上的獨木舟好手幸田成了好朋友；幸田對於古拉斯的熱情和好學十分投緣，古拉斯幫忙幸田整理出租用的獨木舟，也用自己村莊的故事吸引了許多觀光客，幸田正愁著找不到幫手。古拉斯不怕辛苦，精力、體力都讓人稱讚，古拉斯能獨當一面地招呼遊客，讓幸田相當開心。

凌子很快地發現，即便把古拉斯單獨留在島上，古拉斯也可以相當活躍；當古拉斯不在海上，那必定是跟隨著導覽員進入森林探險。古拉斯還告訴母親，這裡不能隨意下海抓海膽，有好幾處的小島林投樹下有海龜的腳印，也不能拿海龜蛋。古拉斯整天幾乎看不見人影地忙著，這正合了松本的意，可以和哈露蔻重溫蜜月的時光。

凌子終究感覺小島和臺灣有很大的差異。同樣在海港周邊，小笠原雖是生氣蓬勃、充滿希望，卻少了島上孤立與世隔絕的清靜。坐在沙灘上，細白的沙灘和母親說的一樣柔美，海面上的小船卻穿梭來往、載運遊客；海風的鹹味也夾雜著多種氣味，菸味、髮膠水、高級香精、爽身噴霧，偶爾夾雜著奢靡的宿醉。小島不像村莊是那種單一氣味的海灣，凌子想念單純的海風氣息。

一位少年駕著獨木舟繞過一座小島，凌子想著弟弟長大些，會不會也是那個樣子？也許不用等古拉斯長大，凌子看著海面，古拉斯已經駕著獨木舟在海面上向她揮手，邦查的男子不就是這樣嗎？凌子知道不必擔心弟弟古拉斯，他被耆老訓練得很堅強，無論在任何地方都可以適當地展現能力。看著古拉斯的獨木舟上突然沒有人影，凌子偷偷笑著，她知道弟弟一定是趁四下無人時下海找龍蝦。

凌子將身體往後一躺，讓白沙在背後慢慢滲入。自己十七歲了。天空白雲很高，幾隻飛鳥來回追逐，風太溫柔了，閉上雙眼，村莊的海岸嘩啦嘩啦，那是海灘石頭唱歌的聲音在腦中迴盪；她想起蘇麥依娜扛著芭蕉葉，說著守護生命的海鯨傳說。凌子自知無法適應日本女性輕輕地點頭打招呼的文化，不會溫柔婉約地走路的步態，凌子想念山風搖擺的大樹和老鷹犀利的眼神；如果自己有心愛的男人，也要為愛人搖動響鈴，在織線上繡上獨有的印記，那才是自己生命中的文化。

海面被風捲動的流速有些改變，古拉斯已經上岸，他將獨木舟固定在繩索上，軟綿的沙灘踩在腳下過於安靜，不太踏實。古拉斯在海灘上留下了明顯的足跡。

「姊！妳看！」

古拉斯果然按捺不住，撿了一些貝殼片，手上還有一隻活跳跳的龍蝦。

「哎呀！快放回海裡。」

「我就是抓給妳看一下而已，看妳心情不好。」

古拉斯做勢要啃一口龍蝦，而後迅速地將龍蝦放回海裡。

「古拉斯，我想回臺灣。」

「妳得說服父親。」

海岸那一端，幸田將獨木舟拉上岸，朝著古拉斯揮手。

「それはあなたのガールフレンドですか？」（是女朋友嗎？）

「姉。」（姊姊。）

幸田從海灘往古拉斯的方向跑來，白色上衣幾乎和沙灘一樣亮白。凌子看著幸田的鍊子像一條魚，在陽光下發光，那畫面似曾相識，卻想不起來在哪裡見過。

大房子

綠茵圍繞著一列紅色的瓦房，和一般設立的機構相仿，但是大部分的建築物都在空曠的烈日下。放眼四周空曠，大房子西側的遠處有一條臺九線公路尚有一些車輛來往，北側是長長的攔沙壩從山腳下築起將河流與建築物隔絕，東邊有漫無邊際的荒野，在烈日直射之下，生命儼然會在這裡曬乾；倘若是陰雨季節，搧燃著鬱鬱情緒，心情更無法找到平衡了。秀姑巒溪對岸的居民稱這裡是「大房子」，這座大房子不是人們羨慕的屋子，他們不願提起，更不想走近它。

大房子早期利用東部土地開發，設立臺灣最大的精神疾病治療中心，這裡收容了來自臺灣各地、各種不同精神症狀的患者。除了精神上偶爾失控、不同的情緒宣洩和哭喊的特例，遊走的或是定點雕像式不曾移動的人，是這裡常見的景象。更多的是貧困家庭的患者，還有老兵，整個氣氛落入一種灰鬱的氛圍，和紅瓦房的外觀與藍天成了極端對比。

布達爾腰間的呼叫器又響起，他垮下肩膀，閉上眼睛，嘆一口氣說：

「真希望我暫時性耳聾。」

放下手邊的資料夾，拿起呼叫器看著代碼，起身用最快的速度跑向指定的病房位置。至於原因，他已經不想知道。一個小時前才剛剛處理完一位患者自殘，表格都還沒填寫好，呼叫器又響了，真應該留在部落種田或抓魚，布達爾暗自嘀咕著。

在養護所工作這幾年，從剛開始好奇想知道每個患者的故事，歷經了許多事件之後，布達爾身心俱疲。現在只能抱著一種態度來看待：進入養護所的人，基本上都有一連串問題，不會因為自己關心就可以改變。布達爾現在只要能將工作順利完成就行了，不再好奇地問緣由，也是經歷了許多的事件後學會的心態。並不是他冷血，而是自己不是專業醫師，更不是諮商師或心理師，沒有受過專業訓練，無法正確判斷處理，更不是自己的職權所在，做好份內的工作就行了。

布達爾邊跑邊想著，待會兒會有什麼樣的畫面出現在眼前，他把所有可能的畫面在腦中演練了一遍：打架、自殘、還是服食藥物……。長廊多了兩位工作人員和布達爾往同一個方向跑去，他們邊跑邊互相打招呼，其中一位說：

「士官長又在操兵了。」

「阿雄去扮蔣委員長了嗎？」布達爾開口問。

「阿雄今天被派去接患者，還沒回來。」

布達爾心裡想，這下糟糕了，這位士官長力大無窮，今天早上一定是沒有看著他把藥吞下去，或者自行藏藥，種種無法正確了解的猜測都是選項，這位士官長只要發作，便會出手打人或是操兵，唯一可以治他的就是蔣委員長。阿雄和布達爾是同事，工作瑣碎，大部分的時間是協助醫生及護理人員壓制這類患者，更重要的是不讓任何人受傷。對布達爾來說，這個工作除了讓自己可以維持生計，他更喜歡的是那一份荒涼感；他需要一處不用思考、讓一切空白的地方。

阿雄是住在古楓溪臨岸的一位布農族。說來很奇怪，他沒有布農族的膚色和粗壯的腿，連阿雄都懷疑自己是不是撿來的，還是母親在醫院抱錯了孩子，但是阿雄的母親非常疼愛他，和其他兄弟姊妹感情也很好，阿雄也無須在意外貌像不像布農族了。偶然一次院內舉辦聯歡會表演，阿雄心血來潮地裝扮成偉大的蔣委員長，竟引起院內眾多退役老兵的情緒騷動，尤其是這位士官長，對蔣委員長的尊敬更勝其他人。之後士官長有狀況或是有表演需求，阿雄就會打扮成蔣委員長，帶著幾位老兵和士官長慷慨激昂地呼口號：

「打倒萬惡共匪、三民主義萬歲、中華民國萬歲！」

連續大喊幾次，喊完士官長竟然也就安靜了，但是其他工作人員喊就沒有任何作用，反而是討打。總之，現在得想個辦法，讓士官長離開那個房間才是重點。

「蔣委員長令士官長即刻至六〇三號房報到！」

現場頓時鴉雀無聲，所有房間內的人轉向大門看著布達爾一群人。有一兩個毫無反應，就像這世界上的事情與他們無關，繼續對著牆面說話，幾個好奇的圍觀者在門口觀望，有些則過於緊張，自顧自地遊走踱步。

指令看來有些作用。這是布達爾和其他同事一路商議，該如何制止士官長而做的決定，他們無法裝扮成蔣委員長，只能想法子先讓士官長離開現場。

現在場面混亂，士官長站在最前方，命令幾個患者趴在地上做伏地挺身，其中一位年紀較長，臉色微白，頻頻顫抖。玻璃窗上貼了幾張好奇而眼神呆滯的臉正在觀望，較為躁鬱的住民，正啃著窗戶的圍籬發出咖咖的聲音，他牙齦流出了鮮血，表情驚恐。

布達爾和其他工作人員摒住呼吸，指令是否達到效果，就在分秒之間決定。布達爾腦中不停地想像下一個可能性，現在只能靜觀其變，世界安靜得只聽見彼此的喘息聲。

「蔣委員長令士官長即刻至六〇三號房報到，其餘不敬禮解散！」

布達爾又再一次下達指令。

「是！」

士官長舉手敬禮，聲音宏亮，轉身用正規軍人的步伐走出房門，邁向六〇三號房去。

布達爾和其他幾位工作人員默默地鬆了一口氣，跟隨其後，繼續完成後續的處理工作。

在大房子工作狀況很多，生死幾乎都在一線之間，如此緊急，卻不是因為身體疾病；這裡的住民，大部分是精神接近崩離的狀態，走不出謎團，將自己壓得喘不過氣。布達爾看過自殘的女子，她在手腕劃下幾刀，不但沒有留住那男人，反而把人嚇跑了。一位年紀不過十八歲的青年，長期被自己的兄長性侵，精神崩潰，揮刀刺殺哥哥，他總是和其他人保持在一公尺的距離，即便是炎炎夏日，也要穿上三件褲子，才能安心地睡覺或吃飯。有時候，布達爾看著四周荒野，感覺一切都像在夢境一般地活著，景物、人、事，都像幽魂一樣飄過身旁，就像此刻季風吹過，遍灑在這周邊的山河，也侵蝕著布達爾無謂的生活。

今天已經精疲力盡，從早上到此刻已經傍晚六點，幾乎忘了還沒吃正餐，早上賴床，隨意喝一瓶罐裝伯朗咖啡就匆匆趕著上班，中午更因為處理自殘的事件，吞了兩顆新來的護理師惠珍給的茶葉蛋，又忙碌工作到現在。布達爾站在二樓窗臺前，心裡猶豫著今天該不該回長濱；守護土地的議題和地方政府的ＢＯＴ案在村莊裡引發討論，目前地方上雖然已達到共識，卻是力量單薄，找不到施力點與財團抗衡，讓生活變得壓力過重。

還沒有來大房子之前，布達爾和其他親戚在板橋從事「男模」的工作；「男模」是男性板模工的意思，是村莊人自嘲的一種說法，而且「男模」聽起來還不錯。北上工作的原因沒有其他人那般沉重，不是為了扛家計，也沒有什麼遠大的夢想，只是想暫時離開村莊做的選擇。在東海岸這些年，布達爾已經習慣烈日，板橋的太陽比太平洋的烈日溫柔多了。

布達爾的母親妮卡兒在衛生所工作，身體健朗，不用布達爾照顧，更不需要養家。在村莊，妮卡兒常替其他小孩準備早餐，村莊裡隔代教養的孩子接近八成，村莊沒有補習班，也沒有其他娛樂場所，老人家一大清早就出海或是上山務農，學齡的孩子們沒有多餘的錢買早餐。母親習慣早起，是以前在醫院輪值三班養成的習慣，回村莊之後，變得有許多時間，也想盡一點力，幫助村裡的孩子。

妮卡兒早上五點就會把早餐放在櫥窗上，有些孩子搭乘巴士早早就得出門，每個餐點上有編號和姓名，很多名字幾乎沒有人看得懂，只有妮卡兒和拿食物的孩子知道那是給誰的。「馬力羊 1125」、「海邊的狼 0521」、「巴士站 0113」、「不想吃蛋餅 0814」……大概類似這種標籤，後來布達爾才知道，標籤前的中文是孩子的特性，後面的阿拉伯數字是生日。

哈露蔻和松本也會固定少量匯款，算是盡一點心意，櫥窗旁偶爾也出現令人驚喜的食物，可以隨喜好拿取，大多是其他村人共襄盛舉的心意，有阿里鳳鳳（情人飯包）、包子、零食之類的，種類繁多，倘若櫥窗有留下食物，妮卡兒必定會親自到對方家查看，怕是孩子家裡發生意外或是逃家。至於母親何時開始做早餐的，布達爾也不太清楚了。

布達爾和母親回部落之前，他們住在桃園市區的公寓大樓，對於都市生活，布達爾並不陌生，那年母親帶著他回長濱，從玉長公路看向海洋，那遼闊無邊、波光粼粼的海域和空無一人的大街，布達爾知道自己喜歡這樣的遼闊和無拘無束。

「布達爾！」

布達爾從二樓往樓下看，那位新來的護理師惠珍在樓下對著自己招手。大房子這麼多護理人員，大多因為工作需求而穿上褲裝，只有惠珍穿著連身的護理師裝，貼身的剪裁，線條清楚地展現，也許是新來的原因吧，這樣大聲叫和她的外表實在很不協調。幾個月前，惠珍加入大房子工作，引起院內小小的騷動。在大房子的護理人員大多年紀稍長，長年在這種偏遠單位工作，這裡的護理師除了服裝差異，大概和道姑的裝扮沒什麼差別，就是「自然美」系列的純天然，並沒有不妥，就是少了視覺上的刺激，無法在工作上引起一點騷動。惠珍算是最年輕的護理師，聽說二十出頭，怎麼會來到這麼偏遠的地方工作？布達爾有點好奇。

惠珍身材中等，有點肉，看起來還算勻稱，工作的時候，惠珍會把她的長髮盤起來，夾上銀製的髮夾；那髮夾讓人眼睛為之一亮，這麼年輕的女生，使用銀飾的算是少見的。現在是下班時間，惠珍將頭髮放下，她有一頭波浪長髮，在花東很少人會留這麼厚重的髮型，因為這裡氣候悶熱，惠珍的長髮就像披上一條毛披肩，會中暑吧！不過樣子很迷人，布達爾有些恍神地看著惠珍。很奇怪的是，她喜歡用粉紅色眼影，身上有……不知道那是什麼味道，就是有香香的香水味，她正對著布達爾揮手。

「下班了啦！走，一起去吃飯！」

「叫我嗎？」布達爾睜大眼睛，有些受寵若驚。

「對，快下來，我等你。」

惠珍的目光隨著布達爾的身影移動，她臉上甜甜地笑著。布達爾正猶豫今天晚上的去處，看來今天不用回長濱了。

布達爾有些狀況外，不知發生了什麼事，反正自己也該吃飯了，總不好意思拒絕一個可愛的小女生。

「妳怎麼會找我吃飯呢？」

「你也要吃飯啊，而且我剛來不久，沒朋友，我只認識你。」

惠珍用天真的笑容回答，一邊啃著一隻大雞腿。

「我都快餓死了，中午也沒吃飯，沒想到這裡這麼忙，學姊們都沒吃，大家分著一條紅豆吐司吃，我也不好意思去吃飯。」

「其實有時候也很閒，只是這幾天剛好狀況比較多，妳最好多準備一些簡單的零食，必要的時候補充一下體力。」

「我還好啦，我看你比較忙，跑來跑去的，還要出公務車。」

「啊！妳怎麼知道？妳都在偷看我嗎？」

布達爾內心有些竊喜，但是又覺得對面這個小孩在拿大人尋開心。

「不是喔，我都光明正大地看喔。我還跟學姊說你很帥，晚上要約你吃飯。」

這麼直接？布達爾睜大眼睛看著前面的女孩。這頓飯吃起來太甜了，差點噎著，布達爾內心的感覺是五味雜陳。

「所以妳的意思是，大家都知道我們今天晚上要一起吃飯？」

「當然啊！幹嘛偷偷摸摸的。」

惠珍認真吃著飯，還不時抬起頭甜甜地看著布達爾，這感覺很微妙。對布達爾來說，惠珍太年輕，而且惠珍還是「白浪」的小孩，文化差異會是以後比較嚴重的問題。儘管布達爾這樣理智地思考著，看著惠珍的樣貌，他還是開心有女生約他吃飯。可是約布達爾吃飯在大房子大肆宣傳，這感覺就像周邊的冷風飄下花瓣雨，而後又突然被雷打中，情節也未免太韓劇走向了吧，這讓布達爾不知該用什麼心情面對。

「吃飽了，走，我們去散步。」

「還要去散步！」

這女孩夠折騰人的了，布達爾想。他到底做了什麼，今天要搞得這麼累？

一九三縣道沿著海岸山脈延伸南北，在夜晚九點，幾乎安靜得連蝸牛走路都可以聽見牠滑行的聲音。路旁種著美麗的行道樹，盛開著花朵，隨著風搖擺，下著花瓣雨，花香陣陣撲鼻而來，布達爾一天的疲憊稍稍得到緩解。

惠珍獨自在布達爾前方安靜地走著，跟剛剛那個天真的模樣判若兩人。看著惠珍的背影，布達爾知道此刻無須開口，惠珍是刻意和布達爾拉長距離；布達爾懂得這種距離，她有心事不想被打擾，帶著自己出門只是需要有人陪伴而已。布達爾在遠處靜靜地跟隨著惠珍。

田裡的稻米剛收割完成，方塊狀的稻田成了幾何圖案，偶然一部野狼機車經過，布達爾都想請他安靜一點；稻草香、蟲鳴、落花聲響，在此刻都顯得過於喧囂。從一九三縣道可以望見前方城鎮的燈火閃爍。布達爾看著惠珍的身影，她漫步地走著，每踏出一步都有沉重的訊息，那背影顯得無比憂鬱。是背影的關係嗎？還是背影如此熟悉？布達爾心頭揪結，快步跑向惠珍，將她擁入懷裡。

時間被拉得很長很長，現在只能和時間一起「答！答！答！」，一分一秒地等待。布達爾聽見心碎的聲響，只有曾經歷過心碎的人才可以聽見的聲音，這似曾相識又強烈的感受，是那年自己的親身經歷；當時只有淒厲的冷風侵蝕著自己的雙眼，沒有人給他溫暖的擁抱。望著海洋，望著遠去的凌子……也許此刻自己看見的是凌子的背影？還是惠珍本身的憂鬱？惠珍的長髮有淡淡的香氣！布達爾有些時空錯亂。

認識凌子那年，是布達爾和母親剛回部落的第一週，那是很特別的暑假。布達爾在海邊遇見了剛上岸的凌子，耆老帶著她和弟弟古拉斯背著漁獲準備回家。布達爾太好奇了，纏著凌子要看他們抓到的龍蝦，又因為太想學潛水，一路尾隨著凌子說個不停，凌子一臉不開心地瞪著布達爾。看著布達爾陌生白皙的面孔，以為是外來的觀光客，惡狠狠地開口：

「離我們遠一點！」

凌子覺得自己被騷擾，大聲地喊著，拉著古拉斯離開海灘，留下莫名被吼的布達爾站在原地愣住了。看著跑開的凌子，布達爾更覺得有趣。

「很兇的女生，教我潛水啦，我叫布達爾，剛搬回來的。」

凌子聽見有人說自己「很兇」，又回頭瞪了布達爾一眼。

自從聽到布達爾說要潛水，古拉斯義不容辭地帶布達爾去見耆老，整整一個暑假的時間，布達爾脫了幾次皮，古拉斯和凌子只好帶著布達爾，拿著西瓜皮幫他敷蓋曬傷脫皮的身體，緩解脫皮的不適，幾次之後，布達爾的皮膚終於可以抵擋紫外線的親吻。布達爾雖然比古拉斯大了幾歲，但耆老讓布達爾降級，跟古拉斯在同個階級一起受訓，畢竟布達爾回部落之前，從未受過傳統的階級訓練。更何況，每一階級的訓練都有自身必須承擔的責任，因此短時間內，布達爾尚未被允許獨自潛水；即便是古拉斯，雖然自幼在海邊生活，依照規定也不能單獨下海。最重要的還是，海洋不認識布達爾，布達爾也尚未學習對於海流和風向的知識，耆老再三叮嚀古拉斯，絕對不能放布達爾單獨下海。

布達爾終究耐不住性子，偷偷地沿著海岸走到林投樹下換裝。布達爾前一天在雜貨店聽著老人家說最近洋流交替，許多魚群會跟著洋流來到這裡的海域，會有意外的收穫，當下已暗自盤算要親自下海，迎接魚群的到來。脫下身上的衣服，伸出自己的手臂，布達爾很滿意現在的膚色；歷經幾次脫皮之苦，膚色已經和這裡的青少年近乎相近了。住在都市，這種膚色會帶來別人的異樣眼光，但在海灣的部落，過於白皙的皮膚反倒像是異類。布達爾彎起胳臂，看著自己微凸的肌肉，甩甩雙手，將褲頭綁緊，海浪正好滑上海岸，濺濕了腳掌。

海域的陽光移動，波光似浮動的鱗片閃閃發亮，海平面的末端如同潑墨，灑上淡淡的漸層，灰白的雲朵往海岸移動。布達爾相信海洋的節奏不會有太多變化，精算好時間和位置，內心盤算好今天抓到一隻龍蝦就好，章魚也可以，自己調整好了呼吸，慢慢地從岸邊走入海中漂浮後，潛入海底，進入了無人的世界。

透過潛水鏡，布達爾先適應海中的光線，觀察著海中的世界。海波有些擺盪，礁石周邊今天不見魚群，布達爾想著應該是潛得不夠深，踢了兩下蛙鞋，先浮上海面呼吸，吸了幾口氣，又再一次潛入海底。海底的世界少了魚群顯得格外孤單，光線從頭頂拉出斜斜的光，布達爾搜尋許久，今天的魚不知都跑哪裡去了？來回浮上海面幾次呼吸，都沒看見半條魚，這也太奇怪了？難道這裡沒有魚？

海波一陣陣流動，布達爾的體重抵不住洋流的推力，將身體順著海流的速度移動。頭上的海面光線變得微弱，布達爾有些憋不住氣，用力踢了兩下蛙鞋探出海面、用力呼吸，心想今天的運氣不好，怎麼連一條魚都沒看見？而且海流左右擺盪的壓力讓耳朵極為不適，既然沒有魚，布達爾心想就回家吧。環顧四周，卻發現竟在短短的時間內，自己被洋流拉得離海岸好遠，剛剛在海平面上的灰雲，已經出現在自己的前方不遠處，海風改變了方向。布達爾用盡全力踢著海水，讓自己可以游回岸上，看著遙遠的海岸開始驚慌，沒想過會離海岸這麼遠，自己的體力根本無法游上岸。布達爾在海中大喊救命，但風浪的聲音壓過了自己的聲量，布達爾無助地哭了起來。

在耆老的廣場上，有十幾位少年正在半蹲，裡面包含了布達爾，還有與古拉斯他們同階級的孩子們。比古拉斯大一個階級的其中一位哥哥，正拿著藤條打在半蹲的幾位少年身上，藤條也用力地打在布達爾的屁股上。布達爾還活著，藤條一下下打在身上，讓布達爾從驚恐中慢慢回神。哥哥階級的人，大聲斥責幾位少年不遵照訓練規定，讓布達爾獨自潛水；耆老們則坐在屋簷下，輪番地上前教育大哥哥們沒有做好保護管教的責任，讓弟弟們身陷危險。幾番的訓斥延續到夜晚，直到年長的耆老開口讓議程結束為止。

布達爾沒想過自己會連累這麼多人受罰。在海中，自己雖然用盡全力想游上岸，但風浪逐漸增強，讓自己在海中幾乎滅頂，當下嗆了好幾口海水。直到耳邊聽到竹筏的引擎聲，看見古拉斯和同階級的卡照在竹筏上，大哥哥跳入大海將布達爾抱上竹筏。布達爾全身發抖，知道自己闖禍了。

同階級的同伴，還有上一個階級的哥哥們，因為布達爾的錯誤行為受到處罰，布達爾深感愧疚，要不是同階級的卡照跟其他人在海岸撿石頭，發現布達爾的衣服而趕回去通報，這種氣候布達爾一定會滅頂。最重要的是，布達爾所到的位置，在海面下有條海溝，而這裡的洋流混亂，不適合潛水，更不用說抓龍蝦或抓魚。回家後母親沒有說什麼，更沒有安慰布達爾，只是煮了一碗熱騰騰的湯讓布達爾喝下。

不知是受到驚嚇，還是著涼，布達爾病了。既沒發燒也沒其他問題，就是無法下床，看了醫生、吃了許多藥，還是不見起色。布達爾的母親大概心裡有數，自己雖然是護理師，但對於邦查文化泛靈的力量還是深信不疑，母親趕忙到雜貨店尋求老婦人和耆老們的協助。看著嘴唇慘白、雙腳無力的布達爾，耆老們用了一整天的時間準備儀式需要的物品，帶著糯米飯、年糕還有黑糖跟自釀的米酒來找蘇麥依娜。

蘇麥依娜看著幾位耆老，大概也猜到了來意。耆老們將芭蕉葉鋪在屋簷走廊下，再將糯米飯、年糕、黑糖跟自釀的米酒擺放在芭蕉葉上，一切就緒後，蘇麥依娜讓大家安靜祈禱，並打開右側一扇竹窗。幾隻黃尾蜂飛了出去後，蘇麥依娜便伸手在竹窗上方的屋簷下尋找，她拿下了一個白骨，看起來是某種大型動物的下顎骨；蘇麥依娜拿起芭蕉葉上的米酒淋在白骨上，讓酒水順著白骨滴落在竹杯子中。

祈禱的歌聲混雜著屋外的鳥叫聲，蘇麥依娜在腰間掛上了銅鈴，銅鈴隨著蘇麥依娜的大屁股擺盪的力道，叮叮噹噹的聲音震耳；蘇麥依娜唱著長串的古謠，呼喊著大鯨魚。她抽出一片芭蕉葉，將米酒揮灑在空中，整個空氣瀰漫著酒香，飛出去的大黃蜂已經停在竹杯邊緣上。儀式繁瑣，花了很長的時間。

布達爾整日昏昏沉沉地躺在床上，布達爾母親跟隨著耆老在蘇麥依娜的廣場做儀式到隔天中午才回來。那幾日，凌子、古拉斯以及同階級的夥伴都來輪流陪伴布達爾，生活起居有人協助，不至於太孤單。凌子總是凶巴巴地跟布達爾說話，還用命令的口氣告誡，要替其他哥哥、弟弟著想，不要想做什麼就做什麼，這裡是有組織性的部落。布達爾自知理虧，這些日子大家都為了照顧自己而忙碌，內心更是羞愧地點點頭。看著凌子，布達爾還是覺得她很特別。

眼前的大海一片昏暗，應該是快天黑了吧。從海上看著海灣，村莊灰濛濛地籠罩著水氣，海浪在堤岸劃上幾道白線，波浪交錯；空中一隻飛鳥拉長著身體，俯衝而下，抓準了獵物後又猛力地高飛。海水濺濕了布達爾的臉，除了大口地呼吸，布達爾正在努力讓自己重回海岸——這場景竟如此熟悉！

布達爾記得自己應該已經被救上岸了，怎麼又回到大海中了？他馬上環顧四周，自己果真還在海面上，而且風浪比當天還高一些，這太奇怪了！大浪突起，布達爾幾乎被淹沒，布達爾想著此刻不是懷疑的時候，必須想辦法不讓自己淹死。但是無論如何努力，身體卻無法動彈，好不容易使出一點力氣前進，又被一陣海波的力道推回，離海岸越來越遠。布達爾感覺雙腳像滾輪一般地使勁，卻讓身體越來越沉重地往下沉；大口吸了一口氣，捲起身體想讓姿勢做一點舒緩，透過潛水鏡卻看見海面下的雙腳被纏住了，身體並開始往海底下沉。布達爾用力地想踢開纏在腳上的不明物體，當拉開一條軟綿的觸鬚後，很快又多了幾條攀附上來，令人恐懼。觸鬚大大小小地發著亮光，從腳下緩慢地往上纏繞，布達爾的手忙著拉開這些噁心的觸鬚，但在昏暗的海中，觸鬚又顯得格外美麗，讓人忘記處在危險中。布達爾快憋不住氣，無法呼吸，用力拍打要浮出水面吸氣，可怕的是，自己的喉嚨竟然發不出聲音。布達爾用力掙扎，張口大叫，依舊無法出聲，眼看觸鬚已經纏繞到了腰部，驚恐的感覺讓全身顫慄；布達爾用盡力氣胡亂拍打、掙扎、無聲地狂吼，那噁心的觸鬚已攀爬到了胸口，緊緊地捆綁讓呼吸更加困難。海浪再一次蓋過布達爾的頭頂，抬起頭，布達爾深吸一口氣，看見天空已經布滿著星星，星空隱約排列出大鯨魚的圖案——是自己恍神嗎？還是臨死前的幻影？

「大鯨魚啊！救救我！我會遵循古老的約定，尊敬萬物，大鯨魚祢聽見了嗎？」

看著星空的剎那，布達爾想起母親曾經說過的古老傳說，關於大鯨魚守護神的故事，神蹟也許是此刻布達爾最後的期盼了。

海面上倒映著星空，風靜止了，布達爾彷彿沉浸在浩瀚的星空中。至少在死之前，眼前一切都是如此美好，布達爾絕望地想著。

一陣大浪將布達爾翻騰至浪尖高處，海中一塊黑影游動，有海豚跳出海面，在星空下劃出月彎的姿態，從另一側，一個更大的黑影正張開大口，朝向布達爾快速衝撞而來，帶著一陣高聳巨浪，幾乎蓋住了半個天空。布達爾驚嚇地想閃躲，用力地划著海水，同時掙扎地大叫，但喉嚨始終發不出聲音；眼看巨大的黑影快速逼近，布達爾拚著命也要掙脫雙腳，用力扭動身體，用雙手搥打著大腿。巨大的黑影就在眼前並露出碩大的牙齒，布達爾只能放手一搏，用盡吃奶的力氣彎腰一跳！

布達爾大聲地慘叫，跳下床衝出房門。大廳的耆老們圍著圈，同時回頭看著衝出房門的布達爾——布達爾雙腳站立，全身冒著顆粒大的汗水，張大口望著四周。剛剛那真實驚險的場景，原來只是做了一場惡夢。布達爾想起母親給自己喝下竹杯中、加上黑糖的酒水，之後就不知不覺地睡著，在夢中自己又回到了那天遇難的大海中，再一次身歷其境地遇險，最後是大鯨魚開口，讓自己嚇得從夢中驚醒！古拉斯和凌子正盤坐在耆老身邊，看著布達爾。

「啊……啊……有聲音了！大！大鯨魚！好大的鯨魚，可以走路了！」

布達爾試著開口，左右抬抬腳，看著自己的腳愣住了。剛剛身歷其境的黑影差點把自己吃下肚，那是一隻比船還大的鯨魚，張開嘴巴比房子還大。布達爾終於忍不住哭了起來。

蘇麥依娜拍拍布達爾的肩膀：

「不要忘記你的承諾喔。」

蘇麥依娜轉身從布達爾家的另一個大門走出去，天上的星空閃亮著。伴隨著銅鈴聲，蘇麥依娜在星空下緩慢地離開。

自從布達爾在海上遇難之後，幾乎天天和凌子一起上學或遊戲，布達爾喜歡這樣陪在凌子身邊，雖然凌子依然很凶，但自己更希望可以永遠陪著很凶的凌子。但凌子隨著父母去了日本，那是布達爾第一次感到恐慌。雖然母親安慰自己，凌子每年都會回來參加祭典，但不能常常見面就是不一樣。

那一天是個海風很強的午後，海岸上的林投樹發出了刺耳的風聲，布達爾意興闌珊地騎著腳踏車在村莊閒晃。布達爾吃力地騎著一段上坡路，但是不管怎麼騎，腳踏車就是在原地打滑，布達爾再一次用力地踩，卻聽見背後有人呵呵笑著，轉頭竟看見了凌子！她變得好美，就像在日本雜誌封面中出現的那種女生。凌子邊笑邊用全身的力氣拉住腳踏車，使得腳踏車無法前進。布達爾差點大聲尖叫，心中一陣狂喜，但口中卻說不出好聽的話。

「妳回來幹嘛？不是去當日本人了。」

布達爾丟下腳踏車走向凌子，原本想一把抱住凌子，凌子卻機靈地跑了。凌子在馬路上跑著，布達爾在後面追趕。

「我就是要回來，你管我。」

「去那麼久，乾脆不要回來。」

「我是怕你想我耶。」

「妳少臭美，我從來沒有想妳。」

怎麼會不想呢！布達爾只是不想承認而已，看見凌子回來，晚上連作夢都會笑。

那夜，惠珍的背影，讓情緒一下子拉回到從前。對自己來說，凌子幾乎是生命中最不想失去的人，但是美好的表象，總有看不透的心思。布達爾認為兩人的感情一直都很好，可以彼此依靠；但就在某一天，布達爾需要出去辦點事情，忘了拿證件，騎著機車轉回村莊的途中，在遠處的高臺上，看見一個熟悉的背影，是凌子正一步一步地走上離開村莊的巴士。布達爾恍神了，不敢相信自己所見，凌子從來沒有透漏要離開的訊息！她沒有理由離開，布達爾僵住的身體無法動彈，沒來得及追上凌子問清楚。她要去哪裡呢？日本嗎？到底發生什麼事，至今還是不明白。

大房子側面的中央山脈，太陽又緩慢地跌進了山谷，拉出一道山影，一天又結束了。這幾年，自己也曾經去了一趟日本，甚至古拉斯回來參加祭典也沒看見凌子的蹤影，古拉斯甚至不曾提起凌子的近況。凌子……妳到底在哪裡？

「布達爾，你當我男朋友好嗎？」

那是隔了好幾日以後的事了。布達爾在大房子二樓陽臺看著惠珍；自從那一夜之後，惠珍休假好幾天，聽說是回南投了。雖然不知道惠珍到底發生什麼事，但此刻她的笑容，就像燦爛的陽光，真的很迷人。

「惠珍，對不起，我身體不好。」

這回應的方式讓人無從意會是答應、還是拒絕，惠珍在樓下又笑了，笑聲既燦爛又隨興。布達爾知道自己犯了一個錯，他要找時間釐清那一夜的擁抱，只是該怎麼拒絕呢？但又為什麼要拒絕？布達爾還沒準備好。看著樓下的惠珍，她的笑容很迷人，她的毛披肩……剪掉了。

貓囒山

惠珍和大房子的幾位同事，乘坐小型巴士沿著立霧溪進入太魯閣公路，兩側高聳的大理石岩壁，峽谷和崖壁峭立，景緻清幽，氣勢磅礴，是千萬年來強大的立霧溪侵蝕切割而出的傑作。山谷引風而入，急奔緩流，吟唱著詭異的聲調，是峽谷獨有的歌，吸引著世界各國遊客的目光。

大房子安排了幾名內部人員到南投草屯參加研習，這是每年固定的講習課程，布達爾和阿雄很難想像有人可以一路說話不用喝水，天南地北地說了一個小時都不會累，惠珍從上車開始，就像一隻早起飢餓的麻雀，嘰嘰喳喳說個不停，從花蓮麻糬跟南投的差異、珍珠奶茶裡面的珍珠花蓮的比較小顆、亞洲水泥和環保人士的抗爭事件，還有燕子口的燕子好像減少了、大房子裡面有人喜歡喝保力達、埔里的甘蔗真的比花蓮的好吃……還有茭白筍，埔里的茭白筍不叫美人腿！同車一行人一致認為，惠珍應該當導遊而不是護理師，然而惠珍卻很認真地對著車內的同仁說：

「我需要有使命感的工作，這樣我的人生才有意義。」

話才剛說完，引來同事的一陣笑聲。大家覺得惠珍畢竟是小女孩，看著她活躍的樣子，多少看見自己當年青春的模樣，也就任由惠珍天南地北地介紹，也分散了山區路途顛簸的沉悶。

「阿雄、阿雄，你喜歡的錐麓古道在上面。」

惠珍敲著玻璃窗，開心指著窗外半天高的位置。

「我去過兩次了，需要申請。」

「什麼？你去過啊！都沒帶我去。」

惠珍嘟著嘴，假裝生氣地瞪著阿雄看。

「妳又還沒有來大房子，我幾年前去的，而且妳這麼吵，帶妳去會嚇到猴子。」

阿雄逗著惠珍，又是一陣笑聲。或許是這次研習可以順便回埔里，讓惠珍相當開心，她沒有一刻是安靜的。

魚池鄉水社村，在日月潭北側有一座貓囒山，嵐霧緩緩無力地爬升向山的另一端；清晨山巒甦醒，虛無寂靜的景色，吸引著登山客在此流連忘返，放眼望去滿山的檳榔和茶園，是這一區特有的景象。惠珍對山的感覺就是檳榔林立的地方，只要是有檳榔的地方，惠珍的母親都曾經帶著她在林間穿梭，那已經是小時候的事了。

母親曾經是檳榔大盤商，她理所當然地常和母親一同進入山區，承包大批的檳榔做批發。家門口每天進出貨的老闆們，出價、喊價、五元十元地和惠珍的母親交手，家裡還雇用幾位挑選檳榔的阿姨們，她們口咬著檳榔、手腳俐落，左右手分類的速度非常快。幼年的惠珍因為好玩，也會幫忙選檳榔，只是在大人眼裡，那只會拖長她們的工作流程，對於論斤計酬的阿姨們反而是麻煩，只能催促著惠珍去疊荖葉。家裡從早到晚電話聲不斷，惠珍從小開始學會記帳，至今都還是記帳高手。

舅公最疼愛惠珍，送貨的發財車上，常常有舅公買的飾品要送給惠珍。小時候最常背著惠珍的也是舅公，在早期村莊裡，很少看見男人背小孩，但惠珍的舅公總是背著她到廟口撿四色牌，贏的錢大概也都是買了惠珍的用品。舅公甚至會帶著惠珍徒步參加進香團，或是到山區茶園巡視工人的工作進度，幾乎無時無刻都可以看見惠珍的舅公帶著她隨意地串門子。

幾位工作人員的貨車上放有加上竹竿的長鐮刀，他們的工作是將半天高的檳榔割下來，重點是要完整一串。一般時候會是一組三個人，兩個在樹下左右拉開網子，接掉下來的檳榔串，讓檳榔不會直接落地、好保持完整；另外一位則要拿著長鐮刀伸向半天高的位置，將檳榔整串割下。惠珍曾經嘗試著拿起那把加長的鐮刀，長鐮刀幾乎是自己身高的好幾倍長，惠珍根本無法將長鐮刀立起來，還差點重心不穩滾下山，嚇壞了三位工作人員。如果出了什麼意外，這些工作人員可擔待不起。

想趁著早上還有一點時間，惠珍一大清早就來到貓囒山下那條熟悉的山區步道，但站在步道的起點，心跳已不自主地加速，額頭上微微地冒出冷汗，身體也開始顫抖。惠珍深吸一口氣，握緊拳頭，想鼓起勇氣踏出步伐，但還是沒那麼容易。惠珍只好站在原地，閉上眼睛、彎下腰，努力地調整呼吸，口中默念著：

「山神，給我力量吧！我不能一直走不出陰影。」

微微抬起頭，惠珍看著模糊的步道，像是手工畫出的路線圖，有著美麗的彎度。過了這麼長的時間，難道自己真的無法跨出內心的恐懼嗎？這條步道充滿著自己兒時的記憶，無論如何，也要想辦法再踏上這條步道。惠珍挺直了腰，緩慢地睜開雙眼，深吸一口氣，大聲地吶喊，管不了是否有人會被自己的叫聲驚嚇，而後跨出步伐向前邁進。每跨出一步都讓心跳用力地撞擊自己的胸口，調整了呼吸的頻率，惠珍告訴自己只要走過去，再跨大步走過去就克服了。惠珍又深深吸一口氣，讓雙腳不顫抖，一步兩步緩慢移動，花了很久的時間，終於順利平穩地走在步道上。

步道旁，栽植的錫蘭橄欖鋪滿著落葉，初夏薄霧淡淡環繞在樹林間，若不是太熟悉這裡，鋪滿著紅色落葉的景色，會讓人誤以為是在秋天。橄欖樹正是開花時期，橄欖花像小小水母在樹上漂浮（這是跟布達爾學的形容詞）。自己是多麼想念這樣清冷的空氣啊，惠珍大口地吸氣。地面上的落葉是淡紅色的，樹葉末梢上有露珠正蠢蠢欲動地想往下掉落，露珠透射著一抹微光，那感覺像四腳蛇凸起的眼睛。晨曦在樹葉上流動，樹葉上的細紋被一一地檢視著，看起來像是蜘蛛網或是血管的路徑。

其實自己以前不會這麼仔細地觀察周邊的植物，但自從到了大房子，認識了布達爾和阿雄之後，他們笑自己是個高傲的人類，從來不會跟大自然親近。自己當然極力反駁，還信誓旦旦地說，家族幾代都是茶農，而且還有自己的茶園，幼年開始就常常在山裡面走動，幾乎每週都去走步道，是鄉下長大的孩子。不說還好，話才說完，布達爾嘴裡吃的麵條竟笑到噴了出來。

阿雄問惠珍，知不知道姑婆芋底下有精靈？早上陽光照射在樹葉上的時候，是否看見有奔跑中的液體？那些液體爭先恐後地跟太陽交換一點能量。聽過樹呼吸嗎？攀木蜥蜴和四腳蛇會不會成為朋友？布達爾又問惠珍，大海的歌有幾種樂章？風的方向哪一邊是冷風？四月礁岩上可撿拾的貝類有哪些？保護海岸的樹是誰？如果我跟妳爹地一起落海，妳會先救誰（這一句是逗著惠珍的）？

「我才不會像你們那樣天方夜譚呢。」

惠珍瞪了布達爾一眼，一連串的問題讓自己腦袋一片空白！不知道！真的不知道這些才是阿雄他們說的大自然，如果依照阿雄他們和大自然的關係，自己也許真如阿雄他們說的一樣，是高傲的人類！在惠珍的成長教育裡面，可以選出很多不同的農藥讓茶蟲消失，使用多少劑量的殺草劑可以不造成環境汙染；這一點惠珍很自傲，家族非常重視這個項目。再者觀賞用植物或植栽的修剪，或是如何維護景觀、森林步道的樹種如何選擇，不殺生、不捕殺野生動物，甚至洄游魚類的數量，這是惠珍知道的大自然教育，但是阿雄和布達爾的提問，頓時讓惠珍啞口無言。

現在自己慢慢學會了阿雄說的「看見大自然」，走在林道上看見的事物瞬間變得精彩無比。舅公是最喜歡走這條步道的人，這周邊茶園滿載著家族的回憶。家裡有一座山種滿了茶，從外太曾祖父以前就開始種茶，幾代相傳之後，傳給了舅公。舅公傳承了古老製茶的流程，每當行走在步道上，舅公便能說出許多相關茶葉近代的轉變史，說起早期進入「番界」為了種茶，和當地人爭土地的事件；聽舅公說那些茶樹現在依然存在，已有上百年的樹齡。家族製茶的年代可追溯到一九一七年前後，說起茶，舅公必定會提起一位「新井耕吉郎」先生在製茶方面的貢獻，那是舅公最津津樂道的故事。

家族的紅茶也是在新井耕吉郎時期的技術輔導下才得以傳承至今，但新井耕吉郎先生後來得了瘧疾，英年早逝，聽說骨灰在回日本時遇上船難，葬於大海中，舅公直說是新井耕吉郎先生不願意離開臺灣所致，畢竟一生的心血全致力在臺灣的製茶研究上。

惠珍摸摸自己剪短的頭髮，忍不住泛淚。舅公生前幾乎天天幫惠珍整理長髮，說自己的髮絲細柔烏黑，髮色發亮像水波，會是個好命的人。但舅公前兩年離世了，也許是悲傷，喪禮結束，她竟一刀將長髮剪斷。

步道上，冷風中帶著淡淡的茶香，應該是附近茶廠炒青的香味。製茶的流程相當繁瑣，而且需要體力，山區茶園常常是婦女們貼補家用最好的打零工方式，那些阿姨們俐落的採茶手法，幾個小時就能賺取不少工資，在他們眼中，惠珍就是小小的會計，論斤兩計、算工資，從來不會少算給阿姨們，不時還會偷加一點兩數給阿姨們，也讓許多阿姨們多疼愛惠珍幾分。

採好的茶葉還必須在日光下萎凋，萎凋的程度須靠有經驗的師傅以手觸摸，檢視柔軟的程度及菁味是否消失，茶香的濃度都須在萎凋的過程中觀察。剛開始自己以為日曬萎凋之後就可以泡茶喝了，舅公卻讓自己再等等，製茶師傅將萎凋後的茶葉拿進室內靜置或攪拌，又說還要發酵、還要炒青，揉捏破壞芽葉組織細胞。光聽到這裡，就決定以後不製茶，太辛苦了。但依然希望舅公可以繼續製茶給自己喝，除了舅公製的茶，自己再也找不到相同香氣的老茶。

回想每年中秋那幾日，舅公會將一大缸的茶葉放在屋外曬月亮，那是舅公的祖傳祕方，一缸茶製作十七年才能喝，那琥珀色的茶湯和香氣，是其他熟茶無可取代的芬芳。從小看著舅公拿起茶具泡茶，話題總離不開貓囒山的茶葉史，從茶的種類、哪個年代盛行的茶種和演變，一部茶葉興衰史皆在舅公的口中成了經典。十七年的甕香老茶是舅公祕製的老茶，惠珍想著下山後要去老宅找找，舅公一定藏在某個隱密的位置。

研習課程雖然只是短短的兩天，但對很多人來說，關於特殊行為監測處理此類的專業課程，實在是吃重乏味。在大房子每天須面對許多突發狀況，研習也許是充電補取能量的方式之一。惠珍密密麻麻地記錄著課程細節，看來是非常專心地學習。惠珍和阿雄選擇了最前排的位子，阿雄用筆電敲打，手也不曾停過，想來是受益良多。

講師正在解說關於患有多重角色的症狀。

「我們常會發現無法控制的某種狀態，行為和腦部無法協調，就像現在有人呼呼大睡，但是他自認為很認真地在聽課。」

惠珍和阿雄不約而同地回頭，看著幾位學員趴在桌上睡著，或是靠著椅背打盹，包含布達爾。

休息時間，惠珍和阿雄輪流調侃布達爾，說布達爾睡覺打呼的聲音都比講師說話大聲。

布達爾並沒有反駁，他承認這課程對他來說太無聊了，原本他來大房子工作只是求一份安穩，說來也是因為母親的關係，他才加入大房子。但對惠珍來說，來大房子的意義截然不同。

下午的研習課程實在乏味，過了下午四點，布達爾實在坐不住，看著後段時間的課程並沒有太多專業的內容，他拉著阿雄說有重要的事情。好學的阿雄不知道發生什麼事情，匆忙收拾著電腦，跟著布達爾下樓。

「在這裡。」

惠珍開著一部車已在外面等候著。

「惠珍，妳這部車子會不會太大！我們要去哪裡？」

「我舅公的車子，現在是我的車了。男人就是喜歡龐然大物的車型，我帶你們去埔里吃飯。」

「不是說有重要的事情？」

「啊！重要的事情是布達爾說的，我的重要事情就是帶你們去玩。」

阿雄糊里糊塗地被帶著跑。

惠珍沿路開著車子，布達爾總是在檳榔攤前說停車，跑了好幾家檳榔攤，卻只是和裡面的檳榔妹說幾句話就離開，也沒買任何東西。

「布達爾，你在幹嘛？看檳榔妹嗎？」

阿雄肚子餓著，看著布達爾像在鑑賞檳榔攤，催促他快點買需要的東西。

「不是啦？怎麼埔里的檳榔都那麼小，感覺檳榔還沒長大就摘下來賣？」

「這裡沒有賣那種大顆的檳榔，這裡的人喜歡吃嫩的。」

惠珍探出車窗，布達爾隨便買了飲料又匆匆坐上車。

「你們晚餐想吃什麼？」

「吃麵。」

兩人異口同聲地說，惠珍有點意外，看著布達爾跟阿雄一臉疑惑。

「你們早就商量好了啊？」

「也沒有，就覺得應該要吃麵。」

布達爾說著出門一定要吃麵的笑話。不知道為什麼，在很多原住民的部落，只要出遠門，一定要吃麵才會感覺出過遠門。布達爾說起小時候和長輩去花蓮，一路長途顛簸，到了花蓮，老人家第一件事情就是吃麵，回程上車之前也要吃麵，沒有吃麵會感到遺憾。也不知道是什麼原因，可能麵條對老人家來說是很特別的食物吧，久了自己也習慣這麼做。

「沒錯沒錯，我母親每次到玉里也一定要吃麵，連我老爸都這樣，不知道為什麼。」

阿雄附和布達爾的說詞，這感覺滿特殊的，惠珍覺得很有趣，又放聲大笑。

這周邊的環境惠珍太熟悉了，在地城鎮的人大概沒有幾戶人家不認識舅公。青春歲月總讓人無所適從，在這裡成長的歷程，點點滴滴在轉眼間竟已成了事隔多年的往事。布達爾還是不死心，想找找看哪一家有賣那種煮過的檳榔，並不是自己想吃，只是基於好奇而已，三個人就這樣開著車，像尋寶似地一攤又一攤地找。

「惠珍，妳家以前做檳榔批發，妳有當過檳榔妹嗎？就是穿很短的那種。」

布達爾戲謔地對著惠珍說。惠珍開著車經過一片記憶中曾被夷為平地的荒地，那裡豎立著一個大型廣告看板，看板下搭蓋著一個貨櫃檳榔攤，一部破舊的藍色小貨車停在屋旁顯得蒼涼。有個似曾相識的面孔快速地閃入惠珍眼簾，在檳榔攤閃爍的霓虹燈下，那人看起來行動不太方便。此時公路兩旁的砂石車呼嘯而過，其中一兩部車長長地按著音樂喇叭，惠珍打開車子的警示燈並搖下電動窗，再拿起車內一條絲巾伸出手示意，接著同樣長按著喇叭回應，公路上響起震耳的喇叭長鳴。布達爾和阿雄有些驚恐，怕會惹事，制止惠珍按喇叭的動作。

「惠珍啊！這樣按喇叭，妳不怕被圍毆啊！快開走啦。」

惠珍沒有回應布達爾，打著方向燈，將車子停下。

「我不會被圍毆的，砂石車叔叔是在跟我舅公這部車子打招呼。阿雄，你來開車，我累了。」

惠珍的情緒變得安靜陰沉，離開駕駛座，移到後座閉目養神。阿雄和布達爾都不知道發生了什麼事，也不敢開口問。

惠珍當然知道布達爾只是脫口而出的玩笑話，但就當布達爾剛說完那些話，惠珍的身體不自覺地感到驚恐、恍神，還好砂石車叔叔按喇叭，自己才驚覺手上還握著方向盤；接下來心情應該也會受到影響，無法再開車了。阿雄一路說了幾個笑話逗惠珍，看來沒有什麼作用，到了下榻的旅館，布達爾還跳了奇怪的舞步想找回惠珍的笑容，卻遭來白眼。

「我沒事，就是想起舅公而已，布達爾你跳那種舞好丟人喔，這裡是飯店大廳呢！」

「嚇死我跟阿雄了，不知道的人以為我們兩個欺負妳，臉色那麼難看。」

一路上布達爾還擔心是自己玩笑開過頭，聽惠珍這麼說，總算安心了，布達爾頑皮地張開手臂，想安慰惠珍。

「抱一下吧，讓妳晚上夢到我。」

「我才不要夢到你來嚇自己呢！」

雖然這麼說，惠珍還是讓布達爾擁抱，感受一點溫暖。阿雄個性雖然比較沉穩，但為了安慰惠珍，他拍拍布達爾的肩膀。

「抱太久了啦，溫暖都變成黏人了，換我。」

阿雄拉開布達爾，將惠珍攬進懷裡，像哄小孩一樣。

「小乖乖沒事喔，壞心情跑光光，妳是乖寶寶，美麗的小公主……」

阿雄還沒念完，惠珍就在阿雄的懷裡笑了出來。

從高樓望向窗外，難得有幾顆星斗高掛，這個城鎮的燈火過於密集，應該不會有人注意天上有少數的星星。街道上幾部大型砂石車經過，惠珍在這個城鎮度過了青春歲月，那些懵懂無知的年紀，惹出許多麻煩事，以至於到現在自己還會在夜半驚醒。惠珍拿起手機，打了訊息給母親。

「媽！我今天自己走步道了。」

母親的訊息在幾秒後便有了回應。

「真的可以嗎？妳克服了嗎？不要太勉強！身體受得住嗎？爹地知道一定很緊張。」

「我花了一些時間克服，今天只走前面一小段，我還有研習課。」

「已經很好了，真的太好了，惠珍，媽媽跟爹地愛妳。」（打了幾個愛心圖）

躺在沙發上，惠珍試著緩和雜亂的思緒。想著幼年時，母親會在特定的時間帶著自己到臺中，幾乎是兩個月或是每個月一兩次，那幾天母親的心情總是特別開心，一路開車來到固定的一家百貨公司，時間大多落在中午過後，自己和母親在百貨公司逛了大半圈之後，爹地就會出現。見面第一件事情，會先跟爹地猜拳，贏的有權利要求對方完成一件事，爹地每次都輸，不知道為什麼，大多會要求讓爹地背著自己。就這樣，一個西裝筆挺的男人，背著孩子在百貨公司裡閒逛。

那幾天爹地會安排特別的旅遊活動，從北至南，甚至會出國，一家和樂，幸福的畫面至今尚存留在記憶裡，想來若這般生活下去，生命也可以是幸福無缺的了。但青春浮動的情緒，或是怪荷爾蒙變化，產生乖張的青春叛逆都行，終究覺得母親跟爹地的互動和其他家庭不太相同。比如說爹地幾乎很少在家過夜，自己也很少知道爹地是否有其他親戚，總想追根究柢一探究竟，了解是否有什麼內幕。

也曾多次試著在舅公口中找答案，但就是東說西扯地說著父母親的辛勞，要不就是大家都疼愛惠珍之類的唐塞之詞。母親這裡就更難溝通，母親覺得自己在無理取鬧，不想回應著問題。

說起惠珍的母親，是魚池鄉著名茶農的女兒，家族人脈廣闊，在地方上小有名氣，也有些影響力，扮演著地方權力劃分的重要角色，因此來往的賓客，大多牽動著許多政商事務，從地方廟會、各式選舉，包括展覽及商業活動，家族的動向牽動著地方派系的角力。

那年在一場大型的國際茶業博覽會上，惠珍的母親認識了父親，撇下地方勢力牽扯及商場上的利益，更多的是兩人相知相惜的情愫；世間就是有許多時候，會在不對的時間裡遇見對的人。惠珍的父母在難捨的情緣下，生下了惠珍，他們喜歡惠珍的到來，也慶幸是生個女孩；如果是男孩，在傳統的習慣上，怕未來有爭奪繼承的問題，這樣的事情並不是預防就可以免除的。

惠珍來得正好，即便兩人無法一起生活，依舊維繫著深厚的情感，家族剛開始也曾極力阻止兩人交往，用盡方法想拆散兩人，但因為惠珍的到來，讓舅公莫名地愛上這個小女嬰，家族因為舅公的說合，也默認了兩人的關係。

生活一直都相安無事，惠珍的母親更不是個糾纏的人，她雖執著這份情感，但看淡名分，也無需惠珍的父親過於擔心母女的生活，母親是大家族之後，在地方上小有勢力，因而惠珍在成長過程中，不至於有太多的流言蜚語。惠珍母親的周邊，太多關於名正言順的怨偶，現在的狀況她很滿意，他們是彼此重要的存在，即便社會價值不容許，誰又能批判他們堅持的情感是錯的？

檳榔批發的生意除了長期合作的熟識商販，少不了來了一些新面孔，還有幾位自稱是惠珍的學長；阿姨們提醒惠珍，這幾個孩子風評差，能離多遠就離多遠。青春夢幻的年紀，對於這些調戲不以為意，反倒覺得是因為自己的青春容貌才能讓這些人另眼相看，哪會防備身邊的處處危機。

國三那年暑假，幾位學長早就覬覦著惠珍散發的誘人體香，便哄著惠珍幫忙看顧檳榔攤，甜言蜜語地說惠珍是整條縣道上最「幼齒」的檳榔辣妹，一定可以吸引很多客人；惠珍穿著一身超短薄的紗裙，底褲幾乎不用低頭也能若隱若現。沒錯，檳榔攤果然生意興隆，大卡車、小型車輛、機車，甚至老阿伯都來了，檳榔攤常常塞車，偶爾還發生了一些小擦撞或鬥毆，當警察過來處理鬥毆事件，學長會趕緊讓惠珍到倉庫躲藏，當時惠珍未成年，怕會招來法律上的問題。

惠珍家裡是檳榔批發商，從來不認為賣檳榔有什麼不對，只是沒想過需要穿這麼單薄。但檳榔攤收入豐厚，大家又哄著說是因為有美女的襯托，檳榔攤才會生意興隆，這些話很受用，惠珍確定自己離家是正確的選擇，養活自己沒有如母親說得那麼難，甚至是一件容易的事情。

檳榔攤後方加蓋了鐵皮屋，小吃部的招牌大多是掛著好看，明眼人都知道小吃部裡面主要是提供唱歌娛樂的場所，學長總會藉故小吃部有客人需要檳榔，讓惠珍親自送去，因惠珍的關係，小吃部幾乎天天客滿，飲酒作樂的人從中午到清晨都有，出入相當複雜。其中一位菸酒商，眼睛總在惠珍的身上打轉，當然這些人醉翁之意不在酒，大家都心知肚明。

燥熱的暑假尾聲，惠珍學會了將誇張的眼影塗抹在臉上，長長的假睫毛和原本稚嫩的容貌產生強烈的衝突感，勉強讓惠珍多了一點脂粉味。小吃部午後就已經客滿了，大多是業務帶著客戶進來吹冷氣，唱幾小時的歌拉攏關係在小吃部是常有的事。菸酒商在檳榔攤下完貨後就沒再出去跑業務，即便他的手機鈴聲不斷。

傍晚過後，砂石車沿著黑色砂石路開往縣道行駛，遠遠看著車燈連綿，天空呈現灰色，月亮已悄悄地露臉。

小吃部內的歌聲實在很難聽，一部砂石車按著喇叭，惠珍熟悉地拿著固定數量的檳榔跑向卡車。

「阿妹仔，妳不是阿楠仔的查某孫仔？」（小妹子，妳不是阿楠的孫女？）

惠珍抬頭，意外看見一位熟識的叔叔，平常這部車子的副駕駛座上是另外一個年輕人。惠珍一時不知該如何回答。

「阿叔，這間阮學長開ㄟ，我來鬥跤手。」（叔叔，這間是我學長開的，我來幫忙的。）

「好好一個查某囡仔，來這種所在干焦會拍壞名聲，款款ㄟ趕緊轉去啦。」（好好的一個女孩子，來這種地方只會壞了聲譽，收拾東西趕快回去啦。）

惠珍目送著揚長而去的砂石車，嘀咕著自己太不小心了，都沒先看一下是不是熟人或是警察。看著時間已經是晚上七點，小吃部走出幾位搖搖晃晃的客人，趴在檳榔攤的窗子上色瞇瞇地看著惠珍，幾句言語讚美調戲，惠珍很快忘了剛剛遇見熟人的事。

菸酒商在小吃部內酒酣耳熱後，到檳榔攤提議一起去夜遊，學長半哄半拉地把惠珍帶上車，車子一路往貓囒山開去。起初惠珍也沒想太多，坐在後座和學長你一句我一句地打情罵俏。山區人煙稀少，稍有風吹草動，狗必定狂吠不止；聽到狗叫得狂烈，惠珍才意識到車上只有自己一個女生。

學長正貼著惠珍的肩膀毛手毛腳，言語帶著猥褻，對著惠珍使眼色，前座開車的菸酒商，滿身酒氣說著自己的性癖好，挑明價碼已談妥，也付了初夜的頭款，警告學長不要太過分。此刻惠珍才驚覺落入學長的圈套，瞬間覺得噁心，恐懼想逃，心跳開始加速。

今年是惠珍第一次沒有和母親一同去找父親。同時間，惠珍父親也很快地接到砂石業老闆打來的電話，當下決定親自派車載著惠珍母親回埔里，司機開著車子來到了檳榔攤尋找惠珍，無果後回車內回報。經幾位酒客傳達，惠珍父親內心著實不安，指示祕書通知地方勢力協助，父親更打電話至警署單位動用警力；而母親也隨即聯絡家族，山區園主基本上大家都熟識，當下惠珍的舅公差點心臟病發作。

著急上火，心裡也做了最壞的打算。那一夜，每座山區的地主紛紛出動協助搜尋，砂石業的老闆們帶著無線電夥伴直驅貓嘯山，地方派系勢力傾巢而出，整座貓嘯山瞬間閃閃發光，正在沸騰。

車子在山區平緩地停駛，後座的學長和另一位男子已經迫不及待地在惠珍身上上下其手，他們撕扯惠珍單薄的衣裙，滿口極盡猥褻的言語。菸酒商從前座下車，揶揄他們要溫柔些。菸酒商用力拉開兩個男人，帶著輕蔑的口語勸惠珍下車，不要抵抗以免受傷。惠珍衣衫不整地從後座緩慢地下車，下意識地用雙手遮住私處和胸口。她用餘光觀察著四周，滿臉淚水，全身顫抖，菸酒商用下巴示意著惠珍往前走。

今天有稀疏的月光，山下燈光一閃一閃的好不美麗。菸酒商指示遠處的位置是一片土坡，藍白色的帆布袋蓋著不明的農具。三個男人興致高昂地跟在惠珍後頭，搖搖晃晃地催促惠珍走快點，他們滿身酒氣，滿口淫穢地形容和其他女子野合的經驗，那淫邪的笑聲讓惠珍作嘔，這陣子對於菸酒氣味早就習以為常，但今夜感覺特別恐懼噁心。

學長又一次催促，從惠珍背後用力地推了一把，要將惠珍推倒在地。卻出乎男人的預估，惠珍順著這一把力道，奮力地往前奔跑，衝入樹林，死命地用盡全身的精力在森林衝刺。

惠珍認出這個地方了，這裡是舅公荒廢的茶園，舅公從小帶自己在山上遊玩的地方。

從下車開始，惠珍便認真地用餘光觀察四周，天色昏暗，幾個男人根本不知道惠珍正在籌劃逃跑。他們的精蟲直衝腦門，想的只有如何在惠珍身上洩慾的畫面，男人想著惠珍尖叫、大聲哭喊的樣子，光想著惠珍掙扎的模樣，學長竟血脈賁張開始手淫，沿路意淫來滿足自己的邪念。

惠珍突然逃跑，幾個男人瞬間驚醒，逃跑不在幾個男人的預料中，惠珍突來的舉動，男人驚慌地將露出的淫具塞回褲襠，轉身追趕並破口大罵，口出穢語的聲音不曾停歇。惠珍知道現在只能拚命地跑，即便跑斷了腿也要一死了結自己的性命。現在腦袋一片空白，只有逃、拚了命地跑。惠珍想著這些日子的叛逆和荒唐，和自己無來由的出走，如今才會落入惡人圈套，應該是報應，是老天在懲罰自己。

時間抹白了母親的黑髮，但危急的時刻，母親並沒有以淚洗面或歇斯底里地哭嚎，她沉著地打開山區路線圖，和惠珍的父親一起調派人力。父親摟著母親的肩膀，相信惠珍一定可以沉著地逃過一劫，只要活著、只要活著就好，是此刻父母對上天最卑微的祈求。

警方的對講機不斷回覆著最新狀況，所長安慰惠珍的父母不要太擔心、著急，照目前這種超大陣仗，大概連蒼蠅都飛不出貓囒山。

惠珍拚命地往前跑，摔落茶園，又跌入了草叢中。月光沒有忘記替惠珍照亮山區的路，惠珍將身子蹲低同茶樹的高度躲藏並移動，不確定那幾個邪惡的男人是否繼續追來，她仔細聆聽，保持警覺，移動著多處擦傷的身體，不能停，一刻也不能休息。

茶園實在遼闊，在月光的照耀下恍如仙境，幾處路線上，微弱的燈光像螢火蟲般閃爍。但此刻不是看風景的好時機，惠珍躲在茶園的蓄水池旁，雙腳抽痛痠麻，大腿處不知什麼時候被劃傷，血流不止。惠珍深吸一口氣，背貼著蓄水池牆面，小心翼翼地環顧四周，四野荒寂，樹林裡有微弱的燈光忽明忽亮。惠珍聽見自己的心跳撞擊聲，再也沒有力氣站起來。惠珍狼狽地抬頭看著天空祈求，倘若今日能逃過一劫，往後一定好好做人，不再浪費生命，這是惠珍最後的希望，向老天起誓。

這時，耳邊傳來沙沙聲，樹林裡有人走動，可以確定是男人在對話。惠珍全身顫抖又疼痛，使勁全力跨出步伐，貼著蓄水池緩緩移動。她看見蓄水池旁，大約腰間的高度掛著一個木箱，上面以白色的字體寫著「山月」。

日月潭終究是既定的景點。連續上完兩天的課程，週六終於屬於休閒的日子，惠珍一行人搭乘遊艇遊湖，周邊是邵族的傳統領域，可惜年輕人早已離鄉，散居各地，文化語言瀕臨消失，近乎無力挽回。充斥紀念品的街道，販賣著熟悉的物品，但終究沒有文化紀念價值，無法下手購買，倒是飲食方面是大眾喜好的消費方式。

少了文化底蘊支撐的傳統舞蹈，流於表演性質，看在阿雄和布達爾的眼裡，內心不勝唏噓。阿雄想著花東縱谷故鄉的布農族人，傳統吟唱合音的旋律，低吟或高亢是那般的震撼人心，雖然不敢說部落將文化保存得完整無缺，但比起今天所見，除了幾位蒼蒼白髮婦女的杵音，阿雄看見更多的是年輕舞者眼中的茫然。他試著私下問起追鹿傳說的故事，只聽見刻板印象中的傳說，那不會是原本的樣貌。但是又能如何呢？文化消失就是消失了，無從尋回。

遊艇劃開水面，水色山影清新怡人。阿雄翻著幾頁紀錄，是出遊之前就做好的筆記。這周邊的山林河川，從一七六〇年開始可以在文獻上找出一點紀錄，歷經幾百年的土地爭奪，各族勢力消長，在時間的洪流中越來越單一化，遠從臺中周邊遷移而來的平埔族群，和自稱移民的墾拓者，侵入各族傳統領域，砍伐樟樹，爭奪土地，引發鄰近泰雅族群及賽德克族、邵族、布農族之間的許多衝突，死傷不計其數，卻只是在幾份文獻期刊上輕描淡寫。周邊也曾發現史前遺址的陶器和石器，可想而知，該時期的文化內涵相當豐富。但除了零散的紀錄，這些史前人類的文化就如同清晨的薄霧，謎一般地消失，無人追溯。

阿雄長嘆一口氣，拿起長鏡頭拍了幾座山。

「水沙連是日月潭六社的簡稱是嗎？惠珍。」

「這有點複雜，要去看典籍，我又不是學者，怎麼會問我？」

「當然問妳啊，妳在這裡長大的呢。」

阿雄想聽聽惠珍對於一七二五年水沙連事件中，邵族與外來族群的衝突，在當地人的口述中，是否可以找到典籍上沒有記錄的事件觀點。

阿雄對於一七二五年前後，許多平埔族群和外來的漢族拓墾者常出入原住民族的傳統領域的歷史相當感興趣，幾篇典籍紀錄上，描述邵族周邊土地平坦肥沃，豐富的自然環境提供了人類生活的條件，同時吸引著許多拓墾者的覬覦，因而大舉入侵。邵族眼看入侵者占用傳統耕作地，多次驅趕協調無果，決議守護土地、出山獵首，一場大戰死亡人數將近七十人。但邵族的後人幾乎沒有人記得這血跡斑斑、守護土地的歷史事件，實在讓人感嘆。阿雄對比著父親尤哈尼對於自己的土地歷史教育；尤哈尼常拿著樹枝在地面上畫出中央山脈，吟唱著布農族如何與阿里山的鄒族征戰，每劃出一條山區的細線，都代表著布農族由中央山脈西側往東方遷移的記事，內容鉅細靡遺地傳述著布農族的遷移史、戰爭和土地的歷代變遷。耆老為了不讓歷史被消滅，將事件用古調傳唱，代代相傳，對於部族的文化傳承十分熱衷，和這裡的相比實在天差地遠。或者邵族人在周邊強勢外族的入侵之下，早已經學會了靜默。

布達爾對日月潭的魚種比較好奇，看著水岸邊幾家活魚料理的招牌直流口水。

「阿雄，你這麼認真是要當學者嗎？」

布達爾將阿雄的筆記抽走，塞入他的背包。

「別看了啦，下船吃茶葉蛋了。惠珍，那位阿婆的養雞場在哪裡？我比較想吃燒酒雞。」

布達爾就是喜歡逗惠珍，他可不想惠珍突然太安靜，那感覺不太好，心想惠珍還是吵鬧一點，大家比較開心。

「阿婆賣茶葉蛋而已，沒有賣雞。」

「妳騙人，沒有雞怎麼會有這麼多茶葉蛋。」

惠珍知道布達爾又在逗人，翻了白眼看著布達爾。

「在日月潭撈的雞蛋啦。」

阿雄聽了狂笑，他知道惠珍學會了布達爾的說話邏輯，簡直太妙了。

惠珍母親家幾代都為茶農，貓囒山一大半是家族的茶園，早期種了許多檳榔，以至於家族也經營著檳榔的大盤商，後來在進口檳榔的競爭下，舅公也年紀漸長，許多山坡地因此讓它自然生長不再採收。布達爾和阿雄隨著惠珍漫步在翠綠的茶園中，幾處茶園裡的檳榔樹高聳上天，布達爾像一隻長得像人類的靈長類試著爬上檳榔樹，努力了幾次，終於爬上高處。布達爾在檳榔樹頂端，隨意指了一座山，大聲問：

「這裡是什麼山？有山豬或山羌嗎？」

「貓囒山，你先下來啦，爬那麼高抓不到山豬的。」

布達爾當然知道自己問了一個愚蠢的問題，只是從車子進入茶園之後，又發現惠珍的神情有異，想了一下，乾脆爬檳榔樹逗惠珍笑，看起來果然有作用。

惠珍勉強拉出笑臉，簡單地介紹著這裡茶的種類，大葉種及小葉種茶樹的差異，這裡的紅茶也分了幾種不同的茶樹品種；惠珍透過解說，緩和自己內心的恐懼。繞過了幾處茶園，遠處有天然林，另一側遠處可以看見日月潭。阿雄看著山峰，幾處茶園霧氣籠罩。惠珍開口要盡快離開，這裡很快就會下雨。惠珍的身體又出現緊繃僵硬的現象，心裡知道自己還沒克服那次的創傷陰影。

阿雄開著惠珍的車直奔醫院，布達爾在後座撐著因暈眩而臉色蒼白的惠珍。她在茶園突然暈了過去，阿雄和布達爾被這突發狀況嚇了一跳，還好兩人在大房子有處理緊急狀況的經驗，監測惠珍沒有即刻的生命危險，稍作休息後，輪流背惠珍走到停車處。

「惠珍啊！等妳好一點，自己要考慮好，是要嫁給我還是阿雄，我們兩個背妳走很遠的產業道路，男女授受不親喔。」

「我才不要嫁給你，你對我一點都不好。」

惠珍用微弱無力的聲音回答布達爾。

「太感謝妳了，我剛才一直擔心要怎麼跟我其他的女朋友交代。阿雄阿雄，你要負責。」

「布達爾不要鬧了啦，快到急診室了。」

惠珍很久都不曾再進入茶園，原本想帶布達爾和阿雄一起上茶園，以為有人陪伴應該可以克服內心障礙，但看來沒那麼容易。惠珍走在茶園，不知道什麼時候開始，周邊樹上被釘上幾個提供鳥類育雛的箱子，看起來是研究鳥類用的，那外觀像信箱。惠珍想起茶園的木箱上用白色的字體寫著「山月」。

舅公在世前常帶著惠珍走過這裡的每一座茶園，祖孫兩個一整天在茶園看山、看雲海、看夕陽、研究蜜蜂如何移巢，當然也會遇上蛇，還有美麗的藍腹鷴。舅公說，在早期農藥使用貧乏的年代，茶園常有毒蟲出沒，那寫著「山月」的木箱裡，放著急救的解毒藥可以保命，還有紙筆，方便記下日期或交代後事。「山月」掛的位置很低，大約離地面不到一公尺，是考量如果受傷無法站立而設置的高度。時代科技進步了，目前舅公還有家族其他人改用老人機（不能上網、只能打電話的手機）替代，撥號只要按單鍵數字即可。每個單一數字已設定成家族某一個人的電話號碼，受話那一方的電話上會顯示「茶園一號救命」。

家族中大約有九人可以接通，茶園也從一號至九號都已被設定完成。另外也可以撥打給警方。

每隔兩三天，舅公便會來到茶園巡視，補充電源是既定的工作。惠珍曾經問舅公「山月」的由來，舅公說是上一輩傳下來的，說很久很久以前，在這周邊土地爭奪的過程中，發生了許多族群流血事件，漢族和鄰近遷移的平埔族搶奪在地「生番」（當時稱生番，近代改稱原住民）的領地，因收購鹿皮產生的糾紛比比皆是。在舅公幾代以前，大約是荷蘭人在臺灣的那個時期，太曾祖父曾經是荷蘭人贌社制度中的承包商；贌社制度是荷蘭人在臺灣所實施的村社承包製度，將山區村社的交易權公開招標，商人得標後即可獨占村社的所有交易，以衣料、鹽、糖、鐵鍋、刀及各種雜物，和番人交易鹿皮、鹿肉，再轉賣鹿製品以賺取利潤。

從舅公口中得知，那些年太曾祖父因贌社交易而增加了不少財富，也從平埔族手中買下第一筆土地。然而平埔族群也各懷鬼胎地在埔里區域擴展勢力，在各方的角力下，官商勾結、舞弊欺壓、殺人事件層出不窮。漢人墾拓的成員中，有些人勢力龐大，幾次的贌社競標得利之後，為了壟斷交易，聯合平埔族人，要設計將其他贌社商人趕出村社。

就在某年初秋，他們用計綁架山區的一名女子，原本只想將她偷偷丟進競爭者的屋內，再通風報信讓山區的生番前來搭救，借力驅逐村社的漢人來引起恐慌。萬萬沒想到，押送的男子起了色心，竟有意侵犯那女子，山區的女子原本就沒有想像的嬌弱，幾番扭打之後掙脫逃跑。追逐的過程中，女子誤闖太曾祖父後院田地，當天正逢滿月，雖是夜晚，月光卻皎潔光亮，太曾祖父在屋內與其他人正商議著競標計畫，屋外的狗叫聲引來家族男人的警戒，從屋內正好看見在田野中扭打的兩人。太曾祖父仔細觀看，驚見那山區女子面善，曾在交易站有幾面之緣，那女子面貌姣好，臉上有紋面，是為人婦，育有兩子。女子出現在漢人的田地，感覺事有蹊蹺，當時法令規定，漢人和生番之間有互不越界的規範，太曾祖父當下有股不祥的預兆，無論如何都不能出事。

女子在扭打中大聲叫喊，聲音犀利，驚動周邊的住戶，太曾祖父和屋內其他男人奮不顧身衝出去喝止，不想因為這件事引來山區「番人」復仇。但男子並無停手的意思，就在太曾祖父到達女子身邊搭救的當下，認出施暴的男子是熟人而感到驚訝。

「番人而已，恁莫插手，仰是想看覓後手欲按那排解較重要。」（番人而已，你們不要多管閒事，還是思考後續該如何處理比較重要。）

太曾祖父聽出男子的動機，更不能讓那女子受害，他知道事情的嚴重性，生怕全村在一夜之間被滅，勸說著事情的嚴重性。但男子跨在那女子身上大聲對著太曾祖父咆哮，根本不聽太曾祖父的好言相勸。就在那個當下，女子一腳狠狠地踢中男子下體，掙脫起身，男人痛得大叫，口中還詛咒著太曾祖父。

「你按呢創會害死逐家，山頂的生番會落嶺復仇，這個查某人有兩個囡仔，你犯得譎節了。」（你這麼做會害死大家，山區的生番會下山復仇。這婦人有兩個孩子，你觸犯他們的忌諱了。）

「所以才要掠她，恁緊離開這搭，阮自家會有一套講法。」（所以才要抓她，你們趕緊離開這裡，我們自有一套說法。）

「你毋驚頷頸去予生番�落來嗎？」（你不怕脖子被生番砍下來嗎？）

男子被壞了事而惱羞成怒，惡狠狠地忍痛起身，就在他起身的瞬間，女子已吹起竹管，犀利的聲響發出極大的迴音。女子又俐落地撿起男子掉落的短刀，猛力地刺向男子背部，淒厲的慘叫聲和竹管吹笛聲皆暴露了女子的位置。那女子喘著氣、睜大雙眼瞪著太曾祖父，太曾祖父也只能緊張地比手畫腳解釋。

周邊氣氛變得詭譎，草叢幾處黑影重重，在皎潔的月光下空氣凝結，太曾祖父驚覺事態嚴重，卻已經很難收拾。那女子吹著竹管，音調犀利，太曾祖父看那女子往後倒退了幾步，像看見了什麼，月光在草叢中反射了幾道亮光。太曾祖父知道已無力挽回，緊跟著汗毛豎立，他看著一群番人像猛獸般在草叢中伏進，太曾祖父還來不及開口，一道閃光在一眨眼間急速劃過——男子直挺挺地站在原地，但人頭已瞬間落地，他來不急轉身、來不及喊叫、逃跑更是不可能，只是一轉眼的時間，番人已轉身帶走了男子的頭顱。血液噴灑向四方，月光渲染成了粉色，蘆草末梢滾落的水珠是紅色的液體，和空氣一起緩慢地將時間凝結。紡織娘極其安靜，場面讓人恐懼顫慄。

事件引起軒然大波，為了防止再次衝突，那兩年官方便中斷了賤社交易。要不是那位生番女子極力阻擋族人，那夜太曾祖父和其他夥伴可能也難逃一劫、被砍下人頭。太曾祖父將故事傳於後代子孫作為警惕，寫著「山月」是為著感謝那位女子的搭救，也可能是那名女子的名字，是否還有其他涵義，幾代相傳之後，故事已經不可考。

舅公每每說起山月的故事，總會叮嚀惠珍懷抱希望和勇氣。在貓囒山逃跑的那個夜晚，惠珍用顫抖的手小心翼翼地拉開「山月」，害怕發出聲響，自己連呼吸都不敢太用力。「山月」木箱的夾鏈袋裡，有一隻老人機還有幾個備用電池，打開摺疊式手機，電池格數是滿的，惠珍知道舅公今天有來茶園巡視，不禁流下傷心的眼淚。

趴在地面上，惠珍用身體擋住手機發出的光線，在這樣的夜晚，即便是微弱的光，都很可能會暴露自己的位置所在。惠珍按了一個數字，手機鈴聲響起……接通，電話那一端驚慌的聲音傳來，是舅公！周邊還有許多期待的雜音瞬間安靜，舅公用臺語大聲喊著——

「惠珍等舅公，一定要活咧！」（惠珍等舅公，一定要活著！）

「舅公……」

恍惚中，惠珍答應舅公會活著。眼前許多星星正在迅速雜亂地跳動，耳朵聽見吵雜聲，腦中還想著必須繼續跑，無論如何，要像山區那位堅毅的女子一樣掙脫這次的危機。自己答應舅公要活著，要活著向母親認錯，還有愛她的爹地。惠珍用盡全身力氣想站起來，而後感覺飄浮在半空中，並聽見吉普車移動的聲音……

有一種光很溫柔卻很刺眼，耳邊細碎聽見微微風的呼喊，恍惚與清醒的邊緣明顯地劃出交界線。有一隻手正滑過自己的額頭，感覺是手掌溫暖粗厚的重量，應該是長了手繭，惠珍隱約聞到了紅茶的香氣，那是舅公才能做出的特殊老茶。距離遠一些有幾處雜音，內容聽不太清楚，大概是說傷口盡可能不要留下疤痕，談話中應該有母親和爹地的聲音。那雙粗大的手再一次劃過額頭，一道刺眼的光撐開了原生的世界，緩緩睜開眼睛，舅公的眼淚直接滴在惠珍的臉上，惠珍內心愧疚，感到抱歉。

「舅公，失禮，乎你操煩傷心啊。」（舅公，抱歉，讓你擔心了。）

舅公難忍著急，放聲大哭起來，門外的爹地和母親聽見哭聲衝進房門，看著女兒睜開雙眼，他們快步走到惠珍床邊，將惠珍抱進懷裡，一家三口緊緊相擁。舅公早準備好一杯溫熱的老茶讓惠珍喝一口，爹地又一次將惠珍抱在懷裡，他是多麼害怕那一夜就失去這個心愛的女兒。

事件之後，爹地安排他們住東海大學周邊的公寓，母親的檳榔批發也轉讓給親戚經營。原本就是茶農家族的母親，在附近開一家茶行，舅公偶爾送茶葉來臺中，但是他實在無法住在公寓裡，只能短暫停留。

事情過了三年，惠珍終於有勇氣回埔里。看著自己曾經迷失的那間檳榔攤已被拆除，連同小吃部也被剷平，惠珍默默地坐在車上無語，母親安慰地說一切都過去了，面對未來才是最重要的事。幾部砂石車逆向交會，對著他們的車子長按喇叭，母親搖下車窗，隨手拉出一條絲巾伸出車窗回應，司機同時也長長地鳴按喇叭。

幾位親戚得知惠珍返鄉，紛紛上門落淚探望，藏不住話的嬸娘和一位頭髮「sey豆」得很整齊的阿嬤，恨得牙癢癢地說起那一夜之後的後續狀況，也就是那幾個「匪類」的下場。未成年的那位學長，因為躲避警察在黑暗中逃竄，在茶園跌倒，腳撞上大石頭摔斷了腿，真的是老天有眼，活該腳斷，目前走路不太方便，真的是報應。至於那菸酒商和另外一位成年學長更慘，聽說被砂石業那幫兄弟處理得很慘，被控誘拐未成年少女、意圖誘姦遭到重判，甚至在檳榔攤有毒品交易，也驗出吸毒的證據，一切已經塵埃落地。

惠珍望著車窗外的景色。幾天的研討會結束，即將回程，車輛緩慢地離開了熟悉的城鎮，街道上熟識的檳榔攤早已不是原來的主人，攤位上的年輕女子過於清涼的裝扮，時時刻刻提醒著自己的過往。曾經多次嘗試遺忘這一段令自己感到羞愧的存在，但那不是一件容易的事，來到了花東縱谷，才稍稍緩和面對檳榔攤的羞愧。那裡的檳榔攤很純粹，拉開窗子，販賣的大多是老婦人，一種單純無邪的販售，暫時安慰了內心的恥辱。

車子進入了山區，往合歡山路線前進。山巒淡淡地披上面紗，形成飄渺的美感，望著貓囒山的位置，陰影依舊無法化成美感，只會加深內心深處的烙印，不能像眼前的水霧往天空滑伸後消失。

「茶園的大石頭……茶園有大石頭嗎？」

惠珍自言自語地注視著遠處的山巔，那層層多變的風景山色，有許多被隱藏的故事，而舅公的貓囒山好像離自己越來越遠了。

旅人

季風再一次從海面爬升，颼颼聲響總是帶著令人厭煩的寒意，凌子終於踏上了回東海岸的路線。清晨打了一通電話給古拉斯，告訴他今年想回村莊參加祭典，好些年沒有回村莊，不知道是否還有勇氣加入祭典的行列。太平洋浪濤一如往日的拍擊，貼近著這裡的生活圈，被侵蝕的礁岩上滿載了許多人的美好記憶。

東海岸沿路的景色變了好多，近幾年因應推展觀光、國外遊客大量進入花東景點的需求，臺十一線公路（臺東至花蓮的海岸線）稍作了整修和拓寬。沿路的木麻黃樹幾乎被砍光了，熟悉的林蔭都只能是記憶，海岸線成了各家遊覽車飆速的公路，車禍頻傳，死傷無數。不變的是大海的藍還有天空的高度，紫外線依舊可以將人曝曬出古銅的膚色。

非假日，整條公路幾乎沒有幾部車輛交會。搖下車窗，看著冷空氣夾雜著海風在林投樹間旋繞，內心有了熟悉的畫面，但很快地察覺林投樹也幾乎被砍除，僅剩下在陡坡或是海岸兩旁可以零散地看見。砍了樹後，取而代之的是被推平後的海岸，堆壘著消波塊。幾處明顯的看板，張揚著財團圈地分割著東海岸的事實，外來客紛紛進駐帶來突兀的設計及混亂的鋼筋建築，使得海岸的天然美感失去了平衡。各國人種行走在公路旁，露著臂膀、頂著衝浪板在執業教學，在這偏遠的三不管地帶，自由地發展著另類的商業活動。

海洋近處一座露天大型垃圾場不時飄來臭氣；偶然出現在公路兩旁、已無力支撐的泛黃抗議布條，隨著季風吹襲，獨自軟弱地搖擺著抗議的標語；魚腥味混雜著烈日強光，曬乾了年輕人的意志。

凌子在東河買了包子，眼睛被海風颳得直冒眼淚，在海風下吃這裡頗負盛名的包子，隱約夾雜了風沙。包子真的找不出外人說的那種「非常好吃」的滋味，凌子也不是很喜歡包子內餡的味道。好幾年沒有回村莊了，車子雖是往老家的方向，卻還不確定自己是否有勇氣進入村莊，開著開著竟忘了停下來填飽肚子，現在也只能將就地吃包子了。

太平洋緩慢地帶入一種灰藍的狀態，牽引凌子的思潮進入了族人在海灣抓龍蝦的畫面。凌子依稀記得弟弟載浮載沉地喘氣，潛入海中好幾次才抓到人生中的第一隻龍蝦，自己比弟弟還感動，母親還將龍蝦殼製作成裝飾，掛在家中大廳。現在的古拉斯依舊整日和大海為伍，應該是天性吧。

自己還沒離開村莊之前，不知道龍蝦要花錢買，而且價格還很高。那年到了臺中，難得假日，同事們興高采烈地說要去吃龍蝦；聽著要去吃龍蝦，也想念起海洋的味道，便準備蛙鏡和常用的簡單裝備。同事看自己一身奇怪的裝扮，有點摸不著頭緒。

「妳這身怪怪的裝扮是？」

「不是要吃龍蝦嗎？你們這裡去哪裡抓龍蝦？」

「啊！什麼抓龍蝦？去臺中港買啦，幹嘛穿成這樣？」

大家看著自己的模樣笑了好幾回，第一次知道自己吃的龍蝦可以用買的。

想著礁岩上彎腰撿拾海菜的老人，前一天都必須討論海岸作業流程，這是老人至今遵循的古訓，絕對禁止獨自前往海岸撿拾海菜，一方面可以相互照顧，更是對大自然的尊重。集會中，長輩們會討論氣候、海潮變化、觀察礁岩上的生物成長狀況、哪一類藻類生長太多太少、今年不採哪一類海菜、哪一種貝螺已經不曾再見、哪一些貝螺生長過剩、是否適合撿拾，而最精彩的應該是討論海流方向、黑潮和浪高，每年幾乎都會討論。看似簡單的閒聊，但幾位老人家的海洋知識會讓人深感驚嘆。

思緒一層層像珠光寶盒閃著光芒，凌子不由得一篇篇地翻開檢視。看著太陽擱淺在中央山脈後方，海岸邊緣堆滿著消波塊，原本該在海灘上攀爬的植物馬鞍藤已經無法看見；馬鞍藤紫色的花朵是兒時常說的海邊牽牛花，花朵會隨著日出綻放、日落收合。水泥護欄替代著林投樹圍繞在海岸上，無限延長的消波塊，像極了佇立在沿岸的無名墓碑，老人家說海洋是個大墳場，就是這個場景吧。

海岸線有大大小小的幾處港口，凌子將車子開進一處小港灣，她喜歡這個漁港，只有幾艘近海漁船簡單地捕撈，漁獲量不多，但購買的人潮卻不少，漁港裡面沒有太多改變，除了必要的設施腐蝕整修，路線和房子都沒有太大的改變，從車窗遠遠望去，港口一角已經有人群聚集，來這裡的人大多是魚販，趁著漁船上岸，搶一些新鮮便宜的海產，也有的是餐廳老闆來找食材，當然少不了像凌子這種只是為了買回去烹調的客群，在這樣的漁港買魚貨，講求快、狠，數量自己內心要清楚，稍有猶豫，很快眼前的魚簍就被清空，沒有人在跟你客氣禮讓的。

漁夫熟練地將漁獲從船上卸下，那一簍簍的漁獲，各類不同的魚橫斜地躺在簍子裡掙扎。漁夫用一根大鐵鉤子鉤住簍子，將漁獲一簍簍地拉進魚場中央，魚簍在地板上磨擦發出「唰！唰！唰！」的聲響。有一些常來的熟識買家，在漁夫拉貨時跟著邊走邊聊天，眼睛也已經精準地看見需要的魚貨，連搶魚的順序也在腦中排練著，怕稍有失誤就拿不到自己需要的魚貨量。

紅加網魚是最明顯的魚，淺紅色的，不看牠都難。凌子看了一眼，大約有六尾，她應該搶不到；鱸魚貨量不少，但凌子沒想要下手；石斑魚太多人搶，放棄；鰹魚看起來總是強而有力、非常結實，大大的眼睛直瞪著凌子；煙仔虎也是鰹魚類，但是煙仔虎更凶；白帶魚好肥啊，鰆魚可以考慮，鬼頭刀！Taco（章魚）！包公雞（魚），總類真多……魚貨在夕陽的照射下閃閃發亮。

凌子也算是經驗老到的高手，搶魚簡直得心應手，整個過程大約三分鐘，沒有太多推擠，也沒有出現口角。經驗豐富的買家各自穿梭，碰撞難免，但竟然還有時間道歉，過程流暢迅速，買家們各個眼到、手到、魚貨也到手。少數一兩個沒拿到喜歡的魚，對著漁夫們小小地抱怨漁獲量少了些，漁夫幾句氣候變遷的理由，也就唐塞過去了。

凌子抓了三條肥肥的白帶魚、兩尾煙仔虎、三尾包公雞，賣場十分鐘內全部清場，速度之快，沒見過的人無法體會。漁夫們三三兩兩地在魚場旁抽著香菸，看著今天的漁獲瞬間清空，臉上露出和餘暉相同的光芒。這下子凌子的車上除了雜亂的家當，還多了這幾條魚，只是……

「買這麼多要送給誰呢？」

漁港周邊有幾家代客煮魚的商家，吆喝聲提醒著凌子該吃飯了。凌子提著剛剛買的魚，找了一家曾經來過的店家，這裡代客煮魚是首屈一指的有名。凌子一進門，果然裡面即將客滿，老闆娘順手拿走凌子手上的魚，問喜歡如何料理？十人份可以嗎？她看凌子一時無法回答，老闆娘果然善解人意，瞬間轉變話題，說一個人也可以煮，剩下的魚可以寄放在她這裡，也可以帶走。這讓凌子安心許多，原本還擔心這些魚放車上會招來蒼蠅呢！老闆娘還特別給她一張名片，讓她別忘了自己有魚寄放在這裡，是個手腕高明的生意人。

凌子將車子緩緩地駛入一處寬闊的海岸，鬆開油門。飽足的一餐竟沒能讓思緒安穩，在這樣的海岸，除了想起弟弟古拉斯在海上的樣子，還想起布達爾，不由得長嘆一口氣。海岸線稀疏的街燈緩慢地點著，凌子搖下車窗，海風軟綿無力，風中隱約傳來口琴的樂曲，忽近忽遠，甜膩唯美，而夜晚也跟著悄悄來臨。

古拉斯在簡訊中問起突然離開臺中的原因，就像那年在村莊也是突然地離開，古拉斯無法理解姊姊為什麼總是突然地在某一個地方逃離。其實凌子一時也說不出原因，或許是自己不喜歡等待吧，等待會讓自己感到恐慌，人們對於等待的執著是過於美化的情感綁架，凌子知道自己做不到。

就說那年海水湛藍，布達爾說要和自己廝守終身，為了表達誠意，布達爾戴上潛水鏡沿著海灣潛入太平洋。此舉並沒有帶給自己感動和暖意，只是望著布達爾潛入的地方，腦袋一片空白。當時間緩慢地輾壓，才驚覺布達爾還在海底、未浮上海面，自己有些緊張，想著是否該下海搜尋。正當自己準備下海，布達爾這才從海中突然冒出，手中還抓著一隻扭動的大章魚。

布達爾用貝螺碎片製作的項鍊，依然在頸子上發出聲響，他說頸鍊發出的聲響，是海洋和浪濤孤獨的回響。

那年月光幽幽，隨著布達爾的引導而獻上自己，海浪拍擊和喘息相呼應。發生關係純屬意外，自己事先並沒有預期和布達爾進入這種關係，自己還沒準備好母親說的美麗絲線，也沒有為布達爾掛上任何代表性的彩帶。也許是時代變了，變得期待用現在的方式證明自己被重視，就像電視上的男生跪地求婚。但是那會比母親說的彩色絲線美好嗎？

布達爾身上的汗味比海風鹹一點，海沙是暖的，幾株馬鞍藤上，海蟹在沙坑裡匆匆來去，月光薄薄拉向海面，凌子依稀記得布達爾身上有月光。

一時的激情卻帶來無比的失落感，沒有期待廝守的感動，反倒像遺失了靈魂的存在，怪自己沒有先思考清楚，如果可以重來，凌子想在母親和父親的搭鹿岸，和心儀的人共處，自己應該可以將搭鹿岸布置得很精彩。此刻想來，心中還是有些遺憾。

手機又傳來古拉斯的訊息，凌子真不知道該如何回答。

「我只是想著也該回部落做一點事情了，古拉斯。」

「太突然了，Tina（母親）跟 Tama（父親）以為妳發生什麼事情，需不需要我們回去陪妳？還是妳來日本？」

「我沒事，你們別擔心，大家都忙。」

「妳可以來日本，小島上那位幸田還惦記著妳呢！哈哈。」

「幸田？古拉斯你別鬧了。」

「記得我們都在喔，還有幸田會去臺灣，要保持聯絡。」（打上愛心符號）

（回覆一顆大愛心）

收起手機，遠處是備受爭議的杉原海岸。杉原海岸是周邊唯一一處的沙岸地形，如今開發財團卻與地方政府ＢＯＴ投資興建渡假村飯店，開發初期竟可以迴避環境影響評估程序，許多問題至今尚未處理，但依舊照常營業，令人感到氣憤難平。這些年自己雖然人在臺中，每每看到報導，感受到居民的無力感，也許回部落才能真正有所作為，這個想法一直在心中蟄伏著。

布達爾尚在就學時期，就已加入守護土地的青年組織，而影響布達爾最深的，應該是一位作家阿才，起初大家對這位作家並不熟悉，但在幾次的土地議題上，阿才激動地捍衛生態與財團爭鋒相對，才漸漸被注意。起初村落的人對於阿才過於激進的行為有些反感，怕引來不必要的事端，地方代表更是關切，但不得不承認這位作家守護生態的決心。

作家阿才面對地方政府的ＢＯＴ案，和無視大自然與生態遭受破壞，還將都蘭鼻這塊邦查的祖靈地委託給知名大飯店，要在此興建海灣渡假別墅，在這之前，還曾經將都蘭鼻當作垃圾掩埋場，但後期因海岸受到侵蝕，底層的垃圾常被海浪挖掘出來，證實了這項計畫缺乏對於環境破壞的評估，更不用說陣陣的臭氣如何影響周邊村民的生活品質了。但萬萬沒想到，阿才會以結束生命的方式躍入大海死諫，以守住都蘭鼻這塊屬於邦查的傳統領域。

阿才的事件，在部落喚醒許多人對於守護土地的使命感，在作家躍入大海的海岸位置上，立了一根高聳的漂流木作為紀念；在大海藍天下，大柱顯得格外醒目孤獨，無時無刻都在提醒著族人守護土地的重要性。一夜之間，街道上開始有許多人背起「都蘭國小」的紅書包，相同的紅色小書包，是當時作家留在海岸上唯一的遺物，裡有一篇文章，標題寫著〈天佑都蘭鼻〉，震撼了許多人的雙眼。

海岸山脈高度並不高，如果越過這座山，遠方是否可以找到自己安身立命的地方？邊境如果不是遙遠的未知數，倘若需要一個理由離開，那麼海沙太鹹、水太藍是否也行？凌子感覺自己就像一隻過境鳥。那年自己不習慣日本的生活，原本以為在村莊生活是自己的心願，但那些關於土地的議題讓人備感無力，又萌生了離開村莊的念頭，暫時告別山邊盛開的黃色野菊。當時是如此期盼自己有個不同的未來，再一次展翅飛過海岸山脈。

布達爾並沒有猜到自己的心思，只一味沉醉在那夜的波光瀲影之中。然而對自己而言，一夜的溫存來得突然，卻是一場印記式的道別，縱然已獻上了自己的初夜，卻也同時暗自結束了大家認為應該成為情侶的初戀。離開既是無可避免，只能趁著布達爾去花蓮，自己拉著簡單的行李，踩上一雙高跟鞋，在季風吹起的正午時分，頭也不回地搭上客運，往南方離去。

凌子知道會好久好久以後才有勇氣回到村莊，也許可以讓自己更強大，也可能不會！誰知道呢？但離開是必然的。那天海洋分外刺眼，海水太藍，心中陣陣的觸痛，身體也是。

客運緩慢地到達臺東市，凌子又再轉車往高雄，接著一路漫長地再往北抵達了臺中市。臺中這裡下著大雨，撥打幾次電話，那頭一直是語音信箱回應，手錶的時間是凌晨三點，巴士站人來人往，凌子拖著行李東張西望，車站周邊隱約感覺有人正在打量著自己，凌子又再一次撥打著電話，電話依舊無人接聽……

「妳外地仔齁，來揣頭路著吧？」（妳是外地來的吧？來找工作的對吧？）

一個身穿花襯衫、身上滿是菸味的男子，說著一口臺語在旁邊搭訕，凌子移開腳步，沒有搭理他。

「偶說偶奏邊有工奏，妳要不要參考看看啦？」

花襯衫男子不斷糾纏，而那一夜傾盆大雨，電話卻一直沒有接通。

臺中火車站後站的租屋處，自己基本上不敢一個人下樓，這一個月來，一切和想像的完全不同。麗麗本名美珠，總在天亮才回租屋處，黑色蕾絲小可愛、披上薄紗小外套是美珠基本的穿著。中午過後，美珠大部分時間都在睡覺，到了晚上八點會固定到樓下美容院整理頭髮。美容院裡面的顧客各個香水味濃郁刺鼻，她們上下打量著自己，讓人不太適應。

凌子只能在美珠下樓的時間一起出門，買些剩餘的報紙，補充一點零食泡麵之類的用品。美珠菸癮實在很大，房間內簡直就是個大菸灰缸，自己不抽菸，身上也能燻得滿身菸味。自己沒開口問美珠的職業，依這幾天的觀察和美珠出入的時間來猜測，大致上可以知道美珠職業上的難言之隱。

美珠是隔壁村莊的姊姊，她的父親在一次船難中離世，國中畢業後就離開村莊，撐起養家的重擔，是個顧家的人。某一年在祭典上，凌子突然看見美珠穿梭在祭典中，看著她眉飛色舞，開心地在活動中和族人寒暄。古拉斯和布達爾並不喜歡美珠，但自己對美珠產生莫名的想像，或者說，有一股想加入美珠世界的期待吧。

自從回臺灣後，幸田偶爾會來簡訊關心自己目前的狀況，自己也不敢透漏太多，免得大家擔心，現在最重要的，還是要盡快離開這個龍蛇雜居之處。這棟樓出入的人相當複雜，幾乎二十四小時都有人進出，天花板上，高跟鞋走動的聲音一夜不得安寧。對面套房的女生索性不關裡面的鐵門，只有一片落地薄紗隔簾稍稍遮掩著屋內，套房內女子說話的聲音略帶沙啞，她的客人總是要她大聲地叫。

美珠和一位男人同居，那男人的樣子，和那一夜在巴士站與自己搭訕的男子有許多雷同處，這週自己總是心驚膽跳地過日子。還好那男人說要去「下港載貨」，需要兩週時間處理；臺語的「下港」是南部的意思，美珠說她們每隔一段時間會南北交換內部工作人員，這樣客人才不會膩。原來這批「貨」是指女性陪侍的工作人員。

早上凌子會隨著美珠下樓買香菸的時間出去，出門之後獨自走在附近的街道上，從臺中後站走到臺中前站，綠川街竟然可以繞回後站的復興路，這是這兩週的發現。後站有一座教堂，但大門是有時間性開放的，和村莊裡的教堂全天開放截然不同。城市水泥建築物遮住了大片的天空，早晨行走在臺中街道，人車稀疏，感覺還滿舒服的，跨出建國路，街道房舍灰鬱，幾處建築尚保存著日治時期的風貌，因年代久遠，斑駁的字跡加深了繁華不再的景象，但和家鄉街道相比，依舊是壅塞的景象。街道的一座橋上有兩位抽菸的中年男子，各自坐在左右兩側橋墩上，像是活動的警衛，橋墩上的字跡有些模糊不清，中年男子對獨自行走的自己上下打量，凌子只能快步順著街道左轉。

行道樹被早晨的微風吹動，偶爾會遇見帶狗散步的女子，只是自己不太習慣穿著蕾絲裙、塗上指甲油的狗。另一側有個巴士站，早起的學生依序排隊上巴士，應該是臺中客運，有點距離，以致沒有特意記下，路標上指示著「綠川西街」。
走在街道上一整日，最常看見的是販售「太陽餅」的招牌，凌子有些餓，買了一小盒，找了一處公園獨自將太陽餅吃完。公園一角，有流浪漢縮在石椅上睡著，一股莫名的傷感讓凌子感到無助。她撥打了電話，是幸田接聽的，說古拉斯正在教導遊客使用獨木舟。幾句的閒聊，感受到幸田的關懷，想起幸田身上發出的光，在這孤獨的街道上，給了自己一點溫暖。想著自己必須在這個城市生活，凌子開始懷疑自己的衝動是否帶來艱難的人生。
在臺中，沒有巫師蘇麥依娜可以撫慰自己的迷惘，只有後站那一座天主堂，讓自己找到心靈的寄託。連續幾週看著後站街上的幾家診所，門上的徵人廣告一直沒有被移動，每家診所幾乎都有，看起來已經是診所的基本裝飾了吧。
招牌上寫著：「〇〇外婦產科（泌尿特診）」。
診所門口有一小塊白色壓克力掛著徵人啟事：「徵　護理師／護士，經驗不拘，待優、供膳宿」。
打了一通電話給古拉斯，古拉斯聽說後很難想像裡面會是什麼景象，聽起來像是專門治療難以啟齒的病症。
「我要進去應徵。」
「小心有色狼，哈哈哈。」

「你少亂講，欠揍。」

「好啦，祝妳順利。」

推開婦產科大門，診所櫃檯看起來很老舊，掛號處恍如六〇年代的設計，木製病歷櫃是價值不菲的原木櫃子，從地面延伸到天花板，方格內的病歷大部分已經泛黃，可想而知，診所的設立應該已年代久遠了。

凌子看著一位身著粉色連身服的護理師，正爬上鋁梯翻找病歷，候診室幾位男士患者的眼睛也隨著飄移，半吊在高處護理師的大腿上，果然如古拉斯說的有色狼！病患跟護理人員看起來很熟，一位患者趴在批價口抖著腿和護理師閒聊，年輕護理師外貌清秀，說話卻很直接。

「你最近要好好吃藥休息，不要一直用它，暫時保養一陣子，真的禁不了，要穿套子啦，也不怕它壞掉不能用。準時吃藥喔。」

醫生從診療室走出來，對著那位男士拍拍肩膀，交代他要乖乖聽話，準時來看診，並開口問凌子是否要看診。

「我要應徵。」

「喔！這個有媠喔，烏美人。」（喔！這個漂亮喔，黑美人。）

剛剛那位領藥單的男子笑嘻嘻地說。

「巧乖ㄟ啦，轉去好好食藥仔。」（乖一點啦，回去好好吃藥。）

護理師說著臺語，打發了那位男士之後，請凌子進診療室面談。

臺中市區的生活方式，和海洋周邊的作息有很大的差異，花了幾個月的時間才慢慢適應。母親偶爾打來訊息，想知道自己是否有意願到日本，但目前自己並沒有這個打算。古拉斯已經開始自己的海洋研究，正在記錄飛魚群的洄游狀態；凌子知道古拉斯會活躍於海洋事務，他一向喜歡大海。

在這家外婦產科，很少見過產婦進門看診，但門診時間卻有很特殊的景象：白天早上大部分是女患者，到了下午三點以後，大概清一色都是男性，好像大家都說好了一樣。曾經幾次，在診所聽見熟悉的聲音，掩著布簾隙縫，凌子看見了美珠。離開美珠後站的租屋處時，並沒有當面辭別，只是留下一張感謝收留的紙條，和身上小額的費用當作住宿費，便離開那棟大樓。自那天起，彼此便沒有再聯絡，凌子不敢在診間和她碰面，也免去彼此的尷尬。

診所整棟五樓的建築物，常常是自己一個人在這裡過夜，偶爾其他兩位護理師會窩一下，一個月大約只住個兩三天，原因是根本沒有人待產。醫師為了護理師們的安全，特別交代下班要回宿舍時，一定要騎著機車出去繞個十分鐘，再從後面另一條街轉入一條巷子。

巷子在醫院後方，彎一個走道有另外一處小花園，花園的大門掩護得跟廢墟一樣，拉開廢墟大門，抬頭有三臺監視器在角落守候，花園一處花臺下有一個警報器，警報器響了，連里長都會出現。還說凌子有一種很特殊的魅力，會招蜂引蝶，李醫師總是開玩笑地這樣說。

說起李醫師，他有臺中人的風格，裝扮就是綠色的上衣加上醫師袍、牛仔褲和一雙露出腳後跟的皮鞋。剛開始自己也沒有特別了解李醫師這個人，只是每當醫師脫下醫師袍，便有幾分像卡車司機，更貼切地說是像流氓。

剛工作那幾個月，沒什麼安全感，凌子會把房門鎖上三個大鎖，還打簡訊告訴古拉斯醫師怪怪的。直到某一天，醫生皺著眉頭說，他如果想跟一個女人睡覺，會直接問她願意不願意，所以不用鎖成那個樣子，如果失火了會很難逃出去。凌子聽了有些尷尬。

李醫師每個月會給自己十天的假期，這期間會有代理醫師來協助看診，何醫師就是其中一位。何醫師是個風趣的人，理所當然，早上他的看診時間幾乎爆滿，並且清一色是女性。最難忍受的，還是這群看診者那身濃郁刺鼻的芳香劑（香水），曾經大家調侃何醫師，說他的呼吸道簡直是廢了，竟對如此刺鼻的氣味毫無反應。何醫師委屈地說，他幾乎是在快窒息的狀態下看診，口罩都使用Ｎ９５，防護力較強，惹得大家笑翻天。凌子突然地離開診所，想起何醫師，嘴角還是會上揚。

在東海岸，除了藍天和海洋，當然也可以說說海灘。今天的海浪不曾激盪拍擊，熟悉的海灣早已經被渡假飯店築上圍籬，即便守護土地的議題持續進行，幾次在媒體上看著守護土地的青年團體發起抗爭，但青年組織監督的力道，畢竟抵不過財團的開發商機與地方政府政策的推展。寬廣的海岸線無法進出，整座建築物顯得格外突兀，遠遠望去，像是遇上船難的大型郵輪擱淺在海灘上。縱然違法已是事實，渡假飯店依舊燈火通明，照常營業。

渡假村遠處，村人自行闢建通往海灘的便道，土堆上雜草蔓生，高低落差大，礁石大小堆疊鬆動，要非常小心才能走到海灘上。凌子測量著海洋的濕度，再看看遠方海平面上的雲朵，確定今天要下雨是不可能的事。來回在海灘走了幾趟，終於找到記憶中的沙灘，是那個夜晚躺下的位置。凌子在相同的位置處緩緩躺下，天空是多變的帷幕，耳邊傳來斷續的蟲鳴，身體慢慢地陷入海灘，回想那一夜海沙的溫度還有月光。

今天只有自己一個人，感覺分外的孤單。幾隻螃蟹匆忙從身邊逃竄，閉上了雙眼，腦子混亂地想著，海沙從天上掉落時是否有聲音？海很安靜，無浪，有雲卻很淡，又一隻海蟹躡手躡腳地走過身邊。凌子不敢太用力呼吸，只是淺淺地換氣，恍惚中，腦海浮現一張熟悉的臉——是李醫師。

時間是早上四點多一些，臺中市像淹水般的濕冷，即便當天沒有淹水事件，但雨勢確實不小。李醫師將車子停靠在巴士站附近，想著今天運氣不錯，可以找到停車格，也或許是大雨的關係吧。市區陰暗濕冷，來往車輛並不多，來自南北的巴士三三兩兩冒著大雨緩緩進出。雨勢太大看不清前方景物，李醫師將雨刷轉到最快，刷了幾下又將雨刷靜止。原本該去國際機場接小樓的，但是小樓執意想搭乘巴士，雖然擔心她的安全，但小樓堅持，自己也沒辦法勉強她。

小樓是一位商展企劃總監，是李醫師交往了很長時間的親密愛人。小樓的工作常有機會出國，雖然只到新加坡和印度，但畢竟是需要體力的一項工作，一趟旅程也夠她疲累的了。還好小樓樂於這項工作，不然像這樣當空中飛人的日子，應該沒有幾個人的體力可以負荷。

車外大雨滂沱，李醫師靜靜地半躺在駕駛座等待。依時間估算，小樓大約五點左右會抵達臺中。原本沒計畫提早到，但夜裡雨勢太大，拍打在玻璃窗上，也或許等待原本就是一件有壓力的事，好不容易睡著，卻在睡夢中被雷聲驚醒。想想也睡不著了，那就早些出門。

從車內躺在座椅上的角度看去，候車室裡的人潮占滿一半的座位，騎樓下有個亮白色魚骨頭左右搖晃，李醫師覺得是自己眼花，立起身子仔細瞧，果然是魚骨頭沒錯！那女子身旁有個男人，正面對著她說話；雨幕裡，只見女子頻頻搖頭，她腳步緩緩後退閃躲，看起來兩人互動有點奇怪。女子的腰間掛著約半個眼鏡寬度的魚骨頭，魚骨頭隨著女子的身體移動而前後搖擺，李醫師看得有些入神。

女子已被逼退出候車室的屋簷，背部瞬間被雨水淋濕，身體曲線一覽無遺，看起來這女子遇上麻煩了。看她的穿著和其他女子略顯不同，一時想不起來在哪裡見過這種服裝，有些東南亞民俗風的裝扮。女子的膚色偏古銅色，說她是外籍人士，卻又不是那般確定。

李醫師想替她解圍。

「小玲——在這裡。」

李醫師搖下車窗，雨水瞬間打進車內，醫師隨意喊了一個名字，又在車內揮揮手，那男子見狀隨即跑開。

女子冒著雨，用手舉在頭頂做擋雨的姿態，快步地跑向李醫師的車旁，對他點了點頭表達謝意，隨即前方有個女子喊了她，那魚骨頭又搖搖擺擺地在雨中離開李醫師的視線。

「玲子？」

剛剛聽見女子的名字，李醫師暗自笑了。這麼巧，自己隨口喊的名字竟和那女子相同。

南來北往的巴士陸續進站，醫師的車門被拉開，小樓帶著雨、連同行李一起塞進車內，身上的香水味隨即瀰漫了車廂。李醫師接過行李，往後座一丟，一把將淋濕的小樓抱坐在自己身上。

「妳讓我等太久了。」

小樓深情款款地看著醫師，大雨滂沱，像豆珠般灑落，敲打在擋風玻璃上，車外一片模糊世界，影像扭曲呈現。小樓的頭髮被雨水淋濕，巴士已陸續塞滿了車道，形成一道高牆，兩人身體散發的熱氣布滿著車窗，大雨落在車頂咚咚作響，掩蓋著小樓的嬌喘聲。車外的行人撐著傘匆匆行走，直到兩人散盡精力擁抱著喘息，繽紛色彩的雨傘一朵朵移動，牽引著清晨悄然到來。大雨不曾停歇。

公寓內，小樓慵懶地走向陽臺，李醫師習慣在陽臺上望著遠方。醫師總覺得臺中的大樓蓋得太高、太多，抬頭只能看見水泥積木往天空伸展；自己喜歡遼闊的天空，即便是灰色的也無妨。但是城市的建設與發展，原本就是制式又醜陋的商業手段。李醫師慶幸自己目前所在的位置，不在都市開發案的第一順位上，後站的整治原本就是牽一髮動全身的棘手項目，以至於政治人物和財團開發商只能另闢戰場、大展身手，何必在這早期的巷道自找麻煩？

「想什麼呢？」

小樓從後面摟住醫師，順勢繞個身子面對著他。

「妳可以搬來跟我住的，我一直期待。」

「這算求婚嗎？你想結婚了嗎？」

小樓的問題一直困擾著兩人。李醫師單身，卻從來不曾思考自己的婚姻大事，他注視著遠方，婚姻對自己來說太瑣碎，就是不明白兩個人成為夫妻之後，關係真的會比較好嗎？這個答案在自己的內心是否定的，他又再一次避開小樓，看向遠方。

小樓是深愛著醫師的，為了醫師，她往返臺北、臺中之間奔波，即便像此刻剛搭機返國，也不忘先到臺中相聚。這樣的關係已經維繫五年了，但是李醫師卻沒開口求婚，兩人還幾次鬧彆扭。

「妳去印度讓我很擔心，妳要多休息幾天。」

李醫師又一次逃避了結婚的話題，輕輕推開了小樓，靠在欄杆上看著遠方。

小樓暗自深深吸一口氣，壓抑著淚水，不讓它滑出眼眶。

「我後天就走，公司好幾個案子等著我處理。」

「這麼快？不是說好五天？」

小樓深情地看著李醫師，心卻在撕裂。五年了，對李醫師來說時間不長，但遙遙無期的關係讓小樓有危機感。小樓沒有多說什麼，又一次緊緊地抱著李醫師。

「別鬧彆扭了，多留幾天吧，我已經安排好了去合歡山。」

李醫師用乞求的眼神看著小樓。

送小樓坐車的路上，小樓安靜地牽著醫師的手。她要搭早班車回臺北，說這樣正好可以直接到公司。李醫師跟著她進站。

「真的要回去嗎？」

小樓走進了月臺，回頭看著醫師約莫一分鐘，眼眶含淚，臉上保持著溫柔的微笑，揮了揮手，轉身離開。

醫師看著小樓的背影，心裡有那麼點惆悵。應該留下小樓的，他們或許可以結婚，只是小樓為什麼急著結婚呢？兩人的關係目前正值最佳狀態不是嗎？每當小樓提起結婚，反倒讓自己無所適從。醫師的腦中浮現小樓剛剛的笑臉，她的笑臉是那般的溫婉甜美。兩人隔著月臺對望，醫師確定小樓在自己心裡有一定的分量，也許真的可以跟小樓結婚，其實那並不難。

醫師邊走邊回想著小樓，那笑容確實很美，她的眼神總是讓人著迷……不對！李醫師突然意識到小樓執意離開，也許不會再回來，那個眼神彷彿訴說著什麼？那眼神……

「那眼神是道別！」

李醫師驚覺不對，轉身奮力地跑回車站。兩人相識太久了，雖然自己沒有結婚的打算，但對於小樓的一舉一動所暗示的訊息，自己畢竟還是知道幾分，小樓怎麼可以就這樣離開！

李醫師衝進月臺，雖然站務員立即制止，他並沒有停下腳步，繼續在茫茫人群中找尋小樓。旅客依序上車，列車關上了車門，緩緩啟動，月臺上僅剩醫師一人來回尋找。他看著每個車窗，覺得小樓會看見他。

撥打了電話，但小樓的電話已是關機中。李醫師知道自己傷害了小樓的真心，女子的青春短暫，他們都已近不惑之年，對李醫師來說並沒有太多感受，但小樓曾經多次看著新長出來的白髮，憂心自己會是高齡產婦，說再過幾年如果身體狀況不佳，也許會提早停經。聽了這些話，自己只當那是玩笑話，說小樓太過擔心，卻從來沒想過小樓的感受。李醫師將車子往高速公路開去，他必須留下小樓，然後跟她結婚。

當天小樓並沒有在臺北下車，她在前一天半夜已經訂了飛往阿姆斯特丹的飛機，那裡的業務正需要小樓協助。小樓原本想，假若醫師承諾要和她結婚，她會答應並且留在醫師身邊，但是一切沒如自己所願。小樓只好轉身，決定不會再回頭，上了車、關上手機，結束一切。

「我們就這樣結束了，我親愛的獨行俠。」

小樓拉下頭上的帽子，蓋住自己的臉，眼淚直到桃園之前都不曾停止。

逝去的愛很難再追回，李醫師到達臺北，急匆匆地直奔小樓的總公司大樓。此時手機的訊息聲正傳來，醫師看完簡訊內容，收起了手機。看著臺北的天空，和臺中一樣堆積著層層疊疊的高樓。也許是三萬英尺，也許更高，小樓搭乘的飛機，正飛越了臺灣的天空。

小樓離開了一個多月，電話已是空號，即便想挽回也為時已晚。診所預約的人數依然不曾間斷，李醫師從診間向外看著護理人員爬上鋁梯翻找病例，思考著診所也該做些裝修了。診所從父親手上接手之後，就沒有做太大的整理，看起來實在老舊了點。

診所大門被推開，風鈴聲跟著響起，那聲音聽在護理人員耳裡有些無奈，看診人數太多總是累人的事。李醫師繼續看診的動作，詢問患者狀態是否改善。在診間，醫師眼睛的餘光出現了刺眼的閃光，座位上的患者也隨著醫師的目光轉頭往外看，隨之稱讚進門的女子。

「喔！這個有婧喔，烏美人。」

醫師起身走到櫃檯前，看著那女子……她的腰間配戴著一隻亮白色的魚骨頭。

藍色邊境

古拉斯的研究船尾隨著飛魚群的路徑，從西巴丹海域順著洋流追趕，來到了臺灣南方海域後繼續往北，到臺灣東海岸正好進入了四月的季節。古拉斯深深吸了一口氣，感受從島上擁抱自己的氣息，群山朦朧在水霧中重疊，捕撈飛魚的船隻早已虎視眈眈地在海面上等待，漁夫們精準地估算黑潮的來臨，比鼻子過敏的人還來得敏感。

飛魚猛力地衝出海面，扭動的尾鰭在海上劃出美麗的逃命波紋，牠們躲避海面下的鬼頭刀，凌空飛翔的瞬間，轉眼卻在海鳥的嘴裡消失；而旗魚尾探出海面不是為了飛魚，鬼頭刀從船身側邊競速追著飛魚群，同時也被旗魚追趕著。在這大海中的生命，每分每秒都在為生存搏鬥，就是這樣的場面，一次次地激勵著古拉斯面對生活的困境，古拉斯知道自己跟大海總是這般親近。

「港に着きましたか？台湾は本当にとても美しい島です！」（到達港口了嗎？臺灣真的是個美麗的島嶼！）

幸田從船艙走上來與古拉斯並肩，望著臺灣海岸驚嘆。幸田高舉右手，伸長脖子，向天深吸一口氣，這是他一貫的招呼方式，尤其來到新的地點，說這樣才能被看見，而且可以順便測試風向。古拉斯覺得很有趣，也跟著舉手。

「凌子，我帶幸田回來了。」

古拉斯舉起雙手對著東海岸大喊。幸田聽不懂中文，也開心地大笑。

古拉斯特別請幸田來協助研究。雖然幸田在小笠原島上的觀光小船依舊營運中，但對於海洋的嚮往一直保有熱誠，得知古拉斯拿到了研究計畫，說什麼也要一起在海上探索。看著古拉斯計畫中的藍色路線，從日本長崎一路往南到菲律賓再到巴丹島，再隨著飛魚洄游到日本，簡直就是為了自己開闢的藍色路線。幸田極力爭取，甚至願意贊助一些經費，古拉斯當然是求之不得。有了幸田，這次的研究多了許多助力。

五月的氣候回溫了，海浪維持在兩公尺內的高度起伏，聽漁港的人說起，這種浪高最適合鏢旗魚。漁工陸續卸下了滿載的漁獲，幾艘捕旗魚的船隻看來收穫不少，幾人用鐵勾子吊掛旗魚過磅後，而後排列在鋪滿碎冰的地面上待價而沽。漁港海域周邊的人潮陸續聚集，幸田拿著長尺，丈量著旗魚的身長和寬度做了簡單的紀錄，再沿著海港繞著魚市閒逛，等待拍賣喊價時間。幸田的目光投射在潮濕的賣場周邊，似乎在每個國家的漁港都能看見相同的景象，鹹濕的海風，還有群聚的幾隻流浪狗，緩慢行走的貓從來不理會遊客的呼叫。不知不覺間，幸田已經繞出賣場，看著手腕上的時間已是午後兩點，拍賣旗魚的時間即將開始，幸田轉身用最快的速度跑回賣場。

比起日本漁港的拍賣現場，這裡的人潮和魚貨顯然相差很多，魚的種類較少，買魚的也大多是散客。拍賣員口中連珠炮似地追加價格，耳聰目明地注意現場出價的買家，魚貨很快被貼上了買家的簽章，幾十簍的魚貨迅速拍賣完成，過程簡潔迅速。

拍賣員左手握著一隻長棍，右手比著喊價的數字。無論是在臺灣或是日本，拍賣員口中一次次增加的價格數字、聚精會神的樣子，是幸田腦海中僅存的記憶。每當在海港聽見喊價的場景，幸田想著也許有一天，失去的記憶會突然被喚醒。

「過去について考えるのをやめて、散歩に出かけましょう。」（不要再回憶過去的事了，我帶你去走走。）

古拉斯一個上午沒看見幸田，大概猜到幸田會在海港看拍賣。幸田是古拉斯當年剛剛到日本小笠原村認識的一位年輕船東，也是划獨木舟的高手；幸田對於古拉斯的耐力頗為讚賞，成了多年的好友。幸田曾經輕描淡寫地說了一段自己的故事，說自己尚未喪失記憶之前，一家人搭飛機出遊、遇上空難之後，幸田腦中僅存的記憶卻是在漁港拍賣的畫面，至於一家人出遊的原因，還有自己的過往，幾乎是一片空白，偶爾模糊地看見一些熟悉的畫面，幸田也不知道那些人是誰，但只要看見海洋，幸田便感到一股暖意。空難後，從醫院醒來，除了東京灣周邊，幸田不知道該去哪裡。會選擇在小笠原島，除了四面環海之外，幸田也想用空白的自己來過不受干擾的生活，做導覽生意、出租船隻，讓自己每天跟陌生人接觸，無需在意彼此是否熟悉，來填滿自己生命中被遺忘的空白，過多的繁華只會讓自己更不知所措。

「お土産、大きな魚。」（伴手禮，一條大魚。）

「あなたも入札します！」（你也出價了！）

「してみたい。」（想試試看。）

古拉斯帶著幸田順著產業道路往山區進入，海岸山脈上的少數稻田已開出穗花，也有幾處稻田是荒廢的景象，看得出來是因年輕人外流多時，導致已無人耕作。古拉斯帶著幸田繞過幾棵麵包樹，路旁的雜草已蓋過一個人的身高；古拉斯早有準備，拿起預備好的除草長刀，俐落砍出一條明亮的道路。

「私たちはこのように行きますか？」（確定我們要走這條路嗎？）

「運試し，たぶんおばあちゃんはあなたを助けることができます。」（試試你的運氣，也許老奶奶可以幫助你。）

「もしかして？」（你的意思是？）

「以前の思い出。」（以前的記憶。）

幸田聽了，站在原地不動，看著前方隱約出現的矮房子，煙囪有輕煙淡淡的，古拉斯確定蘇麥依娜應該沒有外出。

村莊的樣貌在這裡一覽無遺，視野極為良好，遠處的大海，漁船像一片葉子般地漂浮在海面上。幸田放慢了腳步，因還沒準備好面對記憶而遲疑著，就像他此刻手中提著的那條大魚，張開魚嘴垂落在地上，和幸田的表情一樣無助。

「訪問してチャットするだけでは、おばあちゃんがあなたを助けるという意味ではありません。」（只是拜訪和聊天，並不意味著奶奶會幫助你。）

古拉斯看著幸田猶豫的樣子，拉著幸田的手和那條大魚，大步地往蘇麥依娜的住屋走去。

這些年，古拉斯看幸田因喪失記憶而困擾的樣子，早在上岸前就已計畫好，要找蘇麥依娜協助，至少這是個機會。

幸田眼前的天空變得陰雨綿綿，魚市場拍賣陸續展開，拍賣員熟練地在魚貨堆喊出適當的拍賣價，潮濕的地板反射著頂上的照明，穿梭的人影散開，呈開花狀，人影互相交疊，不同色彩的雨鞋交錯在人影之上。幸田熟悉地走過巷道，氣候濕冷，大多數的人都裹著圍巾、戴上帽子，雨傘下行走匆匆的婦人從鼻子吐出了霧氣。幸田經過了管理室的大門，熟悉地向管理人員打招呼，另一處的大型魚競價拍賣的搖鈴聲響起，幸田淋著細雨，快步地跑向魚場，卻看見一位陌生的拍賣員，失落地離開。

繞過了市場的街道，看見一家模糊的天婦羅招牌，咖啡店有人進出，壽司大還是大壽司？天婦羅的老闆推開布幔，喊著問幸田要去哪裡？幸田一時無法回答，又走回壽司店，老闆喊著幸田說今天有飛魚卵。擦身而過的畫面有些年代感，但市場穿梭的運貨板車快速穿梭，板車上的魚貨貼上了公斤數字。幾個商家門口排滿了人，穿過擁擠的人潮，其他雜貨販賣區也好不到哪裡去。幸田走近看似熟悉的攤位，一位婦女身形纖瘦，頭上綁著藍色頭巾，將頭髮包裹著，她忙著招呼購買山葵的客人，人與人因為擁擠而不小心擦撞。婦人喊著一個男孩幫忙，那婦人的樣貌模糊卻又熟悉！

幸田發現整個機艙正在傾斜，急速地從高空墜落，氧氣罩猛力地擺盪，機艙陷入混亂，尖叫、大喊聲蓋過了緊急廣播的內容。一對夫妻緊緊抱住一位男孩，窗外機翼著火，那婦人緊抱著男孩驚恐回頭，耳邊幾次爆炸聲響，一陣猛烈的撞擊聲後陷入一片黑暗……幸田感到呼吸困難。

「幸田！幸田！」

古拉斯用力搖晃著臉色蒼白、呼吸困難的幸田，他全身僵硬、冰冷地坐在竹編的椅子上昏睡，古拉斯照著蘇麥依娜的指示，拿起黃藤朝幸田左手指尖刺入，幸田猛力吸了一口氣，睜大了眼睛。

竹編的屋頂和複雜的幾何圖進入了幸田眼簾，門外投射著刺眼的陽光，金黃色的小米田上有個黑色的人影走動。幸田還沒弄清楚發生什麼事，看著桌上吃剩的小米飯，還有蘇麥依娜自釀的酒，大概猜出自己被帶入了蘇麥依娜的追魂儀式中。幸田難掩激動情緒，崩潰地大哭。

蘇麥依娜安撫幸田，他還需要一點時間平復心情。古拉斯走出屋外，依照蘇麥依娜的吩咐一步步爬上屋頂，要摘下幾片最高的茏藤葉給幸田。站在屋頂上，正好看見海面有大黑潮移動，但不像是魚群。那黑影快速移動，颳來了一陣強風，古拉斯趕緊趴下，抓住屋頂好讓自己不被強風吹落，強風像動物怒吼的咆哮，將蘇麥依娜的屋頂猛力地搖晃，一轉眼又恢復了平靜。

凌子不敢相信幸田真的會帶　條大魚來。當時古拉斯事先委託，讓蘇麥依娜協助幸田，蘇麥依娜還推說幸田不是族人，又隔著海洋，實在無能為力而拒絕，但聽說幸田和古拉斯在海上，正朝著臺灣島嶼前來時，蘇麥依娜開玩笑地說，如果幸田帶一條大魚過來，那就代表海神願意幫忙。凌子聽著有趣，以為蘇麥依娜在開玩笑。既然事情都在老天的安排之下進行，盡其所能的凌子也想助幸田一臂之力。想著幸田，這個跟自己只有幾面之緣的男人，這幾年卻一直保持聯絡，幸田知道自己很多事情，自己也習慣每天給幸田問候的訊息，常常在手機看著幸田傳來出醜的相片，或是無關緊要的話題。這次再看見幸田，就好像好久不見的家人。

陽光穿過影子，投向蘇麥依娜的大門時，蘇麥依娜指示凌子，要將腰間的魚骨頭舉上頭頂讓陽光穿透，必須投射出一道魚的光影。看著古拉斯爬上了屋頂，海面襲來的強風圈繞似地颳起了衣裙，凌子不敢將手鬆開，用盡全身力量站穩，不讓自己被強風吹倒，插在蘇麥依娜大門的那張芭蕉葉，瞬間被強風撕裂成細條狀，發出奇特的雜音。那是來自大海魚群急速游竄的聲音，是蘇麥依娜的銅鈴和她的歌，凌子彷彿聽見海潮的聲音，像大魚拍打水面的聲音。

蘭嶼是令人著迷的地方，古拉斯帶著研究團隊在蘭嶼島上隨處探訪。幸田好奇這裡的人是不是不吃羊肉，看著蘭嶼的羊，可以自由自在地在任何地方遊蕩，過馬路、走海灘或在礁石上休憩，居民對羊群的景象習以為常，讓研究團隊嘖嘖稱奇。但凌子告訴團隊成員，這些乍看之下像野生的羊群其實各有飼主，蘭嶼人使用自然放牧的方式讓羊群自由活動。羊是祭品，蘭嶼人很少食用羊肉，只有特殊的祭典或餽贈，人才會抓羊。分辨羊群歸屬，會用不同的剪耳作為各家族的標示。

陽光下幾乎家家戶戶都曬著一串串的飛魚，形成蘭嶼特殊的風景，古拉斯的研究船來到蘭嶼，是計畫中既定的行程，記錄相關飛魚產卵的分布，研究會須繼續向北到花蓮、宜蘭，而後是基隆，再追著洋流一路往北到達日本。古拉斯想著再幾個月就會到日本了，一直沒機會問凌子跟布達爾之間的事情。

「あなたの記憶を取り戻すことはあなたをより希望に満ちたものにするでしょう。」（恢復記憶會讓你更有希望吧。）

「幸いなことに私はあなたを忘れませんでした。」（幸好我沒忘記妳。）

凌子笑而不答。

回來村莊的這些日子，凌子幾乎躲在母親的果園裡。研究船回到東海岸後，古拉斯想停留些日子，拿著父親當年研究的路線圖拍幾張相片傳回去，也好讓父親松本重回往日的時光。

搭鹿岸裡的陳設，依然保留母親和父親當年居住的模樣。推開窗子，海洋閃閃的波光如星空璀璨，早開的芒花像一陣陣白浪沙沙作響，野薑花恹意地生長，搭鹿岸瀰漫著花香。

三人靠著松本畫的小笠原島壁畫拍照，那是父親和母親的浪漫往事。幸田看著牆上的畫讚嘆，還找到了自己船隻停靠的位置。

凌子帶著幸田，追蹤一隻腳上滿載花蜜的小蜜蜂，這並不容易，而且還需要一點運氣，幸田異常驚喜，追蹤蜜蜂他聽都沒聽過。

「ミツバチを追跡する？よろしいですか？」（追蹤蜜蜂？妳確定嗎？）

「私を信じてください。」（相信我。）

跟著凌子的腳步，幸田不敢多說話，看著凌子靜止地站立觀察，從一處空曠的田野又望向斜坡的草叢，在陽光下顯得凌子格外突出，就像第一次在海面上看著沙灘上的她一樣顯眼。

凌子揮揮手，示意著要跟上。走過雜草密布的荒廢水田，凌子又停下了腳步。

「あなたは注意深く耳を傾けます。」（你仔細聽。）

幸田張開耳朵仔細聆聽，起初只聽見風的聲音，還有吵雜的鳥叫聲，真的聽不見什麼。看凌子的表情，反倒讓幸田更專注一點。

「私を見つめる代わりにミツバチに耳を傾ける。」（聽蜜蜂說話，不要盯著我看。）

「ミツバチですか？わかった。」（是蜜蜂嗎？了解了。）

「攻撃性ではなく、体で感じてください。」（用身體感受，不帶侵略性的。）

「少し難しい。」（有點難。）

古拉斯氣喘吁吁地追上來，抱怨這麼好玩的事竟沒帶上他。幸田看著古拉斯也安靜地閉上眼睛，在原地輕輕地轉了方向，睜開眼睛看著凌子，兩人指著同一個方向笑了起來，只有幸田還是不知道發生什麼事。

「ミツバチを追跡するのは少し難しいです、それのコツをつかむためにいくつかの練習セッションが必要です。」（追蹤蜜蜂需要一點技巧，需要時間練習才行。）

「トビウオを追跡するよりもはるかに難しい。」（比追蹤飛魚困難多了。）

幸田真的覺得追蹤飛魚容易多了。

荒廢的稻田開滿許多紫色小花，凌子順著石子砌成的田埂走著，幸田的目光依舊在凌子身上。古拉斯奔向石砌的田埂，確定了蜜蜂的入口，看著石堆下嗡嗡響的蜜蜂，古拉斯點著了一些草，煙燻蜜蜂的洞口。凌子輕輕地搬動了石頭，裡面的蜂巢已經填滿了蜜汁，凌子割下幾片，好讓幸田帶去給蘇麥依娜當謝禮，也留下三分之二給蜜蜂。

追蹤蜜蜂讓幸田感到驚喜，這是一次美好的經驗，假若不是因為認識古拉斯，幸田知道這一切美好都不會發生。凌子拿了一塊新鮮的蜂蜜放入手中，一股暖意讓自己想流淚。三人席地而坐，望著太平洋，吃著甜蜜的蜂巢蜜，山下一群孩子們正在戲水嬉鬧，幸田的腦子又浮現著熟悉海岸的畫面，自己似乎又找回部分失去的記憶，那裡是城市中的海港吧！任由腦中的記憶像水波慢慢地擴散，幸田吃了一口蜂蜜，再將記憶的拼圖一片片組合，也許研究船回到日本時，自己就能找回所有的記憶。看著凌子的側臉，心中一陣溫暖，她的睫毛在陽光下透著光，也許自己曾經喜歡過這樣溫柔臉龐的女子也說不定。

當凌子三人在山區高處望著海洋的當下，布達爾正打著赤膊、戴上潛水鏡、背著魚槍，站在礁岩上觀望著海潮，想找尋適當的位置「潛逃」到海底。跳入海中的瞬間，海面濺起浪花，碎浪相互撞擊又迎來一道波浪，地面上的聲音在此隔絕，瞬間離開了有人的世界。

布達爾拍動著蛙鞋，將身體拉直，像箭筒狀地潛入海底，彩色小丑魚隨之左右散開又聚集。陽光直射在海底，扭動的曲線像山風跌落在草原上奔走。布達爾看著鰹魚游過身旁，他沒有動作，也不想獵捕。章魚的一條觸鬚正捲起石頭將自己關在岩壁裡，石頭掉了幾次，章魚只好再找其他遮蔽用的石頭。布達爾的耳膜有些難受，氣也快憋不住了，拍動幾下蛙鞋直衝海面上呼吸。那章魚也許是好玩，像羽球一般跟著往上衝，但到了半途，章魚卻轉身離開。

浮出海面，布達爾看著海岸線上，村莊在山巒間點點散布。渡假村的新建工程最近又沸沸揚揚地被討論，長達數年的抗爭，原本是海水浴場履約的標案，最後變成了諸多爭議的渡假村。眼看著珊瑚白化，生態環境遭受迫害，幾次的訴訟、多次的環評未過，還是抵不過財團和地方政府對生態環境的漠視。布達爾也曾與同村莊的人手持布條在總統府前抗議，地方政府利用權力，偷走了當地居民生活的海岸送給財團蓋飯店，眼看著龐大突兀的建築體漸漸成形，在一望無際的天際線上極為不協調。

老人家形容新蓋的渡假村，像個刺眼的大船擱淺在海岸上，但投資者卻以「增加工作機會」作為說服居民的誘因，說白了，可以應徵的工作，最多就是低工資的勞務，比如清潔工，對於社區發展和自然生態並無助益，年長者更不可能是雇用的對象。這片海岸，是老人口中像星星一樣會閃閃發亮的地方，海龜會在特定的時間裡，在星空的指引下來到海灘上產卵。這裡有許多關於海洋的傳說，蘇麥依娜傳述大鯨魚和部落的傳說就是其中之一，無論是海龜和林投樹的相互依持，或是老鷹與大海的關係。傳說中有一條魚，為了尋找更好的未來，獨自走入山林，成了樹上的魚的故事。村莊的老人依賴海灣養活自己，如今渡假村將海灣圈地，也扼殺了許多美麗傳說和居民與海洋共生的關係，村民無法再進入海灘抓魚、撿拾貝類，截斷了村民的生存空間，也破壞了生態的樣貌。

除了海岸開發事件讓人焦頭爛額，布達爾最近也聽說凌子回來了，那是幾個月前的事了，凌子並沒有來找他，讓布達爾更不知該如何是好。從海面望著海灘，無論是在烈日下或是星空點點的夜晚，無處不是凌子的身影，讓布達爾心煩。現在凌子回來了，自己卻還沒準備好如何見面，或許內心根本不想見她，畢竟當時是凌子不告而別。

八月除了炎熱的氣候，也是村莊裡重要祭典的時序。布達爾依循著既往的邦查男子階級訓練的路線前進，布達爾必須確認地形是否有改變，再找適當的位置設置簡易的緊急救護站。這都需要做事前的安排，現在的年輕孩子和以往不同，即便有心融入傳統訓練，畢竟生活環境改變，對於大自然的律動陌生、沒有危機意識，是目前讓人憂心的通病。自己年少時也曾經犯了許多錯，現在只能更確實地教導這些年輕孩子們。布達爾小心翼翼地做好標示，在山上夜宿了幾天，確定動物的活動時間之後，才安心地下山。

布達爾沒有忘記年少衝動所付出的代價和影響，常常拿自己的例子告誡村莊裡的青年，自己依然記得大鯨魚張開大口的樣子，還有纏住自己的腳，將自己淹沒在大海裡的那些發亮的觸鬚。

整個八月，東海岸的氣溫常常接近三十六度的高溫，體感溫度更是超過四十度，人在戶外行走，就像在一個大烤箱般的熾熱。但無論在海岸或在滾燙的河岸石堆上，依照傳統文化，邦查的孩子都必須完成年齡階級訓練。邦查的年齡階級訓練有一定的標準模式，上山下海親近自然是既定的體能訓練。階級訓練只有男生可以進入階層，說明白了，在早期也就是另一種防衛訓練，可想而知，那不是輕鬆好玩的事。

阿雄透過布達爾的協助，好不容易讓耆老同意讓他在訓練期間作紀錄。看著受訓的青少年們，膚色一天天接近古銅，席地而坐吃著簡易粗食，突如其來的野戰級訓練，年長階級的大聲叫罵聲從來不曾間斷，青少年快速地搭蓋臨時聚會所，聽耆老講述歷史，更不要說夜半的突襲和水裡逃脫。看得阿雄有些不捨，何苦這般折磨這些孩子？連續幾日訓練下來，有幾個男孩身上的皮膚一次一次地脫皮，嘴唇乾裂卻無從退縮，用意志力讓身體苦撐過來。阿雄曾想過，自己是不是可以像他們一樣熬過磨練？如果是自己的孩子，不知道捨不捨得讓孩子進入年齡階級訓練？想著想著，阿雄猶豫了，翻開紀錄寫著：

邦查族的祭典，不是華麗歡樂的表演，而是一場精疲力盡的磨練。他們唱著、跳著、喝著母親釀的酒，直到身心靈全然地歸屬於祭典內蘊。這不是娛樂，而是一場嚴肅的邦查人的祭典。

阿雄和布達爾都沒把握祭典精神是否可以傳承下來。同年齡階級的卡照每年都會回村莊參加祭典，卡照的妻子便提議女子也需要有年齡階層。但依照傳統制度，女子的階級是跟隨自己的男人進階，這樣長達一整個月的訓練，女生絕對禁止接近，除了體力和生理狀態的不同，女性必須完成體能訓練之外更多的文化傳承訓練，比如釀酒、穀倉的保存和守護、種源保存等等。這項提議引起傳統與現代的爭執，許多耆老大為動怒，也顯示了現代年輕人對於文化深沉底蘊的陌生。

男子訓練結束後，便進入祭典的高潮，村莊所有女子不分年紀，將自己裝扮得花枝招展，以感謝男人的辛勞，慰勞男子一整年為家庭的努力和付出，婦女們會跳誇張的舞步娛樂辛勞的男性，消除一個月身體所承受的疲累。

夜晚涼風從海面吹入祭場，不知從哪裡來的陌生人群，塞滿了祭場周圍，祭典活動顯然被旅遊業炒作成觀光選項。雖然無奈也無法限制遊客參訪，布達爾安排了攝影取景位置和幾位負責解說的族人在場，以免許多影像流出後傳達的文化資訊有誤。

三天後，祭典進入了「Pakayat」（情人之夜）時間，鄰近村莊的未婚青年男女基本上都會被邀請來共襄盛舉。布達爾不時在人群中搜尋凌子的身影，他看見了古拉斯，阿雄和惠珍聊得很開心的樣子，人潮交錯、歌舞喧嘩之下，就是沒看見凌子。

情人之夜的日子，年輕男女不時對著心儀的對象眉來眼去，場邊的父母更是努力地尋找合適自己孩子的伴侶。父母和子女的擇偶方式有落差，雙方難免爭執、吵雜、喧嘩聲不斷，幸田的形容很到位，說像是魚市拍賣的喊價現場，古拉斯笑了出來。年輕女生幾次跑來問古拉斯對自己的印象、是否願意和她交往？但就是不會問幸田，讓幸田感到驚奇！

「彼らは私を見ませんでしたか？」（他們沒有看到我嗎？）

「女性は私だけを見て、私はもっとハンサムです。」（女生只看到我，我比較帥。）
「冗談じゃない、正直に言う。」（我不是開玩笑，跟我說實話。）
幸田想知道原因，再怎麼樣，自己不可能醜到連一個女生都不來問他，一定有自己不知道的事。
「私が着ているものを見てください、それはメッセージです。」（看我穿什麼，這是信息。）
「そうですか！あなたの服を差別化し、お互いにあなたのメッセージを知らせましょう。」（原來如此！用服裝區分，讓彼此知道信息。）
「ビンゴ！」（答對了！）
歌舞從黃昏起已延續了三小時，除了耐力的試煉，也考驗青年男女的穩定度。領唱者說明各村莊不同的男女交誼模式，簡單來說，參加情人之夜的所有單身女子可以在會場向喜歡的男子告白，若雙方合意，便在眾人的見證下成為交往的伴侶。這是情人之夜的重頭戲，因此整個祭典會場，可以看見年輕女生主動找男子告白的景象。
星空稀疏地閃著微光，歌舞的腳步未曾停歇，空氣中瀰漫男女的歡樂唱的氣息，涼風吹來費洛蒙誘人的氣息，引導適婚男女釋放情意，舞場沸騰、震撼著山海。幸田又看見一名年輕女子羞澀地走著，她的腳步輕盈、搖擺著腰間的脆鈴，她的花帽兩側尚未掛上流蘇珠子，一眼就可以知道她未婚，是剛剛古拉斯才說明、用來分辨服裝上的信息之一。女子帶著期待的笑容，向著喜歡的男子走去，耆老和長輩為她的勇氣齊聲歡呼，祝福這位勇敢追愛的女子可得到青睞。

吵雜的響鈴聲突然從另一個角落傳來，有另一名女子朝著同一個男子的方向跑去，那女子一手扶著花帽、奮力地跑著，看來兩位女子同時看上了那位青年。此時場面頓時緊張，場外跟著情緒沸騰起來，雙方親友團加入助陣的行列，加上臺上司儀搧風點火地助陣，雙方氣勢簡直就像兩軍對戰的場面。

那男子靦腆地笑著，而兩位女子互瞄了對方一眼，各自插隊在男子的左右一起共舞，緊張的時刻才要正式開始。幸田也跟著緊張起來，問古拉斯現在那個男生該怎麼辦？

「あなたが好きなものを選ぶか、去ってください。」（選你喜歡的或是離開。）

「そんな直接表現？」（這麼直接的表達嗎？）

「男性はスペースをぼかすのではなく、選ぶべきです。」（男士必須選擇，而不能有模糊空間。）

「そうか！」（原來如此！）

古拉斯和幸田站在場外等待結果，時間一分一秒地過去，領唱者吆喝要換歌曲了，還特別叮囑所有青年男女選自己所愛。就在舞步變換的同時，只見那青年鬆開了雙手退出舞場，他選擇退出，不做選擇，留下兩位被拒絕的女子並肩共舞。女子相互轉頭看著對方，笑了出來。

「男はあきらめた！」（那男的離開了！）

幸田驚訝地拍著古拉斯的肩膀，無法想像就這麼丟下兩個喜歡他的女子。

「彼は自分の考えを知っており、それは誰にとっても良いことです。」（他知道自己的想法，這樣對每個人都好。）

「ほんとうに素晴らしい！非常に特別な国の文化。」（真的很棒！非常特別的民族文化。）

布達爾的雙眼在人群中尋找著凌子，也看見美麗的女子對自己眉眼傳情，但布達爾期待迎面走來的會是凌子。

少年的銅鈴聲又繞場一大圈，代表又是一波高潮即將開始。臀鈴聲在會場中流竄，未婚的美麗女子為了所愛勇敢告白，她們不怕被拒絕，反而越挫越勇，是情人之夜最特殊、也最吸引人的地方。

布達爾依然看不到凌子的身影。迎面走來的女子則是帶著迷人的笑容走到布達爾身邊，靠在耳邊說：「當我男人吧。」布達爾側臉熱呼呼的，跟觸電沒兩樣。她的聲音甜美，布達爾看著那女子，她沒有閃躲、目光堅定地在身邊共舞，偶爾臂膀相互碰觸，有那麼點衝動想再靠近她一點。說實在的，她真的很美，讓人有怦然心跳的衝動。情人的舞曲讓人亢奮，連舞步都能感覺到一絲纏綿，女子再一次貼近布達爾耳邊示意，她淡淡的髮香撲鼻而來，布達爾忍不住深吸著香氣，她有雙美麗的眼睛，但自己卻必須鬆開手了。既然心裡還放不下凌子，在祭典場合也不想觸犯神靈，布達爾有點失落，多麼期待走向他的會是凌子。

看著布達爾鬆手離開，阿雄替他感到惋惜，那女子外型非常吸引人。被留下的那位女子嘟著嘴大喊：「好無情的男人啊！」這一喊，引來一陣笑聲，也化解了尷尬。

惠珍在遠處，她的腳步一直跟不上節拍，阿雄看了人忍不住笑出來，心想，怎麼手腳不對稱地擺動，還能跳得這麼開心！自己跟惠珍不是邦查人，只能當來賓在舞場尾端一起同樂。惠珍外型可人，親切又頑皮，阿雄看著她，同時惠珍也看見阿雄，瞬時臉上露出一抹詭異的笑容，看惠珍整理好頭髮，學著婀娜多姿的步態，奔向阿雄身邊強硬地插隊，阿雄嚇了一跳，想鬆手逃開，卻被惠珍牢牢地抓住，頓時笑聲滿場。

「對啦，就是要這樣牢牢地抓住，『白浪』還是比較厲害喔。」司儀看阿雄被惠珍揪著不放，對著麥克風廣播，又讓全場歡聲大笑。

「Misalama’cangra’, cakahaen ko demak no Pangcah, akapacici ko falocoean, Mafana’to?」

（他們倆在搞笑，不是族人該有的行為，畢竟不愛就是不愛，明白嗎？）

「Hayi~ Hayi~ Hahay.」（是的、是的。）

阿雄聽不懂族語，滿頭霧水，還是跟著喊了「Hayi~ Hahay」。

「怎麼了？妳不是要當布達爾的女朋友，到底？」

阿雄的語調狐疑，原住民式的語調讓惠珍覺得有意思。

「他不是說他身體不好嗎？而且我發現布達爾一直在舞場找人，應該有情人了。」

「有嗎？我沒聽布達爾提起，妳看錯了啦。」

「女生很敏感，我的第六感不會錯的，何況我們從來沒交往。」

惠珍的腳步還是沒跟上節拍，旁邊的人都不知道該如何跳下去。

「你們都還沒開始？妳不會移情別戀愛上我吧！」

惠珍終於願意停下舞步，用諂媚的眼神回頭看著阿雄。

「對耶！我怎麼沒有想到阿雄。」

惠珍半拖半拉地把阿雄拉出會場，場上又是一陣笑聲。

「陪我走走。剛剛都是鬧著你玩的，你別當真。」

對於惠珍起伏不定的情緒，阿雄有些不知所措。想起幾年前那一夜，獨自一人騎著機車經過一九三縣道時，正好看見惠珍的背影，她緩慢地走著，布達爾跟隨在後，有一小段距離。布達爾擁抱惠珍的畫面，至今還烙印在腦海中。那夜不知什麼原因，他停下來，遠遠地看惠珍和布達爾的互動，直到兩人離開後，才啟動機車回大房子，不明來由的失落感油然而生，失眠了一整夜。

祭典結束時已經大半夜了，布達爾和古拉斯還要忙著做祭典的檢討紀錄和改進的方向。同層階級的青年討論著近年來，都會區的孩子開始回到部落參與祭典，他們必須調整訓練的部分內容，除了體能訓練，還必須規劃關於文化的教育，意識到土地流失、族群認同，到自然環境的枯竭和文化傳承的觀念延續，都在研議討論的提案中。

但討論的過程中，布達爾總是顯得急躁，無論是在議題上的討論或是對外合作的可能性，都讓布達爾心浮氣躁得無法溝通。祭典忙碌了近兩個月，每個人都已經身心俱疲，古拉斯也實在受夠了布達爾的情緒，因此兩人大吵了一架，責備對方的言語越說越重，句句刺耳，刻薄不留顏面。古拉斯當然知道布達爾是為了姊姊凌子，並指責布達爾，既然感情的事情無法強求，布達爾也沒有勇氣當面說清楚，又何必遷怒其他人，陷凌子於不義。

也許是古拉斯說的話碰觸了布達爾的敏感神經，不但沒有消氣，反倒讓布達爾壓抑的怨氣一股腦地爆發，一拳揮向古拉斯。突然的舉動讓古拉斯來不及閃躲，臉上挨了一記重拳，倒退了幾步，古拉斯握緊拳頭，忍住沒有說話。幸田一個箭步地擋下了布達爾揮來的另一拳，古拉斯狠狠地瞪了布達爾一眼，轉身準備離開。布達爾追上去，抓住古拉斯的肩膀，警告古拉斯不要用鄙視的態度對待他。

「你這個 Niwaniwan！」

幸田推開布達爾時，古拉斯的嘴角流出了鮮血，轉身穿過夜半的祭典圍場，消失在布達爾的視線中。

「你就是沒種跟我打，對吧？」

布達爾大聲吼著，腦中一片混亂，廣場中的人默默地散場，空曠的廣場上，布達爾顯得格外孤獨。人群姍姍移動，即將散盡人群的廣場上，連吹過的海風都顯現鄙視的意味。夜影的邊陲處，凌子駐立在稀疏的人流中望著布達爾，兩人隔著昏暗的燈光對望，讓時間在凝結的空氣中自然地結束。

海洋是深灰色的藍，但依舊很美，布達爾再一次將自己「潛藏」到海底，逃避地面上的世界。自從打了古拉斯一拳之後，隔天就聽耆老說古拉斯即將離開臺灣的事，自己連道歉的機會都沒有。「Niwaniwan」的意思是「雜種」，布達爾知道話說得太難聽，或許古拉斯狠狠打回一拳還能使自己開心一些。但古拉斯終究沒有這麼做，他轉身離開，是對自己行為的一種鄙視態度，古拉斯要讓自己懊悔，他做到了，再也沒有比共患難的兄弟給的冷落來得更嚴重的懲罰了。

布達爾浮出水面換氣，捲起身子拍了幾下蛙鞋，又深深地潛入大海。他撿了幾個海膽，想著也該帶點東西給母親了，最近母親為了自己打人的事情跟他嘔氣。布達爾氣自己根本就是個孬種，那夜看見凌子應該主動開口，自己又沒勇氣去找凌子，整天心浮氣躁地過日子。布達爾探出海面吸一大口氣，想著剛剛那隻龍蝦應該還在附近，陽光從海面折射出光線，布達爾潛入海底搜尋著龍蝦。海波的節奏移動，布達爾拿起魚槍射中了一條魚，在海床上撿了一片貝殼，又進入了沉思。

突然氣快憋不住了，拍了兩下蛙鞋往海面上升，海波捲起，似乎有一道黑影跟隨而上。布達爾想起那個發光的觸鬚，變得有點緊張，又怕是愛玩的海豚衝撞上來，稍微調整了位置，浮出海面吸了一口氣，順手把蛙鏡往頭上一推。隨之前方海面冒出了那道黑影，兩人正面相對，對方呼了一口氣，也將蛙鏡推上頭頂。

「布達爾。」

看著海面上的凌子，她的胸前還掛著一串海貝殼項鍊，是自己親手替凌子掛上的。

「我以為是大章魚又追上來了。」

凌子沒有回答，上了岸，望向海洋，兩人沒有再多的交談。

凌子曾經探訪布達爾的母親妮卡兒。妮卡兒雖然沒有明顯地責怪凌子，但是話裡話外都在抱怨凌子耽誤了布達爾，卻又說感情原本就不能勉強，終究母親還是不捨自己的孩子為情所困。

面對凌子，布達爾也無法說出什麼具體的抱怨或責怪，只能岔開話題，說著近年來留在村莊裡的狀態、為了抗議渡假飯店的設立而集結起的團體、露天垃圾場存廢或遷移的議題、消波塊對於海灘加速流失等等。畢竟這是關於傳統文化和傳統領域的守護問題，布達爾強調這些事情都需要費神地全力以赴。

「或許妳現在可以給我一巴掌，為了古拉斯。」

說這些生硬的話題也不是在逃避，其實自己可以不用苦等凌子，布達爾也討厭這樣等待的自己。烈日當下海風陣陣，海沙卻是燙的。兩人順著山區路線往高處去，放眼望去可以看見村莊，也能看見海洋，遠方的巴士正緩慢地啟動。兩人並肩時，凌子感覺彼此已經有些陌生。

「這裡是我看著妳離開的位置。」

顧不及凌子怎麼想，布達爾激動地將凌子摟在懷裡，終於真真實實地感覺凌子在自己的懷裡，希望這次可以把凌子留在身邊。

在臺中的李醫師，邀請了他那個博學多聞的好友何醫師小聚。自從凌子突然離開臺中，李醫師便交代護理長，以凌子因家中有事必須請長假做託辭，但其實自己也不明白凌子突然離開的原因。診所忙著，自己也忘了打電話給凌子。

兩人透過落地窗看見診所後院，一條小巷子沿著灌溉用的大排拉出平行線；刻意布置成廢墟的鐵門，攀爬著綠色藤蔓，常常從這道鋁門出入也是因為凌子的關係。診所後面花園有了新的樣貌，此刻盛開的應該是凌子栽種的百合，原本泛白的牆面，目前爬滿了爬牆虎，形成一片綠牆。

後院種了幾棵木瓜，也曾經搭了絲瓜棚架，絲瓜因為收成太多，凌子會分送給鄰居還有教友，更不用說南瓜，凌子種的南瓜產量驚人。當然也有無法結出果子的，那就是百香果；李醫師問凌子原因，凌子說少了授粉的蜜蜂所以無法結果，自己又沒時間動手幫百香果授粉。許多不知名字的花草，把診所後院長成了一座小森林，醫師除了驚訝，也有些傻眼，總之凌子可以在這後院消磨一整天的休假日。

凌子還在診所的那些日子，患者總是擠在接近休息的時間來診所看診。飢腸轆轆的護理師們，臉色顯得疲憊又無奈。擁塞的街道上來往的車子耐不住性子地狂按喇叭，機車大量地穿梭在路上尋找停車位，吵雜不堪的中午時間，診所突然聽見公雞的啼叫。大家的眼睛皆疑問地亮起來，醫師原本以為自己聽錯，從診間走出來，護理長點點頭，表示自己也聽見了。

「有公雞？」李醫師懷疑著。

「我們也有聽到。」護理長睜大眼睛回答。

大家不約而同地看著凌子，她聳聳肩說花園裡養了幾隻雞，還說原本想都買母雞，為了要吃雞蛋，可能是挑選的時候失手，挑到一隻公雞，現在才會有公雞的啼叫聲。

「挑公雞、母雞？」

診所的人驚訝地看凌子，他們也是第一次知道可以選雞種。

「對啊，買小雞當然要挑，不然全是公雞或母雞怎麼辦？」

養雞不是凌子做過最讓人驚訝的事情，她也養兔子、養貓、養魚。曾經問凌子是不是要把後院當農場，凌子的回答讓自己哭笑不得。

「當農場後院太小，醫師你可以買大一點的農地嗎？」

李醫師當場無言，規定她不能養會大聲叫的動物，怕吵到鄰居，凌子竟然回答：

「又不是啞巴，哪裡有不叫的動物？」

李醫師自己也不懂，怎麼會縱容凌子在後院裡做這些事情，或許是感覺新奇，這輩子自己還沒養過動物，更不用說挑公雞、母雞。

繁忙的看診工作壓力大，偶爾聽見公雞的叫聲，倒也增添診所愉快的氛圍，為車水馬龍的後站街道帶來一點鄉村的休閒，又想起某一天，自己伸著懶腰準備離開診所，凌子卻畏畏縮縮地緊跟在後問：「醫師……可以養羊嗎？」

「不准！羊太大了。別鬧了喔，魚骨頭。」

「不准就算了，幹嘛那麼凶，我叫凌子不是魚骨頭。」

凌子嘟著嘴，氣呼呼地轉身走到後院，留下自己一臉無奈。

診所後院大約五十坪左右，是父親當年和母親在此休息、種蘭花、喝咖啡的地方。在這高樓林立的臺中後站，難得有這麼一小塊空地。父親六十歲就毅然宣布退休，帶著母親到鄉下居住，從那時候開始後院就無人管理，直到凌子出現，這後院於是變成了她的農場。不過自己和其他護理師在休息時間，也喜歡在這裡消磨片刻悠閒時光。

「怎麼了？心被偷走了啊？看什麼這麼入神？」

何醫師伸長脖子，看著相同的角度，沒發現什麼有趣的事。李醫師這個月的十天假已經休完了，想找何醫師商量再幫忙自己五天，但他自己的門診預約也已經額滿了。何醫師想知道發生了什麼事情，從沒看過他這麼浮躁的情緒。

「你會自己抓龍蝦嗎？」

何醫師有點摸不著頭緒。

「什麼？你這失魂落魄的樣子是因為要自己抓龍蝦！還是因為小樓？」

「別提小樓了，都幾年了，人家的孩子要讀幼兒園了吧，過去式了。我在想，自己抓龍蝦是什麼感覺。」

「你是怎麼了？獨行俠想追美人魚不成？」

「就是想著在海中的感覺，龍蝦會躲在哪裡呢？」

何醫師沒有回答問題，還特別叮嚀沒辦法代班，要臨時調整門診時間過於匆促，所以沒辦法幫忙。李醫師點點頭，視線依舊落在盛開的百合花上。

又到了假日，何醫師吵著要到診所後院喝兩杯。走到後院，被眼前雜草叢生的花園愣住了，美麗的田園景象全毀，和幾個月前的完全不同。

「你這是怎麼了？上次我還在這裡摘南瓜，那是我這輩子第一次摘南瓜呢！」

何醫師不可置信地大喊，簡直不敢相信花園周圍慘不忍睹的變化，現在的樣子算是名符其實的廢墟了，一隻兔子突然從草叢中跳了出來。

「喔！還有兔子。『大耳朵』你還在啊，沒有被獨行俠抓去煮三杯兔啊。」

何醫師調侃著順手抱起了兔子。上次來抱過一次，知道這兔子不怕生，可是目前兔子全身髒垢，應該是沒有人管理了。

「我是不知道發生什麼事情，我認識你這麼久，我的孩子都上國中了。很多事情女孩子不能等，難道一次教訓還不夠嗎？」

看著花園，每個角落幾乎都有凌子的身影，凌子搭絲瓜棚架的樣子，在草堆找雞蛋。凌子的貓只吃早餐，她說貓晚上要抓老鼠，所以晚上不能給貓吃東西，給貓吃早餐，是因為怕貓一整夜沒有抓到獵物餓著。凌子的貓其實不只抓老鼠，還曾經看到貓抓了一隻鴿子，還有蛇、麻雀，無所不抓；此刻那隻貓在花臺上睡覺，根本不想理會他們。何醫師抱著兔子玩得很開心。

「你是顧忌家世背景還是其他的？什麼年代了，我看黑美人品行不錯啊，上次還得了一個設計獎，你應該不記得吧？」

家世背景？自己甚至沒問過魚骨頭關於她的經歷，直到凌子離開，才驚覺對凌子一無所知，只是偶爾聽凌子提起家鄉的魚蝦在太平洋可以就地取得。她為何來到臺中？又從哪裡來？自己從來不曾關心過。

「這麼可愛的兔子沒人愛喔，煮兔子煮兔子。」

何醫師嘆了一口氣，真不知該怎麼說。

無邊的深處

「布達爾，快點！」

惠珍在走廊上邊跑邊喊著要自己跟上，呼叫鈴同時間響起，應該是住民又有狀況。幾年了？惠珍越來越成熟，但大聲喊名字的習慣依然沒改變。

布達爾隨著惠珍在走廊上奔跑，經過幾間病房，看見幾處水滴狀血跡，隨著越來越大面積的血跡看來，猜測應該是刀傷。布達爾加快腳步超越了惠珍，衝進病房，便看見阿雄拿毯子奪下一把小刀。自殘的是一位少年，他的手腕有幾處割傷，流著鮮血癱坐在地上。

處理完少年自殘，身體已疲累不堪，在這種高度壓力的工作環境下，不知道該如何面對生活。一位患者隔著窗子用空洞的眼神笑著，布達爾知道他看見自己快樂的方向，而自己卻在這裡迷惘！惠珍的身影從對角樓梯下樓，剛剛忙得連說話的時間都沒有，也許下班後兩人可以一起吃個飯，如果她願意，或許還可以上個床也說不定，這是減壓最直接的辦法。自己不想壓抑現在的想法，扶著欄杆探頭想喊住她，卻看惠珍正對著別人揮手，而跑向她的是阿雄。

黃昏後的街道，青澀女高中生的百褶裙遮在大腿二分之一的位置上，隨著步伐的移動，裙襬也跟著小幅度揚起。布達爾騎著機車，慢速地尾隨在不遠的後方，彷彿看見當年凌子的模樣，只是凌子較為保守，她的裙子幾乎蓋住膝蓋，當夕陽照射在凌子的小腿上時，常讓自己有一股莫名的衝動。後方一部車按著喇叭，布達爾才驚覺自己龜速行駛在馬路中央，像個色狼盯著女高中生看，急忙將握把的油門用力一扭，機車猛力地加速前進，超越露著大腿的女高中生。

連續好幾日沒有回海岸線了，今天依舊沒計畫回去，心裡越想越不是滋味。好不容易才和凌子重逢，關係卻沒有以往的親密，見面時，話題還是繞著東海岸土地流失的抗爭事件上轉，即使試著親近凌子，尋求情侶間的親暱，凌子卻是推託，自己也覺得尷尬。凌子甚至成天鎖在山坡上的那間搭鹿岸，沒日沒夜地畫設計圖。凌子的設計圖說真的實在讓人驚豔，越是完美的設計，越讓布達爾的心中產生危機，頓時發現和凌子之間已有了太多空白。她學成了創意設計，手邊接了幾個案子，一件件的設計圖稿，一遍遍地提醒著布達爾兩人之間拉開的距離。搭鹿岸周邊極其安靜，海洋風平浪靜，看著認真作圖的凌子，布達爾難忍衝動地一把將她擁入懷裡、親吻著。經歷這麼長時間的等待，無論如何也要找回過去那一段悸動，如同初次在海灣的那個夜晚。

產業道路上，路燈和夕陽一同發亮，其實應該是一起昏暗，燈罩內有三分之一是小蟲的屍體，影響了明亮度。在搭鹿岸的那個傍晚也是這般昏暗，黃昏的海洋呈現灰綠波紋，擺盪著光，燃燒著慾望。不管凌子如何掙扎拒絕，無法克制的占有慾，撕開了凌子單薄的衣衫，那勃起的陽具試圖尋找切入的途徑，自認為浪漫的情愫，卻因凌子強力抵抗演變成昏暗的角力。響亮的巴掌軟化了生理的戰鬥力，是害怕再度失去也行，是無處宣洩的慾望也說得過去，無法填補的情感流失，化作滿腹的牢騷一湧而出，兩人大吵一架後，自己摔上門、扭頭就走，好幾日不曾和她見面。

機車繞過了幾個彎道，經過一座水泥窄橋，橋上的招牌還是歪斜地站著，想來依舊有人醉酒，將招牌靠成歪斜。小溪流在乾旱的此刻僅剩殘餘的水流沾濕石塊，布達爾將機車怠速地橫停在橋中央，下車用力將「普蘇竿活魚土雞餐廳（附設卡拉ＯＫ）」的招牌擺正。橋下有掉落的安全帽、衣服還有啤酒罐，少不了的是嘔吐物，布達爾止住呼吸，以免吸入橋下捲來的臭氣。

機車經過一處低矮的鐵皮屋後又停下來，布達爾從置物箱裡拿出一袋麵條和生活用品，彎著腰走進屋內。昏暗的燈光下，老人陰鬱的臉龐轉向大門，僵硬地擠出笑容，在布達爾的眼中跟哭沒什麼不同，老人伸出枯槁的手臂接過生活用品，布達爾深吸一口氣，無法說出安慰老人的話。這空蕩灰暗的地方，是那位割腕少年的原居所，有一個離家出走的母親，還有對他高壓管教、期望過高的父親，姊姊在臺北很少回家，但是對於弟弟的醫療費用從來不曾拖欠，偶然一次在大房子看見她，鮮紅色的指甲油和燙成大波浪的頭髮令人印象深刻，走過她身旁時，還聞到香水和香菸混雜的氣味，就像這矮鐵皮屋一樣讓人感到壓迫，找不到一處可以輕鬆呼吸的位置。

偏僻的產業道路上，持續有車子超越布達爾的野狼機車，從高處往前方看，突兀的霓虹燈在半山腰間閃爍。隨著越來越清晰的走調歌聲，這裡是寂寞男人尋求短暫慰藉的地方。

冷冷的那一夜，使我想起那個初戀的人，這是我這一生，最難忘的一個人……

機車未熄火，就已經聽見傳來的嘶喊唱腔，震耳的環繞音響，喚醒男人的獵性與衝動。濃妝的女郎在昏暗的燈光下各個妖嬈地散發誘惑力，幾分醉意的男子，自認為是翩翩美男，誘色全開，伸出太陽親吻曬黑的手臂，搭上女子細白的肩膀或是摟著肥腰。男子辛勞地在農田裡揮汗，或爬上鷹架築起高樓換取的微薄收入，此刻一張張地塞進那妖嬈女子的雙乳中央，炫耀它光榮的轉移，滿地傾倒的酒瓶，內裝物成了酒客的大肚腩。

蘇蘇正推開一位半醉半醒的男士，燈光正好直射在她的腰線上。蘇蘇有一頭俏麗的短髮，一年四季都會穿上黑色人造皮靴和短褲或是迷你裙。蘇蘇有個不太符合年代感的名字「莉娜」，布達爾不想和其他人一樣這樣稱呼她，自從幾年前自己喝得爛醉，賴在她懷裡醒來開始，就習慣稱她「蘇蘇」。兩人曾經纏綿了好一陣子，甚至想跟蘇蘇同居，免去往返東海岸的路程，卻被蘇蘇一口回絕。

「你根本不愛我，又何必讓我期待呢？」

自從知道淩子回村莊的消息，就沒心情來找蘇蘇。也許蘇蘇說得沒錯，自己對情感還不夠堅定，根本談不上愛她，但無論如何，蘇蘇在心裡還是有一定的分量。

布達爾一進店門，蘇蘇就已經看見他。今天不知哪裡來的客人吵得自己心煩，一肚子氣正愁著沒地方發洩，更生氣的是，布達爾將近一個月沒來，也沒交代在忙些什麼，真想一拳打在布達爾胸口，讓他知道生悶氣的感覺。

還來不及反應，蘇蘇一拳直落在胸前，布達爾已經不想知道原因了，最近可能和女生犯沖，做什麼都不對。看蘇蘇瞪人的樣子很誘人，又挑起自己男性生理的衝動，給她一個曖昧暗示的眼神，兩人便離開餐廳，躲進後院蘇蘇的住所。餐廳傳來嘶吼高亢的歌聲，聽起來像是慘遭謀殺地嘶喊著〈其實你不懂我的心〉。蘇蘇確實最了解自己的需求，前一刻才一拳打在自己的胸前，此刻卻展現著媚態，騷動著情慾，釋放著溢滿的慾望，更紓解了近期高壓混亂的日子。

不可否認，這裡成了自己的避風港。看著熟睡的蘇蘇，自己幾乎忘了是怎麼和她相識的，應該是在抗爭行動上認識的吧，這幾年發生了太多事情。蘇蘇和當年自己遇見的那位跳海女人面容相像，因而使他印象深刻，但估算年紀應該不是她。

那是淩子不告而別後的隔年三月，魚群充滿活力地在近海交流，村莊的漁夫蓄勢待發，準備四月迎接飛魚群的來臨。漁夫們忙著修補漁網，檢查船上所需裝備，基本的提神飲料早已整箱地裝上船艙。漁夫保持身體潔淨以表慎重，隨時準備出海和魚群搏鬥。

那天獨自來到和淩子走過的海灘，當天有些風浪，浪高超過一公尺，幾次來回拍擊的浪濤，偶爾有海水濺濕衣角。從北方望去，雲層壓低，天空的寬度就在灰雲下方。一位女子穿著高跟鞋，搖搖晃晃地走上了礁石，身上單薄的衣衫看得讓人瞬間發冷，一時想不明白她穿高跟鞋是如何走過海灘的，難道不怕落海嗎？看著覺得可笑，反正她不覺得腳疼就好了，自己也管不了那麼多。灰雲很快地移動，看來快下雨了，便起身往公路方向離開，幾個迎面而來的男人慌張地奔跑，不知道是在追趕什麼。

「少年ㄟ，較緊咧報警，有人跳海呀。」（年輕人，趕快報警，有人跳海了。）

「跳海！」

剛剛怎麼沒有注意到呢？回頭看向礁岩，女子已不在岸上，確定是那位高跟鞋女子「跳海」了！看著風浪的高度，灰雲改變著海流的方向，如果再年輕一點，或許會衝動地跳入大海尋找那位女子，但在尚未確認救援位置就輕易下海，那只是製造更多的危險，對救援沒有幫助。

拿起手機再撥打了幾通電話，這個時間點有幾位熟識的漁夫在近海作業，簡單地說明狀況後，很快就看見幾艘漁船往女子落海的海域來回穿梭搜尋。海巡的快艇也在接近當中，天空開始飄雨，連帶著冷風使得救援場面變得緊張。海岸上有些群聚圍觀的人。搜救艇正在縮小範圍，看來已經發現目標，看著搜救人員跳入海中，確定已經找到那位女子。

原本想著應該沒事了，警方卻說需要做一些紀錄備案，只好跟隨著救護車來到了醫院。那女子臉色慘白地躺在急診室，單薄的衣衫讓她顯得更加殘弱；一個小男孩，焦急地在急診室外踱步，他畏畏縮縮地探頭卻不進去探視，看男孩全身瑟瑟發抖，想來應該是受到了驚嚇。不知為什麼，那男孩有如驚弓之鳥地往醫院內躲避，此時急診大門前，有一位中年男子奮力地摔車門，他的樣子就像是來尋仇的黑道，面目猙獰、惡狠狠地邊走邊破口大罵地喊著，到了女子床邊之後，竟將虛弱不堪的女人從病床上拉扯下來，女人無力抵抗，被摔落地上。突來的暴力舉動讓急診室一陣大亂，警衛連忙大聲喝止，那男子並未停手，女子和點滴架被凶暴地拖行。自己沒想太多，下意識地上前阻擋，那莽漢見狀，暴怒作勢攻擊，兩位員警即時上前壓制，急診室物品被推倒、一片混亂，莽漢暴跳如雷大聲地咆哮，直到警察將他壓制上警車，急診室才又恢復正常的作業。

那女子的五官輪廓和蘇蘇有幾分神似，在抗議行動中第一次看見蘇蘇時，還問過她是不是曾經「跳海」，被她白了一眼。

突然遇上有人尋短，耽擱了原本的行程，做完筆錄後又獨自騎上機車回村莊，夜半的公路幾乎看不見行車來往。切入海岸山脈之後，海風從海面沿著山坡進入隧道，一種淒厲的風聲聽著毛骨悚然，第一次感覺黑夜的公路使人恐慌，偏黃的隧道照明燈，彷彿隨時會出現另一個世界的可怕物種，牠們可能隱身或融合在水泥牆面上，在你最為脆弱的時刻，張開滿口利牙和流著黏液的大口對著你猛撲。想到這裡，竟不由自主地縮起脖子，將機車猛力地加速，同時引擎發出震耳的回聲，就像函洞裡的猛獸正在追趕。

那跳海女子被拖行的影像又浮現在腦海，男子殘暴的樣子隨之跟進，這男子和她是什麼關係？那逃跑的小男生又是怎麼一回事？剛才實在太衝動了，還好凶狠的莽漢沒帶凶器。看著自己被抓傷的手臂嘆了一口氣。

「不要想了，下個月就出發去板橋吧。」

沿著東海岸北上，布達爾估算騎著野狼機車到達板橋需要七小時左右，路程的確遙遠。

除了跳海女子揮之不去的影像干擾自己無法安穩睡眠之外，突然告知母親自己要遠行，母親叨叨絮絮地念個不停也令他心煩。來到花蓮新城鄉，雙眼被遠處的十字架召喚著，將機車停止熄火後走向天主堂，想藉由向天主祈禱得到一些寧靜。天主教會的大門柱，仍保留著日式建築鳥居的樣貌，那年凌子和她父親松本曾帶著自己來到花蓮，雖然對古蹟沒有特別的喜好，但經過松本講述，這裡的一切彷彿回到當年穿上和服的風華年代。而今時代的移轉，天主教會坐落於此，延續著撫慰人心的使命，日治時期留下的神獸雕像，依舊堅持地守護著不同宗教信仰的人，即使外貌日漸風化，神獸的姿態依然仰天挺拔。日光投射著教堂的彩繪玻璃窗，一股溫暖竄入心房，劃著十字聖號，祈禱天上的父可以給自己平靜的心靈。

繼續往北，東方是立霧溪出海口，遼闊的海灘上揚起了風飛沙，騎過這座橋，大概就算是離開花蓮縣了。另一側的橋上，一列火車和自己反方向地越過立霧溪，往花蓮前進。

太魯閣（新城）月臺上沒有多少乘客候車，四月的冷風迎面而來，蘇蘇穿著一件長版毛衣長達膝蓋，腳下穿著一雙長筒人造皮靴，她站在月臺上，將帽子往耳下拉緊，冷空氣吹得耳朵有點耳鳴。三月中旬和姊姊通了電話，聽話筒中的聲音讓蘇蘇有點擔心；自己感覺得出來，姊夫對姊姊不是很體貼，甚至喝酒之後有暴力傾向，最近一直心神不寧，幾次看見姊姊空洞的眼神，炎熱的夏天還穿著長袖襯衫，就讓人懷疑是害怕露出身上被家暴的傷痕。姊姊的兒子小崇就更不用說了，他看見姊夫的樣子只能用驚恐來形容。

對姊夫的印象就是一個建築工地的老闆，手邊有一群板模工班底，是建築業中喊得出名號的工作團隊，工作的地點隨著姊夫承包的工程而定，像個游牧工作族群。

看著平快車緩慢停止，機械煞車的聲音讓原本的耳鳴更加難受。進入藍色車殼的平快車廂，彷彿瞬間進入了不同的時空，上下開啟的玻璃車窗有點重量，如果沒有將卡榫卡好，又貪戀風景而將頭放在窗臺上，那瞬間掉落的玻璃窗就會像斷頭臺般地砸下。吊掛在車廂的風扇雖然是靜止的，卻可以聽到它轉動中的雜音。空蕩的車廂內偶爾看見沉沉睡著的老人，走道上還放置著幾簍蔬菜和活生生的雞。蘇蘇走向最後一節車廂，整個車廂望過去沒有半個人影，推開最後一道門，火車軌道正在無限地拉長。

「小崇啊，快去換個衣服寫功課，等一下你麗娜（蘇蘇的本名）阿姨會來。」

「阿姨要來！」

小崇聽見麗娜阿姨要來很開心，這是小崇第二次轉學了，自從母親跟阿伯結婚之後，生活一切都變了樣。原本做美髮的母親，現在整天都跟著阿伯跑工地，送提神飲料或是檳榔，剛開始阿伯對自己還算和善，但是每當心情不好或是喝醉，整個人就會像發狂的狗一樣亂咬人。在郵局工作的爸爸不會喝酒，很不幸的，爸爸在下班回家的路上被酒駕的人撞死，小崇更加討厭喝酒的人，更埋怨母親跟阿伯在一起，他討厭現在所有的一切，如果自己有能力了，一定會逃離這種生活，永遠不會回來。看著一桌豐盛的晚餐，小崇心想應該還會有其他客人。

鬧哄哄的一頓晚餐，姊夫帶著幾位看似工人的人一起用餐，姊姊麗娟忙進忙出的，沒有多少時間好好吃飯。姊夫有了幾分醉意之後，眼睛不時在自己身上打轉，蘇蘇感覺不太對勁，他提議要去唱歌，原本自己不願意，但眼角餘光看到姊夫對著姊姊使眼色，姊姊只好勉強地開口勸說，看來是無法拒絕了。小崇那孩子像是有話要說，又有所顧忌的樣子。

姊夫硬是拉著蘇蘇要上他的車，蘇蘇卻以要上廁所為由與姊夫保持距離。進了廁所，知道今天的處境堪憂，姊夫一定有什麼意圖，看姊姊的表情太奇怪了，小崇也是，自己必須想點辦法逃脫。但如果現在逃跑，姊姊必定受害，該如何是好？

「麗娜好了嗎？老闆再等。」

廁所門外有個人敲著門，蘇蘇差點嚇壞了。

「我有點暈，馬上出去了。」

姊夫一定是怕自己逃跑才讓人來找她，蘇蘇心中暗自盤算著。拉開廁所的門，一位工人正在等她，他是今天唯一不喝酒的人，說是自己胃痛，今天由他負責開車載所有人回去。

「妳自己要小心……」

那不喝酒的工人小聲地在蘇蘇背後說著。

「要出去走走嗎？我們去安通泡溫泉。」

看蘇蘇失神疲憊的樣子，布達爾知道蘇蘇又想起過去的事情。自己這幾天和凌子鬧彆扭也想要放鬆一下，蘇蘇簡單地交代領班之後，兩人便走出吵雜的餐廳。

蘇蘇的店主要是活魚土雞餐廳，因為客人要求，才會開放卡拉ＯＫ讓大家消遣。但到了最近，唱歌的人實在太多，客人甚至自己帶著陪侍女子來到這裡消費，讓很多人誤以為蘇蘇的店已經開始變相經營。這讓蘇蘇相當困擾，也有意將店面頂讓，希望回歸簡單的日子。

布達爾在一場原住民保留地的抗爭中認識蘇蘇，除了知道她母親是太魯閣族，而她在桃園一家高級酒吧工作之外，蘇蘇沒有再多的經歷說明。兩人的相識，除了自己唐突地問起「跳海」的問題之外，更誤解了蘇蘇說的「酒吧」是那種特種營業場所「酒店」，被她罵得狗血淋頭，還被打。

「可不可以有一點正面的想法，全是一群豬八戒色鬼。」

蘇蘇一臉不屑地罵著。

「妳有必要這麼說嗎？酒店不就是那樣？」

自認為沒有說錯話的布達爾不甘示弱地回話。

「我看你除了公賣局的酒之外，大概也沒認識什麼知名的酒了吧？你最好看看書，搞清楚『酒吧』和『酒店』的不同，簡直就是無知的色鬼。」

蘇蘇漲紅了臉，一腳踹了布達爾轉身便離開。布達爾被莫名地踹了一腳，心裡也很不是滋味，看著轉身離開的蘇蘇大喊……

「妳幹嘛心虛，我又沒說妳陪酒或是……」

蘇蘇聽了忍無可忍，轉身衝向布達爾又甩了一大巴掌，她全身顫抖，惡狠狠地瞪著布達爾實在不知道自己說錯什麼，一頭霧水地看著含著眼淚、炸鍋的蘇蘇。

蘇蘇當下更是滿肚子怨氣，自己喜歡酒，為了專精自己品酒的專業，花了好長的時間鑽研。她嘗過許多知名的酒品，有些酒給人清新的口感，也嘗過帶火山泥漿味道的酒類，每一種品牌都是一種獨特文化的醞釀，為什麼這些粗俗的男人總是將酒和色情結合在一起呢？蘇蘇不想多解釋，她知道不了解的人會用什麼眼光看她，即便是自家人，也不一定清楚酒吧和酒店的差異。

就是因為知道自己在酒吧工作，使姊夫有了邪惡的意圖，那個夜晚避開和姊夫同車，坐上另一部工人的車去唱歌，姊夫話中都在暗示自己的意圖。那位不喝酒的工人閉著雙眼像是睡著，但蘇蘇看出他隨時都在戒備著；姊姊的態度有點冷漠，她安靜地看著臺上的人唱歌，對於姊夫過分的言語沒有多加指責，就像不認識自己的妹妹。

酒酣耳熱之後，發現姊姊不知什麼時候離開座位，姊夫也是，她回頭看那位不喝酒的工人，那工人也看了自己一眼。若不是因為姊夫的舉止怪異，這郊外的星空實在很美，這裡和村莊保持著一點距離，自然的清風緩緩吹來，酒意很快就會消散了。蘇蘇起身走向戶外，沿著小燈的方向走去，那邊標示著洗手間的位置。蘇蘇慶幸自己平日有喝酒的習慣，如果平常自己滴酒不沾，姊夫這樣灌酒的方式，自己早就爛醉了，自己甚至偷偷把酒倒掉。也多虧那位不喝酒的工人幫忙，才能順利地換掉酒杯，甚至將酒杯裝了開水稀釋。自己必須想辦法離開。

「麗娜，妳姊姊吐了，去幫忙照顧一下吧。」

是姊夫在另一邊的男廁喊著。走向姊夫指的方向，那周邊沒有燈光，只有魚池的馬達正在運作，發出轟轟的聲響。蘇蘇看見一個白色的身影，像是姊姊蹲在那裡。魚塘裡的水車增氧機不斷滾動著，魚塘步道長滿了草。蘇蘇走著走著，突然感覺不太對勁，想著姊姊怎麼會走到這個地方吐，意識到危機的蘇蘇拔腿就跑，但自己發覺得太慢了，背後有一個高大的人影，一把抓住自己的肩膀讓身體無法動彈。蘇蘇知道是可惡的姊夫，顧不及太多，大聲呼救。

「裡面的人都在唱歌聽不到的，妳不用浪費力氣叫。」

姊夫粗暴地將蘇蘇拖行，即便用力抵抗，蘇蘇的力量還是無法跟姊夫相比，蘇蘇發現自己已經被拖進魚塘旁邊的灌木叢。那男人喘著氣，慾火正衝上了腦門，滿口猥褻的言語想刺激自己的衝動邪念，此刻的蘇蘇被壓制在地上動彈不得，她尖叫呼救，卻抵不過卡拉ＯＫ震耳的歌聲，蘇蘇幾乎崩潰絕望，看著姊夫在自己身上上下其手，感到噁心、恥辱、絕望。緊要關頭，姊夫卻無法進入蘇蘇的私密處，他開始暴怒，辱罵蘇蘇跟姊姊一樣是妓女，他努力地想挺進，但自己的傢伙卻不願意配合。姊夫更是暴怒地舉起手臂要甩蘇蘇巴掌，卻又突然往前撲倒，重壓在蘇蘇身上。

「快帶我妹妹離開，記住！你什麼都不知道，只是去上廁所。」

是姊姊帶著不喝酒的那位工人一棒將姊夫打暈。那工人不知道去哪裡借來了機車，他用最快的速度載自己到車站，蘇蘇全身顫抖，也擔心姊姊和小崇會出事。

「有車就走，往哪裡都不打緊，就是要馬上離開，姊姊那邊不用擔心，有我在。」

工人在機車上拿了一件行李放在自己手上。

「裡面是乾淨的衣服還有一點錢，姊姊交代的，快走。」

說完，騎上機車，很快地在路的盡頭消失。

逃上火車，空蕩的車廂內幾位乘客已入睡，自己坐在位子上餘悸猶存地顫抖，待雙腳有點力氣，才走進廁所換上姊姊準備的衣服。廁所搖晃得厲害，蘇蘇拿起毛巾，用廁所冰冷的水擦拭自己，才發現自己身上有傷。眼淚再也止不住地氾流。

公路極其安靜，蘇蘇坐在機車後座環抱著布達爾。那一夜的空氣比今天更冷，到現在為止，都還不知道那位工人的名字，看著一列火車在遠處往南行駛，是那夜自己沒買票就狼狽地跳上的車班。

阿雄看著客廳，布達爾最近常帶著叫蘇蘇的女子前來，商討關於渡假村抗爭的下一波行動。蘇蘇有意結合太魯閣族的青年加入抗爭行列，但蘇蘇的主導性和防衛心過強，商討合作變得無法切入核心。看布達爾和蘇蘇的互動親密，阿雄猜想，惠珍說布達爾在祭典會場要找的人，難道是蘇蘇？

趁著假日，阿雄開著車，載著布達爾和蘇蘇在周邊的山區隨意欣賞風景，布達爾對於阿雄指著中央山脈左右比畫、說起布農族遷移史的過程感到佩服，少不了又調侃起阿雄。

「你不累啊！一路講個不停，真的比樹上的小鳥還吵。」

倒是蘇蘇很感興趣，兩人開始比較是布農族的刀快、還是太魯閣族的刀鋒利，除了刀，還得比走過中央山脈的速度。布達爾被撇在一邊，因接不了話題而有些不是滋味。

「或許你們兩族可以跟我們邦查比抓龍蝦。」

阿雄的車子進入了一片山坡地，往東方的山腳下望去，可以看見遼闊的農田和村莊，遠處的海岸山脈被水霧繚繞，視野相當好，阿雄指著秀姑巒溪和六十石山的位置，說布農族越過中央山脈之後和這裡的邦查爭戰的過程，阿雄可以清楚地指出當時的位置。布達爾聽完兩族殺戮的歷史，說要立刻和阿雄斷交，兩人應該不能當朋友才對得起當時在這裡的祖先。當然這只是一種玩笑話，誰又能改變歷史的悲劇呢？

蘇蘇環顧四周，緊盯著遠處乾涸的魚塘，水泥搭蓋的廁所已被攀藤覆蓋著，圍籬上廁所的指示牌有幾朵紫色牽牛花正盛開著，尚且看見掉漆的字跡，除了幾個簡單搭蓋的雞舍，這裡沒有其他建築物，基本上是個廢棄的農舍的感覺。蘇蘇有些震驚，感覺景物有些似曾相識，她回頭看著跟上來的阿雄和布達爾。

「這裡是我 Tina 的養雞場。」

阿雄拿起竹圍籬上的一個鍋蓋，鏘、鏘、鏘地敲響，四面八方很快地竄出了許多雞，聚焦似地奔向阿雄，雞隻的數量非常多，每隻雞都有個肥滋滋的大屁股。蘇蘇在想，剛剛這些雞都躲在哪裡呢？布達爾口中碎碎念著，熟練地拿著飼料灑向雞群。

「每次都帶我來幫你養雞，也不抓一隻來煮燒酒雞，真是交友不慎。」

阿雄不理會布達爾，對蘇蘇說這裡是父母後來買下的山坡地，大約好幾年了，原來的地主曾經租給人家作農場，但是承租人違法地設立一家卡拉OK店。其實在這種地方設卡拉OK也不太會有人管，只是發生了命案，因此違法設立的卡拉OK才會被勒令停業拆除。

「這裡是卡拉OK店？命案？怎麼會？」

「對啊，幾年了吧，就是一個發狂的醉鬼打人，然後就死了。」

「在這裡？」

經阿雄這麼一說，蘇蘇確定這裡就是那一夜，自己差點失身的地點。到底怎麼回事？是那一個夜晚發生的命案嗎？

阿雄走到原本主體建築物的位置，目前只剩下地面上的水泥，其餘牆面大致上已被拆除。幾處貼皮的地板，蘇蘇還有些印象，她看見自己坐的位子，還有那位好心的工人靠在一部賭博電玩上的影像，設置舞臺的地方長滿大葉咸豐草，廢棄的酒瓶凌亂地堆積在蔓生的草叢裡。蘇蘇直盯著一處看著，阿雄走向舞臺的位置，說著當時的情形。

「那天部落裡的一位叔叔帶著三位朋友在這裡唱歌，他們唱得很晚，大約半夜十二點以後準備離開，突然外面有打鬥的聲音。叔叔原本想又是醉鬼發酒瘋，不太想理會，誰知道看見一個壯漢拖著一個女人進來，像發瘋似地撞翻其他客人的桌子。那女人受了傷，被無力地拖行著，有些不滿的酒客想出手相救，沒想到壯漢見有人想幫助那女人反而更加生氣，拿起椅子準備砸場。可就在他舉起椅子的當下，卻突然倒地不起。」

蘇蘇臉色鐵青，不知道後來還發生這樣的事情，姊姊竟沒有告訴她。

「後來呢？就這樣死了？」

「也不是，聽說等救護車的時候都有呼吸，也沒有人想動他，大家都認為他太醉了，反而是去照顧那個完全無力、身體有傷的可憐女人。過了幾天，警察找上叔叔問筆錄，村莊的人以為叔叔發生什麼事，都跑去關心，才聽叔叔說起這件事，說那男人在送醫途中呼吸突然停止，卡拉ＯＫ也因為這個事件被勒令停業。在小村莊這是一件大新聞，報紙都有刊登，最後院方診斷是突發性心肌梗塞。」

蘇蘇癱坐在地上，這幾年姊姊隻字未提姊夫過世的經過，只是輕描淡寫地說是突發心臟病，而且還拖了半年才告知，更不知道當夜那可惡的男人就這麼死了，自己整整半年的時間都在擔心因為逃跑而會連累姊姊，更擔心那位好心的工人會不會出手太重而鬧出人命。現在聽阿雄講述，藏在心中的陰霾終於透出微光，蘇蘇嚎啕大哭，是歡喜地哭。

布達爾不知道蘇蘇發生什麼事，不過聽阿雄說女人被拖行，又讓他想起那位跳海的女子。看蘇蘇不像是當年那個女人，年齡不太對，那蘇蘇為何這麼激動？布達爾看她臉色慘白，不像平日堅毅的模樣，不知道該如何安慰她。

「妳認識他們是嗎？」

布達爾扶著蘇蘇往乾涸的池塘方向走，那一大群雞吃完飼料後，一下子又全部消失了。蘇蘇停下腳步，回頭看著布達爾和阿雄。

「那女人是我姊姊，那個男人是個人渣。」

海沙的溫度

「布達爾，你了解大海嗎？還是只是習慣海的存在？」

布達爾腦中一片混亂，拿了魚槍和其他裝備，看著凌子。

「我無法回答，就像此刻我不了解妳，卻想習慣有妳的日子。」

終究還是要面對凌子，但見了面並沒有讓兩人的關係更好，自己對蘇蘇何嘗不是那樣？布達爾走向大海，要釐清的事情太多了，蘇蘇的出現雖然填補了凌子不在的那些日子，但如果不是動了一點真情，難道自己只是卑劣地想找個人陪伴嗎？蘇蘇突然開口趕他走，是察覺了什麼嗎？凌子回來的這些日子，兩人一同進出、談天、出遊、鬥嘴、吵架，對凌子乳房的渴望，卻無法煽動凌子的激情，布達爾不知道問題在哪裡，也許這段情感早就變質了？布達爾躍身跳進海裡，水花濺起、海波推出向外延展，布達爾再一次「潛逃」，離開有人的世界。

凌子何嘗不明白布達爾的心思，畢竟兩人曾經相伴成長，只是過程中彼此所選的方向不同。布達爾和自己目前的狀態顯得有些尷尬，在這段日子的觀察中，隱約感覺布達爾有身邊人，自己的存在似乎可以留下，也可以離開。凌子目前沒有意願作情感的選擇，只想蟄伏在這片杳無人煙的搭鹿岸創作，算是逃避，也是對生命的釐清方式。

海床上，繽紛色彩的珊瑚有小丑魚竄游在其中，這裡是布達爾知道的大海，他知道每一處海流和氣候的關聯性。這些年，布達爾想著自己已經成為了大海，但是當凌子問他大海，自己卻無法回答。假如離開了周邊的海域，是不是也是自己認識的大海呢？對於蘇蘇，自己無法給承諾，面對凌子，自己又放不下。布達爾憋不住氣了，用力拍了兩下蛙鞋，直衝海面換氣，他咳嗽幾聲，大呼幾口氣，海流改變了方向，布達爾游向礁岩上岸時，凌子已經在岸邊等候。

應該是下著微雨沒錯，天尚未亮，布達爾敲著凌子房間的玻璃窗，著急地喊凌子出門，凌子還來不及梳洗，穿著睡衣就被布達爾拉上了車。好些天沒看見布達爾，他看起來一整夜沒睡，身上還有一股膠水的酸味，凌子油然生出一股不安，不知道布達爾發生了什麼事。天色才微微亮，布達爾把車子往公路的斜坡開去之後停下來，匆忙到副駕駛座拉著凌子下車，海平面的晨曦初起，拉出細條的燃燒線，首先是藍紫色，瞬間又加上了淺橘，白光緩緩探頭，在天空劃出弧線。

布達爾帶著凌子到一處小丘陵地，這裡多了一個蓋著黑布的大型物體，體積約兩層樓的高度，布達爾讓凌子走到約兩百公尺或更遠的地方去，清晨的風夾帶著雨絲在晨光中移動，這天氣真讓人心神不定。過了不久，雨絲淡淡而去，晨曦已經與海平面齊平，海面撕裂出兩個太陽，天空是紫橘色的變換，白光繼續推擠著黑藍，而後海面呈現了亮紫色。

「凌子——」

布達爾大喊著凌子的名字，而後拉開遮蓋高大物體的布幔。

布幔瞬間被晨風吹揚起，像夢幻一般揭開一隻半天高的大眼睛，側著單眼直立在地面直達兩層樓的高度，那隻眼睛隨著晨曦位置變換色彩，有天空燦爛的橘黃、海面的深藍和紫色相互輝映，浪花是白色的，合著蘆葦草的青綠搖擺，偶爾來的飛鳥，就像不經意地眨著眼睛。

美麗的裝置藝術，是凌子自己設計得獎的作品，布達爾將設計圖做成了大型的裝置藝術。每個變換都在顯示一種訴說，是生命徬徨，也是對未來遙望。晨光穿透著裝置，布達爾從大眼睛中走近凌子，牽起凌子的手繼續往遠方奔跑，就像兩人年少時在海灘上無憂無慮地奔跑。只是年少青春已經走完，兩人已不再於同一條路上行走，縱然布達爾有千言萬語，心中已經明白，凌子已經不再是以前自己癡癡等待的那個凌子。當自己看著她畫設計圖時就已經察覺，只是自己不願意放手，要做這樣的抉擇會讓自己心痛，說什麼也想再努力試試看，將凌子留在身邊。

跑太遠了，兩人彎著腰、喘著氣，太陽正處在眼睛中央的位置。

「凌子，將來無論妳在哪裡，記得有一雙眼睛佇立在這裡。」

這次布達爾不再擁凌子入懷，兩人十指緊扣，彼此用最大的力氣抓緊對方的手。

「很痛啦，快被你折斷了。」

「我想知道妳的感覺。」

「我不知道她是誰……但布達爾……可以安心地到她身邊了。」

布達爾安靜了一會兒，小聲地說：

「如果……她願意。」

攤開設計圖，其實凌子心裡早就明白和布達爾之間無法回到從前，但如果斷然拒絕，彼此將會非常難堪。畢竟在同一個村莊長大，必須面對的不只是個人的情感問題，周邊的土地需要由年輕人捍衛，自己更想倚賴文化的滋養來創作。只能用時間讓彼此釋懷，布達爾和自己都做到了。

蘇麥依娜給了自己許多哲思，雖然她說自己不懂設計藝術，但生命中的每個相遇就如同浪花，土地和文化都帶著靈魂訴說著故事，能駐足在心底的，會是像海洋般變化的色彩，是雙眼無法直視的煥彩，從來就無法強求，人與土地、海洋和大自然也是這樣，就像是月光下悄悄走來了風。

就在那幾日，布達爾帶著蘇蘇回部落，妮卡兒打量了一下蘇蘇，她眼神堅定、穿著簡便俐落，一眼就知道是個有主見的女孩。妮卡兒看兒子有新的對象，心裡總算安心些。

蘇蘇正和妮卡兒學習包阿里鳳鳳，看她的手指纖細，不是做粗活的女子，妮卡兒一邊閒聊一邊打探蘇蘇的經歷，蘇蘇好不容易包好一個歪七扭八的阿里鳳鳳，拿在手上笑著對妮卡兒說：

「布達爾對我就像這樣，還不到真愛。」

「那妳呢？蘇蘇。妳對布達爾呢？」

「太魯閣族只會做竹筒飯，布達爾意志不堅定，無法強求。」

妮卡兒笑看著蘇蘇，的確很有個性，心中期待兒子可以好好把握蘇蘇，多好的孩子啊！

凌子在搭鹿岸，布達爾帶了女朋友回部落的消息很快地傳到凌子耳邊，她嘆了一口氣，刺痛微微地塞滿著胸口。

月明かりの下で風が吹いた（月光下悄悄走來了風）
露の滴を測定する（測量著露珠的落點）
東にギャロッピングする鳥（飛鳥向著東方急馳）
目覚めの歌を歌う（鳴唱喚醒的曲子）
瞳孔は猫の視野です（瞳孔有貓的視野）
マインドビジョンは目の錯覚です（心視是光學錯覺）
湖が輝いています（湖面透著光）
心臓の火に火をつける（點燃了心靈的火燄）

一個平淡無奇的日子裡，幸田突然出現在搭鹿岸門口，念著自己在設計比賽時為作品所寫的註解，倚著門、擺出一副文人的樣子，讓凌子大笑。

「なんでいきなりここにいるの？」（你怎麼突然來了？）

「あなたの兄は私にお金を払わないので。」（因為妳弟弟不付薪水給我。）

「何日滞在していますか？」（你打算住幾天？）

「私はあなたを連れ去りたい。」（我想帶妳走。）

幸田推了一個精緻的盒子到凌子面前。

一天。

「ティラミス！どこかに連れて行かせて。」（提拉米蘇！走，我帶你去個地方。）

矗立在半山腰上的裝置藝術相當顯眼，幸田認得這個設計，沒想到會是如此的神祕壯觀。幸田一直都在關注著凌子，雖然此刻兩人還保持在平行線上，但幸田相信會有交會的一天。

少了凌子的診所，顯得安靜許多，連花園養的公雞都懶得叫了。許多收支帳目和電腦作業加重了護理師的工作，年資最久的護理長，抱怨李醫師沒讓凌子趕快回來工作，抱著一疊檔案夾，用腳踢開醫師診間的門，「啪」地一聲，重重地將資料夾放在醫師桌上，一點也不避諱有患者正在看診。

「快把凌子叫回來上班啦！到底要休息多久？」

李醫師看一眼護理長，這位從學校畢業就來到父親診所工作的護理長，臉上擺出無奈的樣子，不知該如何解釋。

有些患者會以為凌子是外籍人士，除了因為膚色較深之外，她說話的語調以及與人的應對上，和這裡的人常有差異，而更多時候會發現，凌子身上常戴著特殊的配件，比如織帶或是發亮的貝殼。但凌子在工作期間從沒有出錯，也很認真，很少看過這麼勤快、體力這麼好的員工；診所裡以前布滿灰塵的窗臺，在凌子來了之後，醫師說都可以放麵包在上面了。她這麼忙卻也沒耽誤工作，和診所的人幾乎成了一家人。

醫師的目光就常落在凌子的身上，實在是因為凌子進進出出像一隻小飛蟲，不知道她怎麼會這麼忙。起初以為是小樓的離開使自己情感轉移，時間久了，醫師卻發覺心裡裝滿了這隻「魚骨頭」。

有一年的平安夜，李醫師獨自在臺中後站的街道上行走，寒風襲來，連呼吸都產生了霧氣，車輛來往，紅燈閃爍。一群教會的唱詩班正在報佳音，他們手持著蠟燭迎面而來，李醫師正好看見凌子也在唱詩班的人群中，心想著這隻魚骨頭怎麼這麼多事情可以忙。

自己已經有些醉意，今天得知小樓結婚的消息心情不佳，約何醫師在酒吧裡小酌。趁著自己還清醒，想獨自走回公寓，卻在教堂門口附近遇上凌子和教友報佳音，在教友們和凌子熱情的邀請之下，兩人並肩走了一整夜。

魚骨頭的睫毛很長，平常在診所沒有太多時間注意。凌子可以找到很多事情忙，診所門口現在就擺設了一個竹編的大魚張口的裝置，看診的患者喜歡將自己的頭塞進魚嘴巴裡拍照，畫面相當滑稽，吸引不少人來玩。

平安夜跟著凌子家家戶戶地唱聖歌、分送糖果，酒意也慢慢退散。很久沒有這種經驗了，記得自己最後一次關懷弱勢團體，好像是醫學院畢業前一年的事情，幾乎都忘了弱勢團體的存在。就在那樣的夜晚，意識到這隻魚骨頭抓住自己的心，也許是節慶的氛圍，也可能是有幾分醉意。那一夜藉故讓凌子送自己回住處。

事情來得太快，凌子還沒來得及思考，和李醫師之間便有了無法公開的關係。自從平安夜之後的日子，醫師常在下班後的夜裡來接凌子回住屋處，隔天清早，凌子便穿著運動服跑回診所宿舍。每回單獨跑回宿舍的途中，內心便有一股強烈的失落感，這不是自己想要的關係。凌子想起剛來臺中時，住在後站美珠公寓的情景，此刻自己和美珠公寓對面那位女子又有何差別？醫師從來沒有公開過兩人的關係，想到這裡，凌子更是傷心，想找個人說說話，撥了一通電話，很快的，幸田就接了。

「どうした？」（發生什麼事了嗎？）

感覺幸田還在睡著，口語卻是擔憂的。

「いいえ、突然あなたのことを考えてください。」（沒有，只是突然想起你。）

凌子心中滿是無助，卻是撥電話給幸田，電話接通卻又不知該說什麼。

「凌子，多分私は今あなたに会うために台湾に行くことができます。」（凌子，也許我現在可以立刻去臺灣看妳。）

「いいえ、私はただ孤独を感じます。」（不用了，我只是一時感到孤獨而已。）

「今台湾に行きます。」（我現在就去臺灣。）

沒想到當日幸田果真飛來臺灣，凌子有萬般的感激，卻不知該如何是好。

「心配しないで、私はここにいます。」（別擔心，我都在。）

幸田沒有逗留太久，在機場一起吃著提拉米蘇蛋糕後，又搭飛機回日本。

幸田的到來，使得凌子有了想法，設計課程即將結束，也該為自己的未來做打算了。診所後院的花開得茂盛，那隻意外養大的公雞羽毛長得很特別，凌子才不會輕易放過這麼美的羽毛，總是要借公雞的羽毛做花帽。幾次之後，公雞學會躲著凌子，也因為這隻公雞，凌子拿到設計首獎。隔幾日，凌子邀請大家在後院喝自己釀的梅子酒，算是分享喜悅，梅子酒的酸甜味道消除了一天的疲憊，幸田在電話中特意訂了提拉米蘇蛋糕算是道賀。同事吃飽喝足後，天色也晚了，各自下班回家，凌子臉上微微發熱，隨手鎖上了大門，轉身看著醫師。

「我應該回東部了。」

「家裡有事嗎？去多久？」李醫師不做思考地回答。

「其實醫師從沒有想過要和我一起生活對吧？」

是沒想過這個問題，李醫師察覺事情發展得不太對，想起小樓又看看凌子，心裡莫名地有個天秤迅速地比較著兩個女人，但是跟魚骨頭結婚？真的不在自己的考慮範圍，如果要找出原因，家庭背景和社交關係……李醫師不承認自己有這種想法。

連續幾日，凌子依舊正常上班，和其他護理師、患者也融洽交談，沒有異常，李醫師也就安心地看診。也許那天魚骨頭喝了一點酒，鬧鬧小彆扭吧，李醫師這樣想著，當晚又開著車子接凌子回住處，觀察幾天，確定凌子應該只是耍耍小脾氣。

從醫師公寓的落地窗，凌子看見診所花園，那隻貓不知是如何爬上了二樓的窗臺，高傲的公雞找了一張椅子舒服地打盹。李醫師為了安撫凌子，和她纏綿到半夜，清早凌子依舊穿上運動服，如常地跑回宿舍。當天李醫師睡過頭，過了十點半才開始看診。護理長還因此念了幾句，說一個突然不見人影，當老闆的也學會遲到，李醫師這才發現凌子還沒來上班。而此時凌子開著車，已經轉進了楓港往臺東的方向前進，沒有道別，沒有留下隻字片語。

一個人因為同樣的理由被甩了兩次也算奇葩，何醫師搖搖頭，看著他這位朋友李醫師。其實護理長大概猜到一些，趁著診所剩下他們三人，護理長說了重話：

「男人這麼小心眼，你到底有沒有聯絡人家？也不知道你哪裡來的優越感？」

「看診忙，一時也忘了。」

臺中往太魯閣的公路風景優美，護理長像是遠足的小孩般興奮，大半輩子都在陪伴孩子成長，現在可以好好出來走走，開心得不想放過每一個拍照景點。何醫師抱著那隻叫長耳朵的兔子，一路恐嚇牠要煮三杯兔。李醫師趁著到花蓮，要順道去看看父母，護理長更想去拜訪自己的前任老闆，這樣的機會並不會常常有。

前些日子，護理長打了幾通電話給凌子，凌子已變更了號碼。護理長瞪了醫師一眼，覺得這個醫師小弟實在是個笨蛋，怎麼連女生家住哪裡都不知道。他們翻找了當時凌子應徵時留下的身分證影本，查看著戶籍地址，上面寫著：

「臺東縣長濱鄉長光……」

三人互相看了一眼，打開電腦查看地圖。

「天啊！聽都沒聽過的地方，這麼遠，在海的那一邊！」

何醫師大叫地說，認真地看著李醫師，想再一次確定他是否真心想跟魚骨頭在一起，如果無心，就不要再去打擾人家，人畢竟都已經離開了。但李醫師沒有排斥，也沒表現出期待的樣子。

「你真的很無情。」護理長嘆了一口氣。

「長耳朵，我們去看海吧，就當旅遊吧，Chief nursing（護理長）。」

何醫師交友廣闊，請了一個花蓮通當幫手，是在花蓮慈濟醫院的朋友陳醫師。陳醫師自從來花蓮之後就不曾離開，還和花蓮當地的泰雅族人結婚，他那兩個兒子的樣貌俊俏，更不要說那位泰雅族的妻子了，也難怪會留在花蓮不走了，可以想見花東的風景吸引著多少人。

車子過了玉長公路隧道，一片大海波光粼粼地進入眼簾。以前他們常聽凌子形容湛藍色的大海，如今親眼所見，護理長覺得凌子形容得非常謙虛。

陳醫師開著七人座休旅車，沿路介紹著花東的人文風光，聽得護理長羨慕不已。陳醫師指著海岸上一處大型的裝置藝術，從車子的位置看著那隻眼睛，光線穿透了眼球，更多的時刻，眼睛是直視著大海的。陳醫師說是在地女性原住民藝術家的創作，背後有一段真實的故事，這隻眼睛會依照海象和氣候變換不同的神情，是非常美麗、難得的作品，任何時間看都會有不同的景象，等正事辦完找機會再來仔細觀賞。但何醫師總覺得這個裝置很眼熟，好像在哪裡見過。

路程確實遙遠，依照導航的指示，車子進入了村莊。李醫師看著窗外斑駁的矮房，原來凌子是在這樣的地方長大，村裡除了狗和遊蕩的雞鴨，就只剩下屋簷下的老人。炎熱的太陽讓一車子的醫師都不想下車。導航指示著一條小路前行，陳醫師探出頭，查看這部大車是否進得去。穿過兩棵大樹之後，周邊沒看見幾戶人家，慵懶的狗終於有機會對陌生人狂吠。

車子小心翼翼地前進，車窗外的矮房簡陋，屋簷下吊掛著曬乾的魚，隱約可以聞到魚乾味，老人獨自坐在門口望著遠方，對於陌生的車子一點也產生不了興趣。導航依舊沒有停止的意思，護理長開始疑惑不安，聽說導航在鄉村總是會迷路，不知道會不會帶他們進入荒郊野外的偏僻之地。看著窄小的道路，有點進退兩難，前方正好走來一位蒙面的農婦，何醫師搖下車窗，禮貌地開口問道：

「請問這附近有一個叫『魚骨頭』，不是，是叫凌子的人嗎？」

那女子沒有回答，轉身便要離開，何醫師有點莫名其妙。李醫師卻打開車門，將那女子擁入懷裡。

「凌子，我們回去吧。」

凌子的老家房子雖然老舊，但整理得乾淨清幽，即便一路上大家有心理準備，但和都市的居所相比之下，這裡的生活條件感覺相當清貧。凌子正煩惱著附近沒有住宿的旅店，不知如何安頓醫師一群人，卻見何醫師已經在家門前的廣場上搭起帳篷。

「我們不走了，萬一妳又跑掉，那我們就再也找不到妳了。」

何醫師嘻皮笑臉地忙著，護理長卻是一臉同情又哀傷，他責怪李醫師薪水給太少，才會讓凌子過得這麼辛苦。一堆無厘頭的話是不吐不快，也順便發洩了平常的不滿，倒也剛好而已。

凌子聽著只是笑笑，知道他們跟父親還有幸田不同。自己從來不曾從父親的口中聽到對於村莊的悲憐，在父親眼中，這個村莊充滿了愛與文化力量，這裡的人不需要憐憫的眼光，父親知道該如何在這裡和母親生活，縱然在日本的生活優渥，父親也從來不曾表現出自己比較優越，這是李醫師無法做到的。

夜晚的星空很美，李醫師背對著凌子，面向大海若有所思，何醫師和陳醫師對周邊的景點抱著期待，已經說好了去哪裡可以買到新鮮的魚。那個夜晚，大家的心情都難以平靜，當凌子告訴大家明天帶他們去抓龍蝦，又是讓人無法入睡的訊息。

微浪，海水也不願驚嚇都市來的過客，輕輕地沾濕了幾位都市人的腳，他們的皮膚蒼白，不屬於海洋。凌子著裝完成，說起蘇麥依娜的海沙傳說：

「海沙是人類遺落在天上的記憶，它純淨歸來，不再屬於任何人。」

何醫師瞪了李醫師一眼，拍拍凌子的肩膀，交代不一定要抓到龍蝦才上來，而且在深海裡哭沒有人看見，甚至會被人魚抓走。陳醫師有備而來，穿好裝備正在浮潛。凌子鬆開護理長的手，後仰跳入大海，浪花濺起，海水劃出一圈圈海波。李醫師看著凌子潛入深海，對於凌子的話語和她的世界竟是自己無法觸及的邊陲地帶，要是當年留下小樓，就無需面對目前的窘境。是否要帶著凌子走，李醫師沒有當時想留下小樓那般強烈的慾望。

望向大海是每個來到東海岸的人都會做的動作。幾日後將會是村莊和渡假村的另一場抗爭活動，這已經是第五次環評未過，但是渡假村業者依然沒有放棄經營的跡象。精疲力盡的長期抗爭，不知道要到什麼時候才結束。

李醫師和凌子並肩站著，卻有各自的心思。在李醫師的生命中，「貧窮」是故事情節中的章節，此時活生生地走入自己平庸的生活圈，是他萬萬沒想過的事情。他生平第一次看見「柴燒熱水爐」，凌子家荒廢的果樹無人整理，「有土斯有財」的說法在這裡一點也起不了作用。這裡的生活機能非常不便，卻不時看見抗議財團開發的白布條，這裡的人對於蓋一棟美麗房子的慾望很低。街道偶爾才會有機車經過，最常看見的是各家飼養的狗聚集，連雞跟鴨子都有機會在街道上散步，凌子說的羊在這裡跟狗的數量一樣多。不要說附近的老人，甚至隔壁家的貓都可以大搖大擺地跑來凌子家吃飯，而凌子卻習以為常地淡定看待，自己恍若進入了另一個平行世界。

凌子沒想多解釋什麼，畢竟這就是文化差異，在這個曾經與世隔絕的村莊裡，人們無法仰賴外界協助，長年來養成了互相照顧的文化，關於老人和幼童都屬於村莊裡的共同責任，才會看見老人自行到凌子家廚房吃飯的事，在這裡是再正常不過的事了。
搭鹿岸的牆面上，父親的畫作依然生動清晰，隱約聽見小笠原島陣陣的海風吹動，細白的沙灘軟綿不真實，那是母親的愛人為她一筆筆畫下的誓約。凌子羨慕母親對情感的堅持，比起母親，自己像是尋找不到島嶼的過境鳥。即便此刻李醫師在自己身邊，卻絲毫感受不到他對自己的熱情，感受不到他喜歡這片無爭的村莊，他的雙眼充滿疑惑，無法體會村莊的純真；他嚥不下粗茶淡飯，也不能聽見高飛盤旋的蒼鷹呼喚，這幾日醫師幾乎無法好好睡覺，隨時害怕有蟲子爬到床榻上。凌子期待的真情，在李醫師身上就像是多了那麼一點說不出的隔閡。想著李醫師放縱自己在診所後院隨意種植植物或養寵物，卻不願公開兩人之間的關係——他體貼地說為了調整她的經期，要她固定使用避孕藥丸。究竟是自己不願面對兩人不對等的關係，還是自己以為如此就可以與醫師相守？李醫師不是父親松本，自己也無法像母親，對自己的選擇堅信不疑。
「這是我父親為母親畫的，他們常常分隔兩地卻堅守真情，真讓人羨慕。」
「畫得很細膩，密密麻麻的還有日文？妳父母會日文？」
「部落超過八十歲的老人大部分都會說日語，還有……我父親是日本人。」
李醫師當然不會知道，他從來不曾問過自己的事情，不知道自己來自何方，沒問過自己的喜好，就算此刻說出父親是日本人，醫師也沒有多大的反應，就像事不關己。凌子感到一陣悲涼，自己竟沉淪在一個虛榮的社會階級上，自己愛上的是「醫師」這個稱號，應該不是李先生這個人，自己甚至連李醫師的全名都感到陌生，又何嘗了解他的想法呢？

「跟我回臺中吧，跟以前一樣。」

凌子看著父親牆上的畫作，淺淺地微笑了。山泉水嘩啦啦地溢滿著水缸，野薑花芬芳依舊，心頭的糾結隨著山風迎向了大海，隨著波光閃閃化作輕霧。也該放下了。

何醫師、護理長，還有花蓮的陳醫師，這幾日在東海岸玩得不亦樂乎，陳醫師在東海岸有幾位熟識的朋友，根本不用凌子費心招待他們。幾日相處下來，凌子得知陳醫師也加入了渡假村抗爭的行動，只是有些時候時間無法配合，但在環境議題的理念上，他是支持渡假村退出東海岸的。他談論起土地和大自然的議題，喜歡臺灣的多種不同文化，因為喜歡才認識了現在的泰雅族妻子。陳醫師說原本就已經安排好這次會加入抗爭，正好何醫師來訪，又多安排了幾天假而已。

「我想起來了！」

何醫師抱著兔子大聲地說，剛浮潛上岸的陳醫師和護理長同時嚇了一跳。

「〈月光下悄悄走來了風〉，陳醫師你記得嗎？那個裝置藝術，刊登在日本雜誌上的那個！」

「你是說我們看見的那個大型裝置藝術，是雜誌上的那個？」

「沒錯，創作者就是魚骨頭，唉！又叫錯了，是凌子。」

何醫師像是中了大獎一樣的興奮，怎麼也沒想到診所小小的總務，會是知名的藝術創作者。但很快的，何醫師收起了笑容，心裡明白從今以後，這隻魚骨頭不會再回到李醫師身邊，她非池中之物，有屬於自己的天空，像這片湛藍的太平洋一樣綻放著自己的光彩。

抗爭這件事讓李醫師感到詫異，他和陳醫師的想法明顯不同，在李醫師的眼中，渡假村是促進地方活絡的一種方式，不能理解這裡的人為什麼要抗爭，過著上個世紀的生活。李醫師曾私下和凌子討論，說是討論，不如說是李醫師不讓凌子參與抗爭。凌子終於承認和李醫師除了身分懸殊，更重要的是對於生命的態度有兩極的看法，李醫師支持渡假村設立的說法和投資者的想法相同，令凌子聽得格外刺耳與厭惡。

「妳不跟我聯繫，這些我都可以不在意，現在我就在妳面前，妳到底要不要跟我回去？」

「也許我們從來就不同，對吧？醫師。」

「所以妳是不願意跟我們回去嗎？我可以老實跟妳說，我實在也不清楚我為什麼要來這個地方跟妳耗時間。」

看著轉身憤憤離開的李醫師，凌子明白李醫師不曾依靠大自然生活，無需成為自然生態的一部分，他對森林陌生，如同對自己也是。而自己不能漠視這塊土地，即便是山邊的小野花，都曾經滋養著自己成長的記憶。陽光強烈地照射著醫師身上穿的高級襯衫，凸顯著他高高在上的姿態。凌子沒有撕心裂肺的心痛，不知道是不是因為沒下雨，還是因為海水太藍的緣故。

遺失的顏色

又是個綿綿陰雨的日子。阿雄在書櫃底層翻找一本破舊的書，封面已看不清書名，拉開外層塑膠套子，那是阿雄怕書籍越來越破舊所做的保護套。他翻到摺痕壓線處，幾頁留白上，寫著許多人名和電話地址，有些字跡已暈開，字跡模糊，但依稀可以猜測數字的模樣。阿雄翻了幾頁，下一個名字是誰，他幾乎都記得了。上面的字跡歪斜，像是小學生的字跡，是用了些力道寫的，每一頁紙張都透出痕跡，皺巴巴的。

書籍內容是描寫一位俠客的復仇之路，男主角有一把川月劍，是各路武林高手競相爭奪的寶劍，寶劍可以號令天下、削鐵如泥，也因為此劍，男主角全家被滅門，男主角能得救，歸功於老忠僕，將年幼的男主角和寶劍放在單舟上順水流走（這一段有《聖經》裡摩西故事的影子）。男主角被高人所救，長大後便找仇人復仇。

這本破舊的書在阿雄身邊將近十七年了。

阿雄將桌上凌亂的資料稍做了整理。既然已經翻開了舊書，那就寫封信吧，他圈起較為完整的地址：屏東縣滿州鄉長樂村⋯⋯。阿雄其實並沒有抱著任何期待，想著碰運氣也行。信的內容大都一致：

春香女士收信平安：

我是阿雄，地址同信封上一致。來信打擾，是想請教您，大約三十二年前一位在宜蘭山區種植香菇的吳先生，外號「阿猴」，他有東西遺落在家父這裡。勞駕您回想，如有消息請來電或回信，我已將回郵信封寫好，一併附上，萬事拜託。

敬祝　身體健康

阿雄　拜謝

雨後的森林是最吵鬧的時刻，動物們躲了幾天，飢腸轆轆，趁著雨停傾巢而出，急著出外覓食，獵人會利用這個時機獵捕一些獵物以便過冬。如果說吵鬧，應該屬於蟲鳴的天下，牠們時而高亢、時而低沉，相互爭鳴，阿雄的耳朵幾乎快耳鳴。

這個假日，布達爾帶蘇蘇回東海岸了。幾日來，忙著渡假村抗爭的自己也感覺疲憊。村莊的人大多都往教會聚集，阿雄想著這週不能再缺席，自己可不想被 Tina 使白眼。著裝完成，再把領帶繫上，出門之前擦亮了固定穿的那雙黑亮皮鞋。阿雄看了鏡子裡的自己，皮膚白皙、五官端正、眼神正直明亮，除了頭上髮量越來越稀疏之外，其實自己長得滿帥氣的，有幾分港星黎明的瀟灑。關上大門，撐起一把黑傘，往教會的方向走去。

走在村莊的街上，要前往教會的人三三兩兩地相互打招呼，不知道是不是因為要上教會的關係，大家都刻意裝扮，連說起話都和往常不同，特別注重禮節，讓阿雄也跟著做出僵硬的微笑。阿雄常常想，有必要這樣嗎？

「阿雄——」

這種大叫法！這個聲音這麼熟悉！阿雄轉身尋找聲音的方向，果然是惠珍，在大房子也只有惠珍會這樣喊人。抗爭行動那天，惠珍也參與了行動，她的戰鬥力實在無話可說。在抗議場合，惠珍跟著部落青年扛舢舨舟抗議，她吆喝吶喊抗議口號，尖銳振奮的聲音連警察都感覺震耳。她幾次帶領其他人衝撞警力，阿雄和布達爾怕惠珍過於激動，還拉了她一把，倒是蘇蘇跟惠珍同聲相應。到底是跟誰結仇才會這般勇猛，簡直無法阻擋兩人抗爭的爆發力。

惠珍下車，跑到阿雄身邊，繞著阿雄兩圈：

「阿雄，你今天好帥啊！你要去當伴郎嗎？」

「不是啦，我要去教會，妳怎麼會在這裡？」

「我要去瓦拉米步道走走，假日嘛，可是我好像走錯路了，所以就在這裡出現。不過遇見你也很好啊，你今天好帥啊！」

阿雄正愁著沒有正當的理由不去教會，惠珍突然出現，這可是一個非常好的藉口。阿雄拉著惠珍，小跑步地前往前面的教會，阿雄的父母和教友看著阿雄帶著一位陌生女子來教會，都睜大眼睛，期待著阿雄說明兩人的關係。

「Tama、Tina、各位教友平安，我今天有很特別的朋友來，今天暫時不做禮拜了，下週見。」

惠珍對大家鞠躬敬禮，阿雄沒有等回應，直接牽著惠珍的手轉身又跑了。阿雄的母親Valis在背後大喊：

「晚上帶回來吃飯啊。」

阿雄邊跑邊跟惠珍說，等一下再解釋。惠珍邊跑邊笑，她感覺應該有什麼有趣的事情。阿雄終於停下腳步，兩人一路笑著走到阿雄的住屋處，阿雄快速地換好衣服，又急忙地鎖上家門。

「我們開發財車上去，妳的車子放我家就好。」

惠珍上車之後，沿路笑著，她想知道到底發生什麼事，現在看起來是惠珍替阿雄解危的樣子。

「妳看到了嗎？妳看到了嗎？我們教會那些教友！真的不是我不喜歡去教會，只是大家正常一點說話就行了，幹嘛上教會就要一副不食人間煙火、彬彬有禮的樣子？我真是受夠了。」

阿雄無奈地說著教友在教會和日常行為上的差異，阿雄手舞足蹈地說，偶爾模仿其他人的表情和動作，原本就笑點很低的惠珍，簡直是失控地大笑，整條瓦拉米步道和山溝裡，都可以聽到惠珍的笑聲。

「還是惠珍最自然，笑得連猴子都嚇到。」

「哪裡哪裡！哪裡有猴子？」

「妳看對岸那邊，仔細安靜地看，下雨過後，動物都出來覓食。」

阿雄指著對岸十一點鐘的方向，惠珍往阿雄身上靠，她將左手搭在阿雄的肩膀上當支撐，墊著腳尖認真地尋找。此刻他們站在一座吊橋上，橋面沾滿著雨水，惠珍身上有一股淡淡的香氣，但不是香水味，也許是洗髮精的味道吧，阿雄被惠珍的氣味吸引得有點恍神。惠珍的手依舊搭在阿雄的肩膀上，手的溫度讓阿雄有一股暖意，惠珍腳踩在吊橋的鐵絲圍欄上，吊橋輕輕地搖擺，惠珍一點也不害怕。山溝因下過雨，水量豐沛地轟隆作響，掩蓋了阿雄的心跳聲。惠珍在橋上搖晃得很高興，看來她是把吊橋當成搖籃享受了。

雨天過後，步道行人稀少，山林多了一些清涼的冷意。拉庫拉庫溪河道蜿蜒迂迴，惠珍想下切到河床走走，最後因為阿雄告訴她雨天過後容易遇見黑熊而作罷。他們隨意地聊著，天空的帷幕悄悄掛著一道美麗的彩虹，步道的旅行在阿雄小小的悸動中落幕。

阿雄的母親 Valis 從教會回家後就忙著張羅晚餐。今天難得全家都在，正好阿雄有女朋友來，這可讓阿雄的母親 Valis 忙了一整個下午；阿雄的父親尤哈尼也忙著烤一隻乳豬。阿雄終於帶女朋友回家，所有的孩子只剩下阿雄沒有伴侶，他們都在為阿雄擔心著。

餐桌上少不了身家調查的詢問，雖然阿雄已經說明惠珍是工作夥伴，但是好像沒有人聽見阿雄說話。一家人專注地問惠珍問題，惠珍也和阿雄的家人聊起來，阿雄的母親 Valis 尤其感動，一頓飯吃下來，大家幾乎只顧著夾菜給惠珍。因為碗裡的菜實在太多了，惠珍又把菜夾給阿雄，小小的動作讓阿雄的家人更喜愛惠珍。

「太開心了，我們一直以為阿雄壞掉了！都沒有帶過女朋友回來，我差點以為他喜歡男生，常常偷偷觀察他。」

阿雄的父親尤哈尼高興地說，看得出來阿雄的父親是多麼開心惠珍的出現。惠珍臨走前，尤哈尼堅持阿雄要送惠珍回去，說是晚上山路黑暗，一個女生會害怕，母親 Valis 頻頻點頭，說路上會有變態劫車，如果惠珍出事了，那他們一輩子心裡都會有陰影。二哥索性丟了一包行李在惠珍車上，而後一腳把阿雄擠進副駕駛座，家人揮揮手，叫阿雄今晚不准回家。

惠珍一路上開車，難忍阿雄那一臉無辜的模樣，一整天都被阿雄的生活逗得開懷大笑。

惠珍住在市區一棟高級的別墅裡。阿雄看著惠珍打開電動鐵門，又有滿腦子的問題想要問惠珍了。

「這別墅有五個房間，除了樓上一間是我在使用，其餘的每天都有人固定打掃，你可以選樓下房間，樓上也可以，樓下所有東西都可以使用。這房子不是我的，只是代為保管，所以你的疑問我回答了，還有什麼要問的？」

阿雄看著房子內部的陳設，他不知道要說什麼，至少知道他們不會是同一個世界的人。

「沒有問題了，我只是好奇，我住在這裡不會影響妳嗎？」

「你看看房子四周。」

阿雄抬頭看著屋內，從進門到屋內，甚至廚房、上樓的樓梯口，大約有六臺監視器。阿雄愣住了，惠珍是誰？或者說，惠珍到底是什麼背景？為什麼可以住在這麼大的房子？又為何要裝這麼多監視器？

「阿雄，你別擔心，安心住一晚，就當讓你父母開心，我沒關係，很多事情就是那麼一點緣分。也許你該說說你的故事了，當然你也可以不說，這是你的權利。」

惠珍看著阿雄，她用右手比著自己的臉，意指阿雄的樣貌和家人差異太大。

其實今天在阿雄家，惠珍進廚房幫忙端菜，阿雄的母親 Valis 很感謝惠珍來作客，不管有沒有緣分成為一家人，都很高興認識惠珍，阿雄的母親 Valis 心思細密，堅毅且開朗，她在廚房告訴惠珍：

「阿雄是我們的孩子，雖然他不是我生的。妳看見了，阿雄跟我們那麼不一樣，但是我們愛阿雄。」

阿雄不知道該從何說起，也不知道該怎麼解釋。惠珍倒了一杯茶給阿雄，月光從窗外浸入大廳，阿雄又聞到了惠珍身上淡淡的香氣，握著溫熱的茶，一股暖意從手掌到了心頭。阿雄不想就這樣結束這個夜晚，或許以後也不想。

「惠珍，妳有男朋友嗎？」

「啊！你要追我啊？」

惠珍玩笑似地回答，其實是有些緊張，雖然知道阿雄不是那種意圖不軌的男人，自己也只能用這種方式回答。阿雄笑了，知道惠珍跟自己一樣在逃避問題，兩人只好東南西北地瞎扯，雖然這樣很蠢，阿雄卻很開心。

夜半，阿雄躺在二樓的房間，怎麼也睡不著。夜晚的風從窗外滲入，帶著些許清冷的寒意。阿雄將被子拉上，蓋住自己半張臉，溫暖的被子有惠珍在步道上散發的那股淡淡香味。真是難熬的夜晚啊，失眠了。

蘇蘇的活魚土雞餐廳依舊高朋滿座，店面頂讓的消息傳出後，熟客抓緊了最後的機會來吃幾餐也開心。蘇蘇也捨不得將辛苦經營的店面頂讓，但這兩年顧客要求唱歌當餐後娛樂，讓原本簡單的餐廳被蒙上了有色的眼光。客群越來越複雜，蘇蘇也發現這裡沒有人在意酒的好壞，只要能灌醉對方的酒在這裡就是好酒。這跟她對品酒的理念相差太多，這裡的顧客沒有人可以說出 Martel（馬爹利）和 Jack Daniels（傑克．丹尼）的差異和出處，對這裡的顧客來說，櫥窗的酒是蘇蘇的收藏擺飾，更多人說是在酒店裡賣很貴的酒。

停車場的小花園已放滿了公賣局未收回的空酒瓶，唱歌的客人總是一箱一箱地將啤酒灌進自己的肚腩，這群人喝酒只一味地猛灌，喝的量比自己洗澡時用的水還多，幾乎是想把自己淹沒在酒缸裡，是蘇蘇萌牛離開此地的原因之一。

曾經有那麼一點期待，希望有那麼一天，餐桌上會遇見那位好心救自己的工人，至少可以招待他吃一餐向他致謝，這才是當初她來到這裡開餐館的主因。自己不曾忘記逃離妹夫魔掌的那個夜晚，機車奔馳在蜿蜒崎嶇的產業道路上，那位好心人沒有其他工人身上那種水泥灰的氣味，機車在暗夜急速奔馳，當下只想逃到天涯海角，遠離令自己作嘔的飯局。餐廳開業到現在，每當有客人用餐，蘇蘇必定親自到桌前招呼，也是為了可以遇到當時那位工人，但這些年期待總是落空。

蘇蘇依靠著窗臺，迎接中央山脈吹來的微風。泥灰味的 Ardbeg（雅柏艾雷），含在口中感覺著海洋的翻騰，橘香帶領思緒跳躍式的遊蕩；酒櫃中的 Bruichladdich（布萊迪）是自己另一款最愛，也是認識布達爾那年的生日，他專程去各家名酒商鋪尋找買到的。布達爾原本看上一瓶黑色包裝的 Bruichladdich，聽到酒鋪老闆說出五位數的價格，差點嚇壞他。

那是一個起風的午後，Bruichladdich 淡金黃色的酒液，有調味料加上水果的衝突感，有那麼一些時刻又像在草原上看著海洋，大自然氣味讓人微醺。布達爾喝了一口就說不喜歡，他吐著舌頭說有泥土的味道；至少說對了，就是那股淡淡的煤泥氣味和不知名的花香氣，複雜又矛盾的組合讓自己深深著迷。當時布達爾說了自己等待的女孩，故事和口中的酒液觸動著身上的每一處細胞，故事沒有翻騰大浪，卻像是孤舟遠航、失去方向。就是在那個時候對布達爾產生微醺的好感，或是淡淡的泥炭味道像極了布達爾，其實自己也不是那麼確定。

同時間，布達爾正趕往蘇蘇的餐廳。產業道路上的那個招牌沒有傾斜，固定的底座已經重新鋪上了水泥，原本貼上頂讓的紅紙已經移除，看來蘇蘇已經順利地將經營權轉移。布達爾用力地催油門，山腰下幾間矮房還是習慣使用柴燒做飯，專門提煉香茅油的一處小型工廠飄來精油的香氣，布達爾沒有太多心情多看一眼。蘇蘇在訊息裡說要遠行，自己有預感蘇蘇可能不會再回來，害怕蘇蘇像凌子那年一樣突然離開。蘇蘇陪伴自己這些年，除了知道她是太魯閣族、住在花蓮新城鄉、父親離世、有一個姊姊，還有她是酒店小姐之外，其餘什麼都不知道！

「又說錯了，是在酒吧工作，酒吧跟酒店不同。」

後照鏡一部黑色ＢＭＷ一路尾隨，應該只是走同一條路，說實在的，這裡也只有這條道路可以走。布達爾自言自語地加速機車急駛在產業道路上，他有很多話想跟蘇蘇談。

阿雄在大房子忙得不可開交。看著布達爾的位子空著，不知什麼原因沒來上班，也沒請假，大房子的工作原本就有許多狀況，阿雄一下要處理兩個人的工作顯得有些吃重。自從父母見到惠珍之後，總是催促著要帶惠珍回家「聯絡感情」，催促自己抓緊時間結婚，阿雄真不知道該如何解釋，但在這麼忙碌的時刻想著惠珍竟也變成日常。那一夜在惠珍的住所失眠一整夜，隔天惠珍看阿雄一臉疲倦就猜到他沒睡好，還哈哈地大笑，阿雄心裡有點嘔，想著難不成要去敲惠珍的門？

「阿雄——」

惠珍從辦公室大門進來，幾位同事已經習慣這個年輕護理師的聲量，惠珍向其他人揮揮手，便走來辦公桌旁。

「妳的聲音真的是響徹雲霄了。」

「是嗎？我怕你沒聽見啊。」

「怎麼會沒聽見？中央山脈那邊的 Tina 都聽見了。」

惠珍今天戴著一副閃閃發亮的小耳墜子，脖子的線條很美，阿雄看著走神了，電話鈴聲都沒聽見。

「蘇蘇？阿雄你的手機顯示，要接嗎？」

惠珍將手機擋在阿雄眼前，阿雄這才驚醒。接過手機聽著又愣住了，阿雄瞪大眼睛看著惠珍。

「布達爾騎機車摔下山谷！」

阿雄和惠珍抵達醫院時，布達爾已做了簡單的傷口處理，他全身多處有傷，左腳骨折，用石膏固定著，幸運的是沒有生命危險。

突來的意外打亂了周邊所有人的生活。最初一週，布達爾歷經了嘔吐、暈眩、記憶混淆的狀況，淩子和布達爾的母親妮卡兒輪番照顧，安全度過布達爾最不穩定的前兩週。布達爾有短暫失憶的現象，對於自己是如何摔落山谷的，一點印象也沒有。妮卡兒原本還以為蘇蘇會二十四小時陪伴著布達爾，但事情並沒有自己想的那樣，倒是淩子幾乎每天開車往返。妮卡兒實在看不懂目前三人的關係發展，也不知道該如何開口問。

漫長的一個月，蘇蘇除了忙著打理餐廳後續，也偶爾到醫院陪伴。而凌子接下了布達爾在村裡的相關抗爭議題的工作，許多和地方政府的公文交涉，陷入拖延的文字往來。凌子畢竟是談判策略的門外漢，看著堆積的文件和討論的紀錄，對於青年團體的抗爭運作顯得力不從心。

惠珍看在眼裡，卻不敢太過干涉。惠珍和凌子正好相反，對於談判，她從父親商務的往來中學會了許多技巧，更知道如何在複雜的法條中尋求有利的運作方式。惠珍透過阿雄從旁下指導棋，除了尋求合作的團體及多方輿論的公開討論之外，惠珍讓阿雄想辦法將議題拉高位階，不能將議題設定在地方上，必須拉高層級，把環境與生態問題作為主戰策略，才更能彰顯渡假飯店與地方政府的疏失。期間惠珍也透過遠在中部的父親的關係，讓各大媒體進行公開討論，更鼓勵阿雄寫幾篇文稿，將渡假飯店歷經幾任縣長、卻都無法停工的爭議，用個人的名義投書各大報。在進行期間，惠珍不曾出面，而是讓阿雄站上第一線與凌子配合。

經過了兩個月的時間，惠珍的方法果然有了大進展，她採用多方管道策略，甚至聚集青年團體到地檢署控告地方政府涉嫌瀆職，再加上立法委員的介入，讓東海岸許多圈地財團備受壓力。

惠珍和凌子在這段時間成了無話不說的好朋友。惠珍發覺凌子實在不適合處理公共事務，凌子藝術觀點的思緒不太符合抗爭議題，於是技巧性地將關鍵事務移轉給其他成員負責，凌子有如釋重負的感覺，不斷跟惠珍道謝。

對於惠珍處理事件的能力，阿雄就像看見另外一個不同的惠珍，他相信外表看起來無厘頭、吵鬧天真的惠珍，生長環境必定與常人不同。惠珍思路清楚、果斷有策略、不感情用事，是這些日子阿雄對惠珍的評價。看著惠珍，阿雄莫名感到開心，不知從什麼時候開始，自己的視線已經離不開惠珍。

獨自走在醫院的長廊，凌子讀著幸田傳來的簡訊，說著跟古拉斯一起在海上的經歷。幸田的笑容依然靦腆，這麼長的時間，凌子未曾聽到弟弟古拉斯說幸田有交往的對象，假如是自己成了幸田的牽掛，凌子實在過意不去。兩人相聚的時間很少，幾乎是透過電腦或是手機閒聊，幸田知道自己許多事，成了兩人習慣的存在，無話不談，卻沒有更多的進展，也許彼此都明白時間會給兩人最好的安排。

病床推過身旁，穿白袍的醫生穿梭地走著，長廊像是生命的轉運站。自從李醫師轉身離開之後，兩人再也沒有聯絡，內心的失落至今猶存，在長廊與陌生的人群交錯，這些人都在為著誰奔波忙碌呢？凌子看著電梯的數字變換，不由得內心傷感，當年自己堅持獨自回來臺灣，卻不知海角竟是如此孤寂。

電梯門開了，塞滿電梯的人群魚貫而出，很快又塞滿了整座電梯。電鈴響了，凌子走出電梯，雖然自己不是最後進來的，但是那又何妨呢？原本是想上樓陪陪布達爾，當電鈴響起卻改變主意了。布達爾已經度過危險期，蘇蘇應該會陪伴他，此刻出現在他們眼前只會徒增困擾吧。凌子漫無目的地走在街道上，街燈由暗轉為明亮，突然感覺手臂有點痠痛，這才想到手上還提著煮給布達爾吃的龍蝦。

不知為什麼，每當自己感到無助時，總會遇見教堂。佇足了一會兒，抬頭望著哥德式建築的教堂，那十字架在高高的尖塔之上。

忙碌的日子，颱風沒有忘記來到東海岸繞一圈，就像一次巡禮。村莊裡的老人從海岸山脈望向太平洋，觀測著風向和海潮的變化，從這高度往大海望去，很難漠視渡假村突兀的建築設計。颱風浪高的當下，這裡的村民都替渡假村捏把冷汗。

幸田又來了簡訊，說強颱逼近，要凌子不要單獨在山區的搭鹿岸。凌子在村裡也沒閒著，颱風快入境，少數幾個地方代表還前來施壓，以祭典活動經費不予核准為由，希望這裡的青年團體不要再反對渡假村的經營。凌子當下非常憤怒，下了逐客令。

山雨欲來，天空壓得很低，轟隆隆的海濤聲，站在海岸山脈上都可以清楚聽見。凌子還是習慣來到母親的搭鹿岸，她拿起備好的防颱用木板將窗戶釘牢，東海岸的颱風瞬間風力可以到十二級風，不堅固的房子一個不小心屋頂就會被強風捲走。防水的置物箱裡放滿了颱風必備用品，凌子打開其中一個防水箱，裡面除了電池、蠟燭、雨衣、手電筒、米糧、火柴，應有盡有，就算在這裡十來天不出門也不用擔心會餓著。架子上的老式收音機依舊可以使用，趁著天色未暗，找好了頻道方便收聽。手機傳來遠在日本的母親關心的簡訊，古拉斯從來不曾忘記姊姊獨自在臺灣生活，兩三天就給凌子訊息。古拉斯傳來和女朋友的合照，那女孩是泰國人，想來弟弟遺傳了父親，都能喜歡上異國女子。

牆上父親畫的小島圖清晰，凌子拿著手電筒看著牆面上的圖，精細的筆觸，蒼鬱的森林，平靜的海灘，有父親想傳達給母親的情意。凌子移動燈光，在圖畫的左下角看見一排簽字……

岬の端であなたを待っています。（在天邊海角等妳。）

耳邊傳來大浪震響的怒吼，太平洋是暗灰色的巨獸，正在猛力地翻騰。

布達爾望著窗外風勢越來越強大，腳上骨折固定用的石膏已經移除多日，身上的外傷也大致痊癒。想著颱風天的夜晚，是凌子唯一會感到害怕的時刻，她可以在有大浪的竹筏上隨著浪高顛簸，可以獨自潛入大海尋找喜歡的寶石，但是颱風猛力的吹襲卻能讓凌子恐懼。懊惱自己卻在這裡徬徨，不知道該不該去陪伴她，自從年少自己偷偷下海遇險得救之後，每當有颱風，幾個年紀相仿的孩子，都會一起伴著凌子度過颱風夜；即便陪著，凌子還是不時被突襲的狂風驚嚇。其實自己早已準備了一些食物和乾糧，隨時可去陪凌子，但想起那日在醫院樓上，透過窗子看見獨自走在街上的凌子，她沒上樓，布達爾大概猜到凌子是顧忌著蘇蘇，但凌子根本不知道蘇蘇已經離開。

那是自己可以下床後的那一週，蘇蘇好幾日沒來醫院，手機訊息說有重要的事情要處理，起初以為是餐廳頂讓不順利以至於抽不開身，即便來探視也在一個小時後便離開。布達爾可以感覺蘇蘇是因為內心過意不去才過來陪伴，誰都不願意試探對方真實的心意，蘇蘇沒說話時，總是側著臉望著窗外遠處，彷彿兩人已經無話可說。一個月後，收到蘇蘇傳來的一段訊息，說自己已經離開多日到高雄尋找姊姊，強調兩人還不到相愛的程度，不用勉強相處，更數落布達爾讓自己陷入遙遙無期的等待，說她對海洋過敏。

為了不讓母親擔心，布達爾還謊稱蘇蘇忙完餐廳會來陪伴，因此凌子理所當然地認為會打擾自己跟蘇蘇的相處。有幾次凌子單獨來到病房探視，原本想請她留下，最終還是沒有開口。

暴雨狂襲，海浪轟隆作響，幾條乾涸的河床成了混濁湍急的溪流。搭鹿岸雖然堅固，不會被強風吹倒，但獨自在屋裡依舊讓凌子感到害怕。為了不讓暴風雨吹進搭鹿岸，凌子儲備好了足夠的用水之後，將原本引水用的竹管拆除，同時封住了入水口。村莊裡早就已經停電了，門外震耳的撞擊聲讓凌子驚嚇得轉身往外看，屋內和屋外一片漆黑，根本看不見任何東西，應該是強風折斷樹幹或是枝幹撞擊大門所產生的聲音，凌子不作多想。火爐旁空著的坐椅，以往布達爾會在那個座位上，他們可以一整夜吃完一隻烤雞或是烤一整籃的地瓜，這是頭一次沒有布達爾陪伴的颱風天。颱風就像帶著永夜而來，將自己的靈魂拋向無界的天涯，凌子感到無助。狂風重複地撞擊著大門，凌子將防風油燈全部點上，假裝自己行走在夏夜的星空下，等待黎明的到來。

遠在日本的松本，正盯著電視，注意臺灣颱風的報導，嘴上抱怨著哈露蔻都不擔心女兒，也怪自己沒有制止凌子回臺灣，內心實在不捨，叨叨絮絮地抱怨，說當時堅持留下凌子就好了。

「娘は安全になります、心配しないでください。」（女兒會安全的，別擔心。）

「あなたは娘を息子として育てました。」（妳把女兒當兒子養了。）

松本還是覺得放心不下地直抱怨。

哈露蔻何嘗不擔心凌子，看著電視報導颱風如此強勁，自己經歷過臺灣東海岸的強烈颱風，鐵皮屋頂瞬間被拔起的景象依然在腦海中烙印，即便現在已經是水泥瓦屋，一陣強風吹來，發出的震響還是很嚇人。隨手打了簡訊給凌子，讓她知道父母都在關注著，尤其是父親正在跟自己發牢騷。

「台風が北東に移動し続けると、日本にやってくる。」（如果颱風繼續向東北移動，它將會來到日本。）

松本看窗外無風無雨的晴朗天氣，颱風會不會來到日本，這幾天就是關鍵，松本心神不寧地繼續觀看著新聞報導。

財經新聞這幾日不斷重複報導長谷川森賀家族經營權的新聞，松本很難不去注意三津身邊的青年慎吾，那孩子的外貌和三津相似，更有幾分自己的樣子，在森賀家族的培育下，現在慎吾已經是商界小有名號的人物。自從和森賀在根津美術館見面之後，雙方都遵守著約定互不聯絡，偶爾在新聞看見森賀的新聞，松本甚至會刻意迴避，以免過於關注；但近年來慎吾出現在財經新聞上的機率越來越頻繁，竟成了自己關注的新聞。

「あなたは本当にあまり心配する必要はありません、すべてがうまくいくでしょう。」（你真的不用太擔心，一切都會好起來的。）

哈露蔻當然知道松本在擔心什麼，這世界上只要超過兩個人知道的事，就不會是永遠的祕密，上天總會安排一點驚奇讓人們無所適從。至今松本都還不知道自己曾經見過三津，還成了私密的朋友。

事情要從好幾年前那個初雪紛飛的寒冬說起。哈露蔻記得那是古拉斯第一次申請到研究計畫的那一年，一家人為了慶祝這件大事，還特意訂了一家餐廳。隔年古拉斯就必須帶著自己的研究團隊前往南方海域，他的這項計畫案得到了幾家企業的資助。古拉斯啟程那日，哈露蔻來到港灣，那日天氣晴朗，風平浪靜，幸田是哈露蔻唯一認識的組員，有幸田的相伴，作為母親的也就安心了許多。看著兒子有松本當年風塵僕僕的模樣，海洋就像父子兩人的遊歷樞紐，勇闖天涯的精神原來是可以遺傳的。

哈露蔻目送著古拉斯，海風帶著寒意將研究船往大海推進，船隻消失在海平面上，但心中的牽掛卻沒有跟著消失。港灣的人群漸漸散去，迎面走來一位年輕的男子，有那麼一刻，彷彿看見了年輕時的松本；原本以為是錯覺，哈露蔻再一次睜大著雙眼，驚訝世界上竟會有如此神似的人！男子發現有人盯著他看，禮貌性地點頭，哈露蔻才發現自己太失禮了。

時間又過了幾個月，哈露蔻原本也忘了那年輕男子的事，某一天，電視正在播放一集商業訪談，受訪者中就有那位青年和他的父親長谷川森賀。哈露蔻隨口說，曾經在港灣遇見那孩子，有那麼一瞬間，以為看見年輕時候的松本。而松本正目不轉睛地看著電視，表情也有些吃驚。

玉石飾品的經營讓哈露蔻有些忙碌。氣候炎熱的夏天，古拉斯委託母親帶幾組玉飾，說是朋友要送給母親的禮物，來到相約的酒店餐廳。哈露蔻意外地見到了那位青年，這次他身邊坐著一位婦人，她眼光獨到，挑了一款價格頗高的翡翠鑲鑽耳環。哈露蔻依然忍不住多看了青年幾眼，甚至說出第一次在港口巧遇、像看見年輕時的丈夫之類的話。當下婦人以要送禮給老夫人為由，想看更多珠寶，約哈露蔻日後相約再見。

哈露蔻看著青年給的名片，上面寫著「長谷川慎吾」。

又是個下雪的季節，松本帶著研究生去了斯里蘭卡和泰國，其重要的目的是為了斯里蘭卡的一種粉色寶石，原本想帶著哈露蔻順道旅遊，但為了方便深入較為偏遠的部落，在風俗民情尚未了解的情況下，女性的身分常會有較多的危險，因而松本只能先行探路，獨留哈露蔻在日本。

幾個月前，慎吾的母親三津突然出現，哈露蔻一時還沒想起在哪裡見過她。她買了兩款高價的飾品，談吐舉止間透漏出不凡的自信和高傲，哈露蔻習以為常，閒聊中提起慎吾，偶爾問起哈露蔻的背景。那日的交易，哈露蔻感覺就和以往一樣，並沒有什麼特別的。

二月的仙石原草原沒有太多遊客，主要是因為天氣寒冷，但蕭瑟的風景依舊可以吸引情侶來此郊遊。哈露蔻實在不明白，慎吾的母親這麼怕冷，還約自己在仙石原草原吹冷風，看著情侶們相擁地走著，慎吾的母親也縮起肩膀，這種天氣還是在屋子裡吹暖爐會比較適當。

一段漫長的故事從慎吾母親的口中細說，是她年輕時候經歷的事，哈露蔻意外地聽見丈夫松本的過往戀情。這麼多年了，哈露蔻從來不曾懷疑松本，看著別的女人說起自己的丈夫松本時的眼神充滿著柔情，挑起了哈露蔻的醋勁。慎吾的母親指著現在的位置，說著自己瀟灑轉身離開的過往。

「ここで、私は彼と別れた。」（在這裡，我和他分手了。）

哈露蔻不想太沒風度，最多那只是往事，現在只想弄清楚慎吾的母親約自己來到這裡的目的，一股莫名的怒氣正在醞釀，而且是急速地飆升。

三津看著眼前這個女人，這些日子也請人調查了哈露蔻在日本的日常，這種事情對長谷川家的勢力是輕而易舉的事。三津更在意的是，松本是否透漏了慎吾的身世，看著哈露蔻震驚的樣子，確定松本信守承諾，沒有透漏任何訊息。

哈露蔻不容許有人侵犯自己多年來守護的情感，更不能接受眼前這個女人挑釁的態度，真是不了解臺灣阿美族的女人是怎樣捍衛自己的男人的。哈露蔻有被挑戰的危機感，顧不了什麼顏面，一把抓住三津的領角，質問三津有何目的，一股腦的憤怒塞滿了哈露蔻的情緒，更出言警告三津，想搶阿美族女人身邊的男人，簡直就是找死。

三津被哈露蔻的舉動震驚了一下，很快用微笑回應哈露蔻，輕聲細語地說自己並無他意，反倒欣賞哈露蔻直爽的個性。看著她的反應，更確定哈露蔻對慎吾的身世不知情，一路上自己都想好了各種計策，該如何處理哈露蔻知情的結果，那些想法現在都用不上了。有那麼一點衝動想跟這個女人打一架，礙於自己的身分和商業形象，打架何嘗不是一種發洩的方式。現在確定這個女人根本不知道慎吾是松本的孩子，心中稍稍放下了戒心。

仙石原草原的冷風犀利，還好這個時間遊客稀少，沒有太多人看見兩個半百女人的衝突，更何況兩人穿著笨重。說打架不太確切，大部分的時間是哈露蔻壓制著三津，而三津只能奮力阻擋，還大聲地笑著，經過的人還以為是兩個好朋友在打鬧。

「あなたは野蛮人のように衝動的すぎます。」（妳太衝動了，像個野蠻人。）

哈露蔻停頓了一下，是自己太衝動了沒錯，連忙將三津扶起，挺直腰桿整理起自己的穿著。

「私の名前はミツです、私はあなたの夫の元ガールフレンドです。」（我叫三津，是妳丈夫的前女友。）

三津拉拉自己的衣角，拍拍身上沾到的髒汙，摸摸耳垂檢查耳飾是否還在，根本不在意哈露蔻對自己動手，哈露蔻動手早在自己的意料中。哈露蔻面對著眼前這位自稱松本前女友的女人，明明不會打架還故意挑釁而感到不解。

「私のところに来る目的は何ですか？元彼女。」（妳找我有什麼目的？前女友。）

三津明白地說著自己的丈夫長谷川森賀，目前正處在家族經營權的爭奪之中，不能再出現其他爭議或問題，哈露蔻在大庭廣眾之下對於慎吾的形容，若有人刻意拿來作文章，會帶給兒子慎吾困擾，更何況自己曾經和松本交往，在商界已經不是一件祕密，若說要動怒或動手，也該是自己才是。

三津說明的方式，進退得宜，的確高明，哈露蔻瞬間覺得自己太過冒失。

自從仙石原草原之後，松本還不知道哈露蔻偶爾會與三津聯繫，三津也成了固定購買玉飾的客戶。哈露蔻不曾再說慎吾有幾分神似松本之類的話。

財經新聞再一次報導長谷川相關的新聞，三津一身華服地在螢幕中出現，她戴著那對鑲鑽的翡翠耳飾，跟隨在側的是長谷川森賀和兒子慎吾。

松本離開電視機，起身走向窗臺，伸手拉響哈露蔻多年前用絲線綁的那串風鈴。

「私は長い間台湾に戻っていません，哈露蔻。」（好久沒回去臺灣了，哈露蔻。）

「時間を作りたいです。」（安排時間吧。）

「颱風是有記憶的，祂不會忘記曾經走過的路徑。」

阿雄的父親尤哈尼和母親 Valis 在屋裡，祈禱親朋好友可以平安度過這次的強烈颱風，兩人攜手唱著聖歌，來打發颱風過境的漫長時間。

自從尤哈尼從警界退休之後，夫妻兩人在山邊買了一塊山坡地養雞，坡地種了些雜糧可養食雞隻，生活也算愜意，現在兩老唯一擔心的就是兒子阿雄，希望阿雄可以找到一個人陪伴，才不至於太孤單。好不容易盼到阿雄帶著女生回來，卻不積極追求，尤哈尼實在是看不下去，趁著颱風天讓 Valis 催促著阿雄應該去陪陪惠珍，又再一次地將阿雄趕出門，尤哈尼看著妻子臉上露出得意的笑容。

「惠珍那個女孩不錯，個性很像年輕時候的妳，夠嗆辣。」

Valis 給了尤哈尼一個白眼，回想著阿雄長大的過程，心裡又起了波動，現在他們期待阿雄跟惠珍可以有所進展。看著桌上一黑一白兩個兒子的相片，尤哈尼還是滿心的感慨。

惠珍正在頂樓手忙腳亂地固定水塔，颱風還沒登陸，就已經吹翻了水塔的蓋子，自己不想喝髒水，只好冒著雨爬上頂樓。阿雄開著車從遠處就看見一個人影在屋頂上走動，猜想只能是惠珍，連忙撥通電話讓惠珍下樓。惠珍從頂樓看著阿雄停好了車，這種颱風天還真的需要有個男人來處理這種粗活，阿雄即時的到來幫了惠珍很大的忙。兩人合力在大雨中將水塔固定，大雨不近人情地將兩人淋得濕透；惠珍又是一陣笑聲，引得阿雄回頭看。

「阿雄你身上在冒煙。」

阿雄淋著雨，身上的溫度在雨水中化作熱氣蒸發，這樣也能讓惠珍這麼開心；阿雄打從心裡喜歡惠珍，隨時都可以這樣開懷地笑。

颱風依循著既定的路徑登陸，停電也是必定的過程，要度過這漫長的颱風天，惠珍建議下棋，輸的一方說故事打發這段漫長的時間。但惠珍沒料到阿雄的棋藝很好，惠珍耍賴了幾次，才讓阿雄認輸，心甘情願地說了一段往事。

「國中生的年紀，就是可以毫無理由、光明正大地鬧彆扭。我二哥拓巴斯在國中那一年，怎麼看我怎麼不順眼，他早就對我的膚色很感冒了，憑什麼他那麼黑，我皮膚就這樣白，而且我們同一天生日。」

「你跟二哥是雙胞胎？」

「是同一天生日，母親每年生日都會讓我和二哥拓巴斯一起拍照，看著一白一黑的兒子，母親總是滿臉欣慰，自滿地說，世界上只有她可以有這麼特別的兩個孩子，還把相片放在書架上，到那天剛好有十四個相框。總之拓巴斯怎麼看我怎麼礙眼，他一定要好好跟我說清楚，叫我這個來路不明的弟弟滾蛋。」

「來路不明？」

惠珍斜坐在沙發上回應阿雄，看阿雄正鼓起勇氣說自己深藏的故事，惠珍認真地注視阿雄，這次阿雄沒有移開視線。

「是啊，說來路不明也可以。我母親那幾天有些心神不寧，幾天後她騎著機車，後座還載著兩個大蛋糕，那是我跟二哥拓巴斯十五歲的生日。拓巴斯哪天不選，偏偏在生日當天找我麻煩，就在母親的機車經過了國小大門時，一位教友告訴母親，說她那兩個一黑一白的孩子在學校操場打起來了。」

「阿雄會打架？看不出來。」

「我也是被逼的，我這麼肉跤（遜咖）怎麼會打架？」

「哈哈哈，阿雄會講臺語，後來呢？好精彩喔！繼續繼續。」

拗不過惠珍期待的眼神，阿雄繼續說著自己打架的糗事。

「後來教友阿姨是這樣形容的，說母親伸長脖子往操場看了一眼，而後將機車騎進校園，當下母親竟然沒有制止我們打架。不知道誰去通報我父親，他也聞風趕來站在母親身旁和大家一起圍觀，周邊村莊的人都開始聚集過來。」

阿雄一臉無奈的表情說著當時的狀況。

「母親不但沒有制止二哥的攻擊，還在場邊下指導棋，她大聲地喊著：『阿雄，下盤！

下盤穩住。』」

阿雄學著母親的音調喊著，惠珍聽著又哈哈大笑起來，幾乎忘了此刻外面狂風暴雨的侵襲。惠珍睜大眼睛，讓阿雄繼續說。

「我和二哥聽見母親的聲音立刻停止動作，妳都不知道我母親有多厲害，我跟拓巴斯一時間都不知道該不該繼續打下去。那還沒關係，我父親竟然也沒制止。」

阿雄清清喉嚨，模仿父親低沉的腔調：

「『不可以打臉、抓蛋蛋、勒脖子，繼續動作。』」

聽阿雄說到這裡，惠珍已經捧腹大笑，阿雄敘述自己實在不是打架的料，在那場打鬥裡，自己根本就是被打，哪裡算是打鬥。除了母親，父親也沒有制止他們，還說明著規則，讓阿雄和二哥繼續打。

阿雄看見場邊一位挺著圓滾滾肚子的壯漢走來，還暗自高興他會架開兩人，但自己錯了，那壯漢拿起圍籬的一根鐵條，在地上畫出競賽用的大圈圈，真是讓人傻眼，怎麼這些人都不喊停呢？而且圍觀的人乾脆席地而坐，準備看一場實力不對等的摔角賽事。

「『拓巴斯你太急了，不要只顧著攻擊，要有策略，腰力腰力。』母親在旁邊喊著，一邊仔細看著我跟拓把斯出手的狀態。父親看我的力道實在不足，重心又不穩，常常處在弱勢，又喊著：『阿雄，馬步蹲低一點，重心移到下盤，像長樹根那樣，出力！』」

二哥拓巴斯持續強勢攻擊，阿雄說自己真的很想攤手不打了，但下一秒，拓巴斯就將阿雄摔個四腳朝天，場外還傳來歡呼與掌聲，更多的是指導動作的聲音。當下實在是沒辦法逃脫，阿雄只能竭盡全力出手；二哥拓巴斯很能打，他簡直是在發洩情緒和精力。後來，阿雄終於找到機會環抱拓巴斯，再一個轉身勾住拓巴斯的小腿，拓巴斯一個重摔，手腳著地。終於意外得分，場外觀眾整個腎上腺素飆高，母親又跳起來大喊：「阿雄漂亮！繼續，不要太浪費力氣。」

「原來阿雄也可以打架的嘛！你媽媽太可愛了，然後呢然後呢？阿雄打贏了嗎？」惠珍笑得差點岔氣，又調侃了阿雄。

阿雄繼續手舞足蹈地訴說十五歲生日當天跟二哥拓巴斯打架的後續。阿雄說僥倖地扳倒二哥拓巴斯，但這場摔角競技還沒結束；拓巴斯被摔了一次有些意外，很快地起身奮力地撲向阿雄，阿雄重心不穩，只好順勢蹲下，抱住拓巴斯雄厚的腰。

「阿雄很好，轉身壓制、壓制。」父親尤哈尼看阿雄好不容易可以壓制拓巴斯，站起來大喊，只差沒進場幫忙。

但阿雄畢竟不是拓巴斯的對手，拓巴斯一個側翻，反壓制了阿雄，這一回合還是拓巴斯占上風。

「阿雄你力道不足，要智取，蹲低，穩住！不要比蠻力。拓巴斯再來！看你的技巧了，繼續！」父母繼續喊。

「其實自己很希望父母可以大聲制止，或乾脆把我們兩個毒打一頓，但除了指導如何出手，父母親沒有意思讓我們停止打鬥。」

阿雄形容自己幾乎在搏命，持續打了半個小時。剛剛那位壯漢已經買來了一箱啤酒和圍觀的人一起觀戰，還拿了一罐給父親尤哈尼。他們說：

「男孩子就是要打一架才可以解氣。」

「沒錯，就是這樣。」

「惠珍妳知道嗎？那個時候我真想直接跑掉，或乾脆裝死。圍觀的人沒有制止我跟二哥打架的意思，還說這個年紀的孩子要打一架才能把怨氣發洩，什麼大道理都是屁話，不如讓我們打，不要打到重要部位就好了。父親也頻頻點頭同意這個說法，我們兩個只好繼續出手。唉！」

阿雄一臉無奈，繼續說：「當時實在沒力氣了，只好癱在地上喘氣，沒有人進場替任何人說話，父親也等著他們兩個孩子接下來的反應。我和二哥喘著氣對看了許久，二哥拓巴斯回頭看著母親，而後轉身將我這個討厭的弟弟扶起來。圍觀的人終於願意報以熱烈的掌聲結束這場鬧劇，父親拿著酒灑了三滴敬獻給大地，感謝神靈給他的孩子智慧和力量，拿起啤酒跟大肚子壯漢乾杯。母親也將機車上的蛋糕切給圍觀的村民吃，蛋糕的奶油有點融化變形，大家拿著奶油塗在我跟二哥的臉上。那天我們十五歲了，狠狠地打了一架，一起吃著有沙子的蛋糕，母親終於忍不住掉了眼淚。」

颱風夜變成了安靜的長夜，惠珍很高興阿雄可以毫無保留地說起自己的身世。阿雄有那麼一點在意惠珍的想法，期待惠珍可以給自己一點回饋，此刻眼前的她在燭光下更顯嬌柔，阿雄有一股衝動想靠在惠珍身旁；何況今天停電，監視器應該都無法運作。

在同一個暴風圈的夜晚，布達爾正趕往山區的果園，心裡終究放不下凌子，趁著狂風稍稍減弱，順著熟悉的路徑摸黑趕往凌子的搭鹿岸。幾棵樹不敵狂風吹襲，攔腰折斷，布達爾慶幸這裡的山坡地沒有過度開發，縱然有樹木折斷，也沒有發生土石流；耳邊傳來遠處狂濤轟隆作響，可以想像海浪的高度。往果園的小路是漆黑一片，布達爾內心忐忑，都怪自己優柔寡斷，這樣的颱風天，即便是大男人獨自在果園裡也會感到孤單害怕，更何況是凌子？布達爾加快了腳步，他感覺下一波強風即將展開襲擊。

凌子正縮在牆邊一角等待著黎明。牆上畫的小島在燭光中彷彿開始活動，凌子看見弟弟古拉斯在獨木舟上，身旁有位美麗的女孩，他們甜蜜地笑著，彷彿世界其他的事都與他們無關，沙灘上的白沙像白雲朵朵，父母依偎地走過沙灘還留下足跡。凌子看見有人向自己走來，抬頭仔細端詳，是幸田和一位看不清容貌的男子走來，幸田伸出雙手，觸摸著自己的臉龐，他的手又溫暖地滑過髮絲。那陌生的男子緩緩走到跟前，凌子看見是布達爾的臉，布達爾手中拿著一個發亮的東西，還發出震耳的撞擊聲。

凌子被震耳的聲響驚醒，原來剛剛做了一場夢。門外強風吹襲，撞擊的聲音持續傳來，凌子半睡半醒地走向門緊的大門，自己好像聽見了人呼喊的聲音，但又不太確定。四周黑暗，凌子拿著手電筒朝門縫向外看。她震驚地將大門打開一條縫隙，讓全身濕透的布達爾帶著強風進來，兩人又合力地將大門閂上。看著凌子一人在這樣的夜晚孤獨地度過，布達爾心疼地將凌子拉進懷裡。

「我剛剛夢見的男人不是你。」

「我是來吃烤雞的，我知道妳不會忘記烤雞，那是我們之間的約定。」

「烤雞冷掉了。」

「沒關係，再烤熱就好。」

暴風再一次橫掃著山林，巨大的聲響，像是一場盛大的慶典，用最猛烈的方式進行巡禮。燭光照亮凌子的臉龐，布達爾猶豫了幾秒，還是忍不住將凌子擁抱入懷，不敢再有奢求。狂風帶著雷聲而來，拉響窗外的串鈴。隔天清晨強風離境，天空勾勒著的彩虹，是期待已久的彩色絲線。此刻應該會是最好的結局了吧？布達爾這樣想著。

「颱風是有記憶的，祂不會忘記曾經走過的路徑，人也是這樣。」

阿雄的故事還沒說完，和惠珍相處一整夜有點犯睏，阿雄借用父親形容颱風的方式作為今天故事的結束。

惠珍看起來似乎也累了，躺在沙發上瞇著雙眼，阿雄想著是不是該和惠珍有進一步的發展。阿雄輕輕地坐在惠珍身邊，替她將毯子蓋上，惠珍卻睜開她那魅惑人的雙眼，淺淺地微笑。阿雄想著此刻若沒有進一步動作，就怕是如父親說的一樣，自己真的壞掉了。阿雄凝視著惠珍，再也無法克制內心的慾望，深深地吻著惠珍。

說實在的，也沒必要這麼開心吧。阿雄的父母親看著他牽著惠珍的手進家門，竟然相擁而泣。也不過是接個吻，兩人才剛剛開始而已，哪有這麼誇張！母親甚至牽著惠珍的手，要直接拿下自己的婚戒，說要訂下來了，阿雄差點不知道該如何收場。惠珍就更離譜了，簡直是母親的翻版，她戴上母親的戒指，然後說：

「啊！太大，下次叫阿雄自己買給我。」

父母開心至極，都快飛上天了。內心很感恩父母對自己的疼愛，這些年來無論遇到任何挫折，尤其是有關身世的問題，父母親總是堅持自己是他們的孩子，只是遺失了自己的顏色。這樣的愛永遠無法被取代。

惠珍和母親非常契合。阿雄看著母親拿著相簿，炫耀著阿雄小時候的模樣，四個人圍在大廳裡，正看著阿雄嬰兒時期的相片。

「就是這樣明亮的眼神，我才捨不得留下阿雄被其他人領養。惠珍啊，是我執意要阿雄當我的孩子的，妳看他嬰兒的時候那麼可愛。」

惠珍看著阿雄，原來他身上隱藏著這麼多的故事，卻可以勇敢面對。自從自己國中差點遇害之後，只要異性過於靠近，身體就會自然地產生抗拒，嚴重時還會突然暴怒、直冒冷汗。但不知什麼緣故，颱風夜和阿雄這麼接近，卻沒有一點恐懼，反而有那麼一點期待能靠在阿雄的懷裡。或許就是那麼一點動心，給了彼此情感的溫度。

「阿雄出生那天，山上正在追捕槍擊犯呢！」

父親尤哈尼看著相簿，向惠珍說起當年在山區圍捕槍擊犯的過程，說那已經是三十幾年前的事情了，但整個過程卻歷歷在目。

那是一個初秋的季節，山區的天氣明顯偏冷，在圍捕逃犯的過程中，整個山區槍聲四起，自己除了擔心妻子臨盆不能親自陪伴，山區又正處於危機四伏的時刻，心情實在煎熬。當槍戰結束的同時，也接獲妻子順利生下一名男嬰而感到開心不已，當自己以為可以安心地下山看看妻兒時，一通電話又派來了一個新的任務。那就是送一名動了胎氣的孕婦下山，去醫院急診，阿雄就是這位孕婦產下的孩子。

尤哈尼停頓了一下，看著阿雄。

「接下來就換你母親告訴你，你為什麼會變成我們的孩子了。」

惠珍心裡震驚，很意外自己聽到了阿雄最隱私的出生，看著阿雄好想給他一個擁抱。惠珍想到了母親和父親的關係，母親是爹地外面的女人，而後生下了自己，為了這個不體面的出生，很長的一段歲月她不願意和任何人提起自己的出生。許是老天喜歡捉弄人，讓自己和阿雄相遇，看阿雄現在震驚的表情，他應該也是第一次聽父母提起身世之謎。惠珍輕輕地拉著阿雄的手，十指緊扣，用力地使勁，讓阿雄知道她的支持。

颱風過後的空氣是清新的，阿雄聽見自己的出生時心跳加速，雖然一直都知道自己和父母沒有血緣關係，但為了不讓母親難過，他不曾問起整個收養的過程，自己寫了這麼多的信件都沒有下文，沒想到今天會聽到自己的出生。阿雄抓緊惠珍，這個令他心動的女子這兩天帶給他太多驚奇了。

母親深吸了一口氣，回想著當年，也把自己帶入了當時的場景。

Valis 回想那天清晨，寒露悄悄地凝結在樹梢，自己剛生產完，躺在診所裡，看著時間又得忍著痛下床走路；嫁給一個警察就得學會自立自強。昨天開始，Valis給初生嬰兒餵母乳了，走到嬰兒房時，除了自己的孩子、保溫箱的嬰兒，還有一個長得像牛奶一樣白的嬰兒正在大哭，看著嬰兒一黑一白，Valis暖暖地笑了，想著膚色差異也太明顯了，可是白嬰兒怎麼哭個不停？

敲敲玻璃窗，護士告訴Valis，白嬰兒的母親和先生一大早說要去買早點，快三小時了還沒回來，嬰兒應該是餓了，有試著喝牛奶，可是嬰兒喝了又全吐出來。

不知是不是母性的本質，Valis正感覺脹奶，自己的孩子喝不完，擠掉也浪費，可以分一些給白嬰兒喝。護士聽了，當然樂得有人協助。

又過了兩天，護士每天定時地將嬰兒抱來餵奶，自己便開始覺得不對勁了。經一番追問，護士才說起白嬰兒的父母出去之後一去不回，他們已經聯絡警方，也正在聯絡育幼院，白嬰兒成了棄嬰。

Valis抱著嬰兒，心中一陣酸楚，想著怎麼有人這麼狠心地遺棄孩子，白嬰兒正吸著自己的奶水，當彼此四眼相對，Valis對著嬰兒說：

「喝多一點啊，過幾天要被別人帶走了，以後要堅強長大喔。」

出院的時間很快就到了，Valis收拾好行李，準備帶著自己的兒子回家，妹妹幫忙將東西都搬上了車。到嬰兒室時，那白嬰兒還在嬰兒室裡，自己忍不住又多看了一眼，白嬰兒像是感應到 Valis 要離開，便嚎啕大哭起來。看著嬰兒實在心疼，嘆了一口氣，心想再餵白嬰兒最後一次奶水吧。嬰兒像是餓了很久，Valis 感覺乳房有些疼痛，突然一個想法冒出：她要收養這個嬰兒。

「來當我的孩子吧，讓我放下你，我這一輩子都會掛念你。」

一念之間的想法，讓事情有了圓滿的結果。診所昨晚才接獲育幼院電話，因經費上有困難，希望診所將嬰兒轉到其他的育幼院，或是找人領養。診所正煩心嬰兒的去處，Valis 願意領養白嬰兒，診所當然非常樂意。Valis 想，養一個孩子沒那麼難，其他的事情以後再處理。

「Tina，我的父母就這樣消失了？」

阿雄有些激動地問話。

「阿雄，你是我們的孩子。」

阿雄點點頭，自己當然知道現在的父母疼愛著他，但聽到這樣的身世，還是讓自己一時亂了情緒，惠珍抓著阿雄，雙眼含著淚，給阿雄一個溫柔的眼神。

「接下來你說還是我說？」

「還是妳說吧，不能把我說得太壞。」

為了緩和氣氛，尤哈尼還擺了一個可笑的鬼臉。惠珍的笑點很低，含著淚水的眼睛又笑了出來。

當時尤哈尼簡直不敢相信自己多了一個兒子，我們大吵了一架，親友紛紛圍觀，就像你們那次打架一樣，觀眾很多。

尤哈尼覺得養「白浪」的孩子以後會很麻煩，瞞不了其他人，我說我根本沒有想隱瞞這件事，尤哈尼在氣頭上，說要把嬰兒丟掉，雖然好友尤幹在旁邊說合，但止不住尤哈尼的怒氣，他氣沖沖要把嬰兒搶走，說要送走，還要跟我離婚，我聽尤哈尼這麼殘忍絕情，心中更是一把怒火，吼著說：

「把嬰兒摔死好了。」

說時遲那時快，我把襁褓中的嬰兒往外用力一扔，嬰兒從尤哈尼的眼前飛出大門，尤幹和尤哈尼三步併作兩步地衝刺，他們奔向嬰兒被拋出的方向，在嬰兒落地前，尤哈尼撲倒接住了嬰兒，尤哈尼驚嚇地打開嬰兒的毯子，嬰兒睜開眼睛，對著尤哈尼笑。

尤哈尼抱著嬰兒走回屋內，我瞪著尤哈尼，其實心裡也很緊張，怕孩子摔傷。

「我已經丟掉了喔，是你自己抱回來的。」

「對！對！尤哈尼，孩子是你抱回來的，你要負責。」

尤哈尼沒想到尤幹會站在我這邊替我說話，抱著嬰兒，心裡一陣酸楚。

「當山地人會被人家瞧不起喔。」

「不會啦，當Bunun（布農族），不要當山地人就可以了，阿雄！」

尤幹抱起你，叫你「阿雄」，還說他記得那一夜跟尤哈尼送那位孕婦下山時，他在警車上看見陪伴孕婦的那名男子的手掌寬厚，像黑熊的腳掌，便覺得叫「阿雄」很適合你。

「阿雄你看，是我救了你喔，你Tina年輕的時候很凶呢。」

「這位尤哈尼警員，換你講了，我的部分很誠實地說明白了。」

阿雄看父母鬥嘴，慶幸自己在他們的培育中成長，心中翻騰的情緒一時無法停止。

尤哈尼清清喉嚨，繼續說著那年發生的事。

「那陣子，搜山、或透過許多關係追查那對夫妻的下落，但除了遺落在車上的那本舊書外，在尤幹說的香菇寮，或是用旅館登記的地址去追查，都沒有下文。好不容易在舊書裡找到一個名字，叫吳○侯，經過查證，是失蹤人口。從此不想再花時間尋找了，好好將阿雄養大才重要。」

這次惠珍獨自開著車回住所，她沒讓阿雄跟著。現在的阿雄需要安靜，更需要和家人相處。意外地聽見阿雄的身世，不知怎麼的，自己竟是淚流滿面。

阿雄從信箱裡拿著被退回的信。一個多月了，這次的信件是最晚被退回的一次，信封上依然蓋著「查無此人」四個字。阿雄知道會是這樣的結果，以後應該不會再寄這種信了。

尤幹又像蒼鷹一般，從宜蘭南山部落騎著他的野狼機車來到阿雄家，這麼長的一段路程，尤幹一點都不覺得遙遠，尤幹和尤哈尼最常提起的就是那場槍戰，那應該是他們永生難忘的日子吧，說起槍戰當天，就像是回到那段年輕的輝煌時光，眼神不時發出閃耀的光芒。

「是初秋吧！」

尤幹又起頭，說起當天的故事了。

「沒錯，而且那天有濃霧。」

「初秋啦，而且很冷，鼻子都是紅的啊，是不是？尤哈尼。」

「那真是一次命懸一線的槍戰，我那天真擔心 Valis 會不會順利生產呢。」

尤幹順勢把自己帶來的山肉擺放在桌上。Valis 知道這兩個男人又要回憶當年的事了，應該就從那個有濃霧的初秋開始的吧，一場槍戰讓尤哈尼和尤幹有了共同的故事。Valis 起身走向廚房，不打擾是她可以做到的溫柔。

「他馬的！領悟局（林務局）真的是不近人情啦。當時，管那麼多，人家不用生活吃飯嗎？幹！簡直就是Hanitu（魔鬼）。」

尤哈尼又說起林務局的指示，作為故事的開頭。

「我當然知道山區有違法香菇寮，山上又沒有什麼工作機會，種香菇到底有什麼問題，我真的搞不懂。」

「你自己是警察還不懂喔，要繳稅啦。」

「整個山坡地都被『白浪』拿去種高麗菜，每天一大早，這些高麗菜就開始吸毒，連工作的泰雅族工人也一起中毒，他們的孩子需要繳學費，住校需要生活費，哪一項不要花錢？領悟局管那麼多，是沒事幹是嗎？」

「知道啦，所以我才去打獵啊，還不是一樣會被抓。」

追捕槍擊犯的事件，已經是尤哈尼和尤幹這輩子不可能遺忘的事，尤哈尼每當看見阿雄，山區的那場追捕又會再一次地浮現。

那幾日，北橫公路思源啞口的道路，進入了警戒管制狀態，路上有許多持槍警察，車輛經盤查後都要快速通過。尤哈尼發牢騷不是沒有原因，他那懷胎足月的妻子這幾天即將臨盆，原本說可以排到休假，因為一個槍擊犯跑到宜蘭山區，因此上面指示全面停休。尤哈尼實在是著急，無線電不斷有對話出現，大多是報告目前臨檢位置的狀態，已經兩天了，還沒有發現槍擊犯的蹤跡。

幸虧有農園裡幾位熟識的泰雅族人來通報。其中一位泰雅族人是櫻花鉤吻鮭的保育員，這兩週他都在羅葉尾溪記錄著櫻花鉤吻鮭的狀態。他帶的三隻獵犬在清晨時警覺地狂吠，他不確定是否有動物出沒，但這個季節，動物大多不會在羅葉尾溪末端出現，更何況工寮位置距離大馬路很近。於是他跟另一位同伴連夜下山查看狀況。

後來尤哈尼驚覺不對，保育員說的位置開車到村莊不用三十分鐘，如果真的是槍擊犯出沒，他很快就會在村莊出現。尤哈尼從機車的置物箱裡拿出山區地圖，攤在馬路的水泥地上，羅葉尾溪在臺中縣和宜蘭縣的交界處，說槍擊犯在臺中縣內，也不過是羅葉尾山的界線。尤哈尼想著人和動物有共通之處，他們都需要食物跟水，會在羅葉尾溪出沒，是再正常不過的事了。

他們在地圖上模擬著槍擊犯可能走的路線，尤哈尼也拿著無線電通報接獲的訊息。

「尤哈尼、尤哈尼！你看！」

尤幹是泰雅族獵人，他指著西邊山腰中段。

「有聽到嗎？Yungay（猴子）的聲音，這個時候有這種叫聲不太對勁。」

尤幹指出了可能的方向。在山區生活，人跟動物的交情很重要，比如今天若是尤幹在山區走動，這些猴子跟鳥類的反應就不會這麼激烈，總歸是熟悉的氣味；熟悉的一個獵人，猴子懶得理會，那些鳥類也不會驚慌地亂叫、通報訊息。

尤哈尼邊騎機車，一邊想著那位槍擊犯的思考邏輯。其實槍擊犯算高明，他所在的位置在攻防上都對他有利。無線電通話內容氣氛緊張，尤哈尼不想死得太早，妻子快臨盆了，他將機車緩慢地往警所滑行。

不久，西側山區槍聲大作，員警大聲喝止的聲音從山邊傳來，公路上後備支援的警力分一小隊往槍聲方向移動，幾分鐘後槍聲頓時安靜下來。尤哈尼若有所思地走進警所，想著逮捕行動可能完成了。

尤幹和另一位櫻花鉤吻鮭保育員進入警所，說是道路全面封鎖，只好過來陪尤哈尼留守。他們攤開地圖，在桌上開始模擬推演槍擊犯和警方對峙的狀態，另一位警員瑪砃慌張地進警所，在地圖上畫了幾個圈，說明了警方的布局，還有槍擊犯的移動方向。尤幹看著布局，目前警方的動態完全在槍擊犯的視線內，周邊除了高麗菜之外，沒有其他掩蔽物，他們看了都替警方捏了把冷汗。

「我們假設嫌犯目前身上只有一個彈匣，那警方會有幾成把握圍捕成功？」

尤幹用獵人的邏輯開始分析目前情勢。尤幹的想法是M-16的彈匣如果是二十發子彈，逃亡前，警方公布嫌犯對著仇家開了三槍，仇家當場中彈死亡。逃亡期間，身上還有十七發子彈，剛剛槍擊現場的聲音，如果尤幹沒聽錯，M－16步槍應該是開了四槍，警告意味濃厚。警方這裡亂槍齊發，但也不能說亂槍，而是警察開槍受到太多的限制，一槍天堂一槍地獄的概念，誰都不想犯險。

「尤幹，你確定M－16沒有要射擊警方？」

保育員認真地問尤幹。

「如果不是超過射程範圍，亡命之徒絕對會盡可能槍槍命中，不會浪費子彈。」

別看尤幹乾黑的體型，他嘴裡吃著檳榔，眼睛犀利，尤其耳朵相當敏銳，尤哈尼相信尤幹可以分清楚槍聲。尤幹是泰雅族有名的獵人，精敏得可以從動物的腳步聲知道動物的重量和距離，只要動物曾經走過的路徑，尤幹可以從氣味知道是雌性或雄性動物，蜂巢的距離和數量都逃不過尤幹的耳朵，對於周邊的風吹草動相當敏感，天生就是個獵人。

「那麼是什麼原因讓他這麼做？還是他故意射擊，讓警方可以名正言順開槍，一心求死。」

「這更不可能，如果嫌犯一心求死，犯案當下就可以飲彈自盡，何必逃亡？」

尤哈尼坐在位子上聽著尤幹分析，突然像是想到什麼，打開抽屜翻找著舊報紙，翻了幾處，卻沒有找著。

「我上次看到報導，不確定是不是他，內容是說買賣毒品、黑吃黑，還強擄嫌犯女友侵犯得逞。」

尤哈尼看著尤幹他們，走到桌邊看著瑪砌畫的圈圈布局圖。

「這個訊息如果沒有錯，那嫌犯是要去見他的女人？而他的女人躲在宜蘭或花蓮？」

保育員開口，推想著最大的可能性。

圍捕行動一直沒有最新的消息，時間緩慢地推進，警所內的時鐘答、答、答地計算著停頓的時間。約莫三十分鐘後，槍聲的位置改變。

「刑警隊開槍了。」

尤幹閉著眼睛專心地聽著，槍聲忽急忽緩，斷斷續續的攻防持續不斷，整個山區村莊門房緊閉，好奇的民眾站在樓頂觀戰，時時討論著戰況。尤哈尼在警所也沒閒著，電話從來沒有停止打進來詢問，報社記者、電臺詢問最新狀況、電視臺要求放行採訪、縣政府說要派人上山關心，差點惹惱了尤哈尼，而警政署當然要緊盯著行動的進展狀況。尤哈尼想著電話線怎麼不會燒掉！

山邊又是一陣槍聲齊發，持續數分鐘後，尤幹突然跳起來：

「嫌犯連發射擊，最後一槍……！」

尤幹這次不確定自己的耳朵，聲音太亂了，槍聲齊發之下只能猜測！

「中了！有人中彈了。」

尤幹很確定地說。

無線電的內容也說有人中彈，但沒說是哪一方中彈，雜亂的聲音從無線電中傳來，逮捕行動看起來並不順利。

「警方這邊有人左手臂中彈，再偏一點就打中心臟，現在沒生命危險。幹！真是瘋子。」

「瑪劭，應該還有人中彈，你快確認，我不太確定，聲音太亂。」

尤幹看著瑪劭非常確定地說。瑪劭拿著無線電聽著訊息，訊息重複了三次，嫌犯身中三槍，當場死亡。

瑪劭抬頭看了一眼尤幹，笑著問：

「尤幹，你耳朵裡有貓嗎？這麼厲害的聽力，真是佩服。好了，我去跟支援的警力交接一下，順便巡邏，事情終於告一段落了。」

瑪劭吐了一口氣走出警所，跨上警用機車，揚長而去。

尤哈尼實在想拿一把剪刀把電話線給剪了，他不耐煩地拿起電話：

「警所尤哈尼，您好。」

「終於接通了，尤哈尼你家老二，兩個小時前順利生了，母子平安。」

尤哈尼掛上電話。太好了，尤哈尼心中的大石頭終於放了下來，兩個小時前這裡正是槍林彈雨，這小子真會找時間，尤哈尼內心狂喜也安慰。電話聲又再次響起，現在尤哈尼心情特好，說話特別開心：

「警所尤哈尼，請問有什麼需要協助的？」

「尤哈尼，我是瑪劭，開車來菜攤這裡的住宿旅店，有個遊客受到驚嚇，是孕婦，現在腹痛，可能動了胎氣，帶助手過來，要後送！」

當天尤幹和尤哈尼一起開著警車送孕婦下山，怎麼也沒想到自己會又多了一個兒子阿雄。

「阿雄是不錯的孩子，你應該高興。」

尤幹舉起杯子，敬尤哈尼。

「當然，從槍林彈雨中出生的孩子的確很不同，就是白了一點。」

尤哈尼和尤幹再一次重回年輕時他們共同的經歷，也許下一次再說這個故事時，是幾個月後的事。

阿雄在迷濛中聽見尤幹和父親講著當年的故事，這個故事斷斷續續地聽了無數次，自己卻不知道也隱藏著自己的出生之謎，心頭一陣糾結酸楚。剛剛在夢裡，自己看見一片森林，樹林裡是他熟悉的步道，拉庫拉庫溪流有尤幹和父親聊天的聲音。自己打架依舊打不贏二哥拓巴斯，而自從拓巴斯與他打完架，父親便說二哥有摔角的天分，並開始指導二哥摔角技巧。自己則拿到了一本舊書，書裡面也許有身世的密碼。但已經不重要了。

曾經多次想知道自己是誰，但就在打完架那一天，母親再一次強調自己是她的孩子，只是遺失了自己的顏色。父親說即便是傾倒的樹，只要願意勇敢地面對生命，也能開滿燦爛的花朵，因為樹在森林裡，有森林的地方就有靈氣、有生命力、更有包容力，有森林的地方才是自己的家。

母親又燉了一鍋雞湯，要自己尋個藉口去找惠珍。其實母親不用太擔心，兩人現在正在熱烈交往中，等待時機成熟，便能開花結果。

阿雄還沒按電鈴，惠珍已將門鎖打開，走進屋內，惠珍正端著一壺茶從廚房走來。她的笑容很甜，茶很溫暖，惠珍美極了。

莿桐花凋零

春天是什麼模樣，像豔紅的莿桐花召喚著魚群進入東海岸，流光披著薄霧，像極了青春的彩翼，任海波將海灘的石子添上色彩。四季依循著原有的律動更迭，尋覓方向的旅人終究必須找到一處停泊的靠岸。

大海湛藍，一如往常閃閃的波光誘人，海濤不斷翻動海灘上的石子。凌子獨自低著頭走在海灘上，這個月收獲最多的是海草玉，手中的髮絲碧玉也是個意外的驚喜，但原本連綿的海岸線已堆滿著消波塊，隔絕的不單單是人與海洋的親近，更扼殺了生態原有的樣貌。消波塊並無法有效地阻隔巨浪，但光靠村民反對的微弱聲量，也不能改變地方政府的設置計畫。

村莊裡父親熟識的長輩一一凋零，凌子看了父親傳來的訊息，說著撕心裂肺的悲痛，曾經照顧父親的雜貨店老婦人，前幾日在莿桐花下睡著後便不曾醒來。父親得知訊息，和母親立即搭機返回村莊，村莊裡的長輩看著父親極度悲傷的情緒頗感安慰，也不枉當年老婦人把父親當兒子疼愛。

告別式就辦在老婦人門口那棵莿桐花下所搭的棚子，老婦人的孩子無法聯絡上，松本是唯一代表家屬的男丁。哈露蔻和幾位婦人在臨時搭蓋的小廚房備餐，大鍋子和餐桌上二十四小時都備有熱食，村莊的老老少少忙完手邊的工作後，剩餘的時間都守在老婦人的靈堂前。哈露蔻告訴松本，這叫「Mingiro」（相互取暖），是從古至今族人流傳的習俗，為彼此找到悲傷的出口，人會因為周邊的親友離世感到傷心，也會感覺孤獨或無故地感到恐懼，因此族人會聚在一起相互取暖。大家天南地北地說起和老婦人年輕時候相處的往事，說到開心的事情可以大笑，可以是生氣或悲傷，為老婦人的生命做最終的巡禮。

哈露蔻挽著松本在莿桐花下，看著蘇麥依娜熟練地進行著儀式，爐盆的炭火溫暖著守靈的親友，有人席地而眠，也有人起身唱著祭歌，死亡對族人來說是另一個啟程，會不捨而落淚，但留下的記憶都是美好的存在。

松本環顧村莊的一切，時間流逝，不知不覺中哈露蔻和自己也成為村莊裡年長的人了，那年和老婦人同一輩的老人，僅剩當年租房子給松本的房東依然健在。房東蒼老許多，他拿出當年松本固定匯款用的銀行存簿歸還原主，說村莊裡已經不再需要資助，目前長者可以由政府補助免費裝假牙。對松本來說，這裡每一處都存在著美好的回憶，水圳依舊被荒煙蔓草掩沒，鳥居滄桑地孤立在山腰上無人記起，但這片美麗的土地和曾經帶領著自己尋找遺址的長輩們，給了自己一個不同的生命觀，像是記憶的呼喚，將自己從天涯那方，跨越海洋來到臺灣東海岸。而今長輩們一一凋零，再過幾十年，不再有人記得那些水圳和鳥居的存在，那山屋下，不會再有年輕女子為著心愛的男子曬美麗的絲線，隨著時間流轉，這些美麗的存在都將成為口述文化。

坐在機艙裡的松本，看著蒼鬱的山峰越來越小，在雲的高度，再一次望向太平洋海灣，陽光灑落著金光，和當年初次來臺灣時一樣明豔。

凌子抬頭望著戰鬥機以音速飛過。沒有任何一個地方像東海岸，天空有觸及不著的天邊，海平面之外更是無限延伸的大海，鵝卵石在腳下發出喀喀聲響，戰鬥機和漁船常因為演習在海域的使用上協調，漁夫需要捕魚穩定家庭收入，戰鬥機的演習是為了精進技能、保衛家園。這裡的居民和投資客之間的衝突不斷，就連同種滿兩旁街道的莿桐花，要存要廢都能引發爭議。

凌子沒有跟隨父母回日本，也說不出什麼原因，但村莊需要年輕一輩的人是肯定的。凌子不能眼睜睜地看著不明的建築物肆無忌憚地搭建，更明確的是，渡假村的抗爭尚再持續進行。這麼多年了，各界費盡所能地抗爭，要保護這片寧靜璀璨的海岸線，卻依舊無法阻止商人覬覦自然環境所帶來的利益。海岸恢復原有的樣貌變得遙遙無期，除了緊鑼密鼓地參與土地的保護抗爭行動，讓外界知道東海岸的生態危機之外，已經無路可退。光是這一點，凌子有足夠的理由繼續留在東海岸。

這裡的居民和凌子一樣，從來沒有想過世世代代生活的海景在商人的眼中可以出售。觀光客透過渡假房間的窗戶看向海景，必須花費一般人半個月的基本工資，渡假村牆上洋洋灑灑的宣傳著周邊居民祭儀時間的廣告，是飯店和旅行團最搶手的在地文化賣點，說白了，就是販賣著居民的生活樣貌牟利，居民的傳統祭典反而成了商人免費的宣傳品，對居住在這裡的居民極為諷刺。現在連海龜上岸產卵的沙灘，也是他們眼中的大賣點。曾幾何時，曾經是許多人認為的蠻荒、沒有文化的地方，才讓這片海域保有最原始天然的樣貌，村民總是小心呵護，而今蠻荒和不文明的人文生活文化，變成商人搶奪資源的最大商機。凌子感覺實在諷刺，渡假村的抗爭行動讓人心力交瘁，同時也撕裂了族人們的情感，凌子不知道什麼時候才能結束這場抗爭。

黑潮正在迅速移動著，牽動著遙遙無期的孤獨感。今年第一批飛魚，連帶著追獵的魚群正勇猛地為生命奮戰，一陣陣長波聲納迴盪在耳邊，凌子不確定海平面那端的黑影是否是海鯨的身影。海灣處一群頑皮的海豚正與漁船競速中，這群海豚從來不會錯過任何可以遊戲的機會。脫了腳下的鞋，凌子走向大海，想在海水中聽見聲納的迴音，就必須潛入海底才行。很難得有機會聽見海鯨唱歌，在這裡的漁民也很少有人聽過海中鯨魚的歌聲。愛上海鯨的聲音，是從布達爾在海上遇難那幾日發生的事，那幾天和古拉斯在海岸上，無意間看見一塊大黑影在海上浮沉，發出一陣陣竹笛的聲波，但又像是風吹過山谷的迴音。

「'iso（鯨魚）的笛聲。」

古拉斯指著大海裡的黑影喊著鯨魚的風笛，古拉斯天生有一副好眼力，可以清楚地知道魚群的動向，好像一出生就注定和海洋親近。幾年前的飛魚研究計畫完成後，這兩年也在斯里蘭卡海域做海洋研究，是遺傳父親松本的基因吧。凌子縱身一躍潛入大海，陽光在海中折射成了線條，波光細長猶如母親手染的苧麻絲線，隨著波浪飄動。凌子隱約聽見了鯨魚的歌聲。

海的深處，布滿的珊瑚礁已逐漸白化，色彩鮮豔的小丑魚群也隨之消失，海水充滿了微粒，不再清晰透徹，幼年時看見的大海龜已不見蹤影，多讓人感傷啊！凌子耳朵緩緩地感受到了壓力，縱然喜歡潛藏在海裡，但始終不能像魚一般在水中太久。凌子用力踢著雙腳往海面上去，就在上升的那麼一點時間，海中傳來海鯨的歌，聲波拉得很長，那是鯨魚對伴侶的呼喚。蘇麥依娜曾經這麼說。

布達爾最近總有忙不完的事情，幾乎整個人處在緊繃狀態。從大房子下班，看著阿雄和惠珍兩人牽著手走著，想起和凌子的關係像迷航的船無法找到靠岸，連凌子的母親哈露蔻都看不下去，還曾打電話關切，直接說白了，如果沒有意願跟凌子結婚就勸說凌子回日本，語氣中帶著責怪的意思。所有的事情攪和在一塊，布達爾感到心力交瘁。

雖然蘇蘇離開了好一陣子，總覺得還有很多事情沒有釐清，心裡放不下蘇蘇，偶爾還是會聯繫。看著阿雄和惠珍遠去的背影，好羨慕這樣單純的相處，惠珍還是像麻雀般說個不停，應該從來沒有想過要安靜的樣子。

一項跨部落聯盟辦公室的啟用儀式要展開，阿雄和惠珍也前來協助。惠珍對於許多組織成立的細節運作了解得很明確，有利推動部落文化重建和守護自然與土地主權的工作進行。布達爾自從去了一趟惠珍的故鄉埔里，心裡一直存有疑問，惠珍外表看起來天真的背後，是來自何種家世背景，才能讓她年紀輕輕的就可以這麼熟悉商場的運作。惠珍的手段精確，組織性很強，布達爾曾經懷疑惠珍是否出自政治家庭，但是惠珍從來不曾提起自己的身家背景。偶然一次在街上看見惠珍和陌生人進餐廳，人群中有幾個熟面孔，竟是中部的一位立委還有院長。從那刻起，布達爾便知道惠珍的人際網並不如她表現的那樣單純。

聯盟的成員來自各部落的青年菁英，還有些是特別從各地前來支援的學者，布達爾知道這些人跟惠珍脫不了關係，地方代表更不會放過與這些人接觸的機會。

跨部落聯盟有許多議題，杉原海岸是莿桐、加路蘭、富岡傳統部落的居住場域，長久以來靠這片大海維生。在卑南族南王部族傳說中，Fedafedacan 海岸是南王部族神聖的傳說發源地，交疊著兩大族群不同的南島文化，渡假村開發案不斷侵犯當地原住民的自然生態和傳統領域，更加速 Fedafedacan 海岸千百年來原住民族文化的消失。但這樣的情況，在前來相助的學者專家中，是不是清楚地知道在地人的需求，布達爾又懷疑著這些人前來的動機。

跨部落聯盟、環保團體的視角和部落之間的分歧充分顯露，幾乎瓜分成幾個派系。為了借助許多外來的支援，青年團體顯得無力施展，但在重要的爭議上，阿雄排除眾議，協調出眾人可以接受的共識；整個策略看得出是惠珍下的指導棋。凌子和惠珍低調地坐在桌子尾端，兩人不時交頭接耳地討論，手中的鍵盤敲打卻不曾停下。雖然和阿雄隔著幾個座位，卻掌控著整個會議的核心議題，布達爾不得不佩服惠珍的冷靜決斷。

布達爾總覺得一位民意代表的車子很眼熟，但就是想不起來曾在哪裡見過，凌子曾經特別提醒要防著那位民意代表，說那位民意代表曾經去找過她，相信也找過其他的組員。

抗爭中，也掏洗出在開發案中得利的民意代表，民意代表與跨聯盟青年的意見不但相左，還常有意無意地語帶嘲諷，更常利用與部落耆老的交情給年輕人壓力，造成部落青年與長輩因開發案議題產生嫌隙，部落組織的氛圍處在彼此相怨謾罵的狀態下，彷彿是一場大亂鬥。最終驚動了部落長老，緊急集結各部落的長輩與抗爭青年會談，讓年輕世代的族人暢所欲言，將近期抗爭的主要議題目的和願景說明清楚，也在長老的支持下，長輩們決議不阻礙抗爭，緩和了兩代之間的關係。

過了玉里橋之後，布達爾始終覺得有一部車子一路尾隨，就算自己將車子減速，對方也沒有超車的意思，心裡有點發毛，後照鏡看不清駕駛是男是女，再仔細看，發覺又是那部熟悉的車子。行經玉長隧道，回音像巨獸的追趕，黃色照明燈使人增添睡意，車子穿過隧道後，眼前的太平洋已是一片黑暗。

布達爾刻意停車下來休息。即便這種灰暗時刻，凌子設計的裝置藝術依然展現獨特的意象，昏暗的背景讓眼球顯得懸疑，也或許是被跟蹤了才會有這種感覺吧！下了車，布達爾找了一處觀景大理石椅子坐下，那部車子隨之順著道路繼續前行，在昏暗的山區道路末端消失。

「果然是自己想太多。」

布達爾自言自語地伸伸腿笑了出來，會這麼敏感不是沒有原因，前一陣子某個民意代表找上門，布達爾心裡清楚是為了阻止抗議渡假村開發案的事情而來，話不投機之下還刻意挑明「最近的交通不是太好」之類的話，警告的意味濃厚。

接近晚上八點了，海岸線南北方向唯一的一條公路幾乎沒有車輛行駛，拿起手機，布達爾撥打了蘇蘇的電話，夜晚的海風帶著鹹味，電話那端無人接聽，蟋蟀吵得令他耳鳴，夜晚滿天星斗延伸至海面上方。

待一陣子了，布達爾正準備起身離開時，一部車子停靠在路旁熄了火，仔細看看車型，和剛剛一路尾隨自己的那部車是同一車款，隨之車上走下來四名男子。布達爾下意識感覺來者不善，在黑暗中迅速移動身子往低窪處躲藏。這個斜坡自己太熟悉了，那年為了要讓裝置藝術有個穩固的地基，還動用了重型機具和怪手來整地，順著山勢整出階梯式的斷層平臺。剛剛覺得吵死人的蟋蟀叫聲，現在倒是滿感謝蟋蟀不讓自己的腳步聲被發現。布達爾聽著上方平臺幾位男子移動腳步的聲音，他們邊聊邊抽菸，因風勢的關係，混雜著紅殼子Marlboro（萬寶路）和七星香菸的菸味順著山勢飄下來。

「恁阿嬤勒，來到這種外山頭，是來修行的嗎？」（你祖母勒，來到這種荒郊野外，是來修行的嗎？）

一名男子說著臺語調侃，聽起來不是東部的口音，他們正在抱怨另一位帶他們來東海岸的男子，布達爾不動聲色地躲在下方聽著。

「無法度啦，受郎拜託，我嘛毋知遮會遮爾遠。」（沒辦法，受人之託，我也不知道會這麼遠。）

「來到這勒番仔庄，毋驚頭予郎刜去喔。」（來到這種番人村莊，不怕頭被獵走喔。）

「當作來迌迌的就好啦。」（就當作來玩的就好。）

「幹！番仔的代誌我無愛雜插，連名攏怪怪，啥乜號做打耳。」（幹！番人的事情我不想插手，連名字都怪怪的，叫什麼打耳。）

果然來者不善，雖然布達爾的臺語不是很靈通，但聽見被叫成「打耳」又覺得很想笑。聽四名男子說話的內容大概是受人所託，要警告某些特定人士包含自己，但可能是委託人對於西部喬事行情價碼沒概念，對這幾名男子來說，對方那點小錢根本不值得他們動手，他們就是出面說幾句難聽的話、嚇嚇對方而已，再怎麼說也只是虛晃一招的感覺。聽得出來其中一位男子是人情所託，才大老遠繞半個臺灣，來到這個他們從來沒聽過的番界，布達爾有點擔心他們剛剛去了哪裡？

「差不多啊啦，咱先揣所在食好料，遮附近阿無餐廳連麵擔仔攏無，強欲餓死。」（差不多了，先找地方吃好料，這附近也沒餐廳，連麵攤都沒有，快要餓死了。）

「轉去臺中辦桌請你。」（回臺中再辦桌請你。）

四名男子的聲音漸漸遠離，布達爾移動腳步走向上坡平臺的位置，從黑暗處，看著四名男子仰頭看著凌子的裝置設計，指手畫腳之後，便上了車往花東縱谷的方向而去。

這幾年，有陌生人來到村莊打探的事已經不是第一次，布達爾當然清楚這些人是受那些民意代表的託付。曾經也想過要以牙還牙，找一群年輕人把這些受惠的代表抓來毒打一頓，省得他們總是聯合外來投資財團掠奪族人的土地，也想過半夜把這群肥滋滋的代表灌醉，再把他們都推入太平洋淹了。若不是因為怕節外生枝，布達爾早就動手了。看著那四名男子乘坐的尾車燈消失在盡頭，布達爾想起那幾位民意代表，就是一肚子的氣。

聽母親說幾個小時之前，這幾個外地人來村子四處打探，他們說著不怎麼流利的中文，一看就知道是外地人的打扮，說是要找一位姓「打」叫「打耳」的人。村長接獲村民電話通報，拿起麥克風用阿美族語對著村裡廣播，說有不明人士來到村莊，看起來非善類，要大家不要輕易回答問題，還叮嚀妮卡兒關緊大門不要回應敲門聲。村民透過窗子監視著那幾位陌生人，他們的車子在村莊繞了幾圈，又隨機下來敲門詢問，老人都以聽不懂來唐塞。狗吠聲四起。車子在村莊找了半小時左右，村長不時站在頂樓透過窗子監視著，看車內一名男子下車在路上走著，那人抽著菸四處觀看，抽完了菸打了電話後上車。他們將車子停在村莊入口處將近半小時，村莊沒有幾盞路燈，除了狗吠聲幾乎無人進出，看起來他們並不死心，又繞了村莊一圈，看村子的人幾乎全都大門深鎖，車子才離開村莊。直到完全看不到車子的尾燈，村長才拿起麥克風讓大家安心，但提醒村民依舊要提高警覺。

季節又不經意地在時間中更迭，苦楝樹已結滿了果子，依照老人家的說法，這個季節是河流中的魚最多的時候，但長輩會等到苦楝樹的果子變黃、魚群肥美，才會將魚簍放入河裡捕撈食用。

凌子的母親哈露蔻在訊息中還提醒凌子，要主動去追求喜歡的男子，說自古以來阿美族都是這樣的。凌子嘆了一口氣，哪有母親講得那麼容易，也得對方喜歡才行吧。

看著天邊的灰雲又開始聚集，應該很快就會飄移過來，下雨是再正常不過的事了。滑開手機，古拉斯在訊息提到即將從斯里蘭卡返回日本，問凌子是不是該回去日本了；父親曾推薦幾張設計圖給珠寶公司，得到不錯的回應，古拉斯希望凌子考慮回日本一趟，可以親自洽談合作。

古拉斯和幸田在斯里蘭卡期間，替女朋友物色了美麗的粉色寶石，希望凌子可以幫忙設計款式，想來古拉斯和女朋友進展得很順利。

「幸田也幫姊姊找了一顆！」

凌子再一次確認自己是不是看錯了！

「幸田？應該在開我玩笑吧。」

海面上，賞鯨船遊客依然絡繹不絕，雨水從雲朵下方垂落海面，很快的，海面變成模糊的景象，轉眼間那陣雨已經灑落在屋頂上，門前來不及收進屋的鐵盆，被雨水打得噹噹作響。凌子像是被敲醒，想起了什麼，走出門、淋著雨，腳步越走越快，而後加快速度奔跑著，往搭鹿岸的方向而去。

雨勢越下越大，整片山林掩沒在水氣中霧濛濛的，這條路凌子再熟悉不過了。那群凶猛的藍鵲飛過頭頂上方，牠們要飛到另一處樹林躲雨。曾經和古拉斯坐著休息的大石頭，現在看起來變得好小，熟悉的小徑，相同的大雨，凌子想確定自己心中的疑問。她急忙地推開搭鹿岸的大門，濕透的身子踩進屋內留下水印，凌子點著了燈，再將父親牆面上的畫輕輕地擦拭，仔細地看著畫面，在左下方一角，有一處和父親筆觸不同的字跡……

岬の端であなたを待っています。（在天邊海角等妳。）

幸田

「是幸田。」

一陣大雨，凌子腦中突然浮現牆面的圖案，似乎感覺有哪裡不太一樣。幸田的名字若有似無地在小笠原島的畫上，凌子不太確定，只好冒著大雨跑來搭鹿岸。凌子看著幸田的名字，從古拉斯第一次到小笠原島上開始，時間飛逝，已經過了十幾年了。

父親是不可能寫下幸田的名字，應該是幸田來村莊的那些日子寫下的。凌子躺在竹床上滿腦子混亂，雨聲像催眠曲，凌子彷彿又聽見了大鯨魚的聲波，現在聽起來比較像嬰兒的啼哭聲。

自從蘇蘇離開後，母親常常跟布達爾嘔氣，在她看來，蘇蘇比凌子更適合布達爾。並非對凌子有偏見，就是覺得布達爾對凌子的感情如同酒癮，才會分分合合、拖延這麼久，而且既然離開這麼多年不曾聯絡，現在又牽扯不清是為何？妮卡兒將手中的抹布一摔。

「走了這麼久，幹嘛還回來？」妮卡兒無奈地說著。

忙完社區供餐的事，她得順道去幾位長輩家訪視。突來的大雨，騎機車不太方便，穿上雨衣、雨鞋，撐一把傘便走在街上，一道閃雷讓妮卡兒全身汗毛豎立，豆大的雨很快地讓傾斜的馬路變成小溪，這是以前從來不曾發生的現象。水勢順著馬路急流而下，專門管理村落水源的人，騎著機車喊著要去上方集水處查看，他必須開出幾條小溝渠，引導湍急的水流到別處去。房舍鄰近街道的幾戶人家急急忙忙在房子周邊挖出水道、堆起沙包，就怕黃色的土石流入家中。

妮卡兒正納悶以前從來不曾發生這種事，這才聽見村長用擴音器廣播，指村莊上方集水區的道路，也就是妮卡兒的山坡地附近，有外來的承租人準備在那裡興建民宿，產業道路被私人工程的建築材料堵住無法進入，原本預備疏濬的溝渠，被填上了施工廢土，導致下雨後原本山澗的水量無法疏通，才會順勢流到村莊來。村長通知所有的男丁，帶著工具上山協助開挖水道，以免釀災。

妮卡兒越聽越生氣，興建民宿的位置就在自己的山坡地附近，這些日子大型機具進進出出，將原本就不大的產業道路壓得滿目瘡痍，蘇麥依娜也有一塊玉米田被放置了許多建築用棧板。幾次告知施工人員，他們以老闆交代為由而不做改善，現在連出入的道路都被堵住了，明天村民決定集結提出抗議。

因施工與連日大雨的關係，黃色土石順著水流沖刷到了村莊的道路上，眼看接下來是颱風季節，照這樣的施工方式，村莊的民宅岌岌可危。村長和布達爾帶領著守護土地的青年團體找民宿投資人協商，這才發現民宿業者尚未取得建築執照，並且業者與土地承租者並非同一人，更不用說水土保持計畫核定證明文件也無法出示，很明顯的是一項違建。經過一番波折，雙方險些發生肢體衝突。

凌子和布達爾心裡很清楚，這項工程必定有人從中牟利，以至於接二連三地有類似的事件發生。許多人抱著投機的心理來到東海岸占地設立民宿，如果沒有特殊的情況，根本沒有人會知道他們是否有取得建築執照，土地是否有獲得合法授權，除了無奈，布達爾更多的是氣憤。

對於務農，妮卡兒實在是心有餘而力不足，布達爾就更不用說了。走在自己的山坡地上，看著甘薯隨意地生長，斜坡種滿的玉米是為了餵養家禽，這是妮卡兒繼承父母留下的土地唯一可以做的事。

海面碧波微光，村莊務農的長輩漸漸凋零，荒廢的土地像長滿蜜汁的花朵，土地開發商和財團蜂擁而至，越來越多外國人進駐東海岸，唯獨留不住在地年輕人。妮卡兒也無法改變這種現象，這些年極力地守護土地，不是為了布達爾，更不是為了什麼偉大的志業，妮卡兒只想守住名下這一大片土地，等姊姊谷拉幸回來。

這片土地得來不易。當年姊姊谷拉幸十五歲，有個民意代表帶著一位仲介到家裡拜訪，以紡織工廠需要工作人員為由，說可以用契約工的方式到紡織廠工作，必須簽三年約，好處是可以先拿到安家費幾萬元。在這種窮鄉僻壤的地方，幾萬元是可觀的一大筆錢，谷拉幸心想，忍耐三年，時間很快就可以熬過，便答應了父母去工廠工作。

而父母用了這筆錢，買下了當時許多人認為毫無價值的這片山坡地，山坡地沒有水源，不能種水稻，對部落村莊來說，不能種稻子的土地一點經濟價值也沒有。山坡地石子太多，也種不了雜糧，為了不成為荒地，山坡地栽植了長不好的檸檬樹，因缺乏管理，檸檬都長得像雜木。山坡地唯一的好處是視野良好，可遠望無邊際的大海，背面的海岸山脈是蒼鬱的森林，物種豐富，有許多可食用的植物和野生動物棲息。

姊姊谷拉幸離開後三年，音訊全無，沒有人知道她發生了什麼事情。父親每天等著村長廣播，那年不是每戶人家都有電話，只能打電話到村長家，再由村長廣播讓受話者前來接聽電話；這樣煎熬地等著，父親卻連一通電話都沒接到。幾次去找帶仲介來的那位民意代表，對方卻推託只是負責介紹，其他的事情他不負責也沒有做擔保，頓時父親終於克制不住自己的情緒，將代表揍了一頓，母親也成日鬱鬱寡歡，父親自責過於大意才會讓女兒行蹤不明。那位民意代表不堪受辱，一狀告上法庭，父親也豁出去了，控訴那位代表拐賣未成年少女。事件在村莊裡發酵，代表的臭名就此傳開，許多相同際遇的鄰村家長，群集到代表家理論，這位民意代表只好連夜離開村莊。經過半年的奔走，某一天代表拿了一筆錢請父親撤銷告訴。父親成日想著谷拉幸會不會被賣去當雛妓，他寢食難安，憂鬱成疾，因而臥病不起。

莿桐花又輪番開了幾次，屋簷下不再掛滿飛魚，花瓣落地，鋪滿了道路兩旁，母親停止了手邊的編織，東海岸的陽光開始火熱了起來，寂靜的街道被陽光曬得發燙，村子口的狗難得這麼努力地吠著，父親今天精神好一些，他坐在藤椅上吹著海風，眼神還是遙望著遠方。

一部白色的車子緩緩地停在家門口，妮卡兒和母親放下手邊的工作，從板凳上起身，駕駛座的車門打開，父親從藤椅上跳了起來，抱著女兒谷拉幸嚎啕大哭。已經五年了，漫長等待的日子煎熬著一家人，父親連問都不敢問谷拉幸這些年的狀況，怕是問起來為難了女兒，能平安回來已經是值得慶幸的事了。

得知谷拉幸回家的消息，村莊許多人聚集過來，谷拉幸也不避諱地告訴村裡的人，這三年的經歷，事情果然不是那位民意代表說的那麼單純。谷拉幸算是幸運，沒有被賣去私娼寮，而是被帶到日本，雖然沒有被虐待，但是在日本成日躲警察，酒店的媽媽桑並不好相處，這三年自己就像遊牧民族一樣，每隔一段時間就被帶到不同的酒店工作。仲介說的工廠，其實是以藝術交流的名義到日本的酒店工作。谷拉幸希望能讓村莊的人知道那些人口販子的手段，不是每個人都能像自己一樣順利脫身，很多人最後都染上毒癮，因為人口販子用毒品控制年輕的女孩。話說到這裡，大家都安靜地不再問話。

谷拉幸在村莊住了將近半年，村子的街道冷清，偶然一部機車經過，會特意減慢速度和谷拉幸說上幾句，但更多的是隔著窗子偷偷窺視。谷拉幸被帶到日本酒店的事在村子成了茶餘飯後的話題。某一日傍晚，天色落入昏暗，村子出了名的酒鬼搖搖晃晃地來到谷拉幸家，他進門一屁股地坐在客廳裡大呼小叫，一副從來不曾清醒的模樣，說是自己家的女兒長得也不差，非嚷著谷拉幸的父親介紹仲介給他，如此一來自己也可以買一塊地，還可把土地租給那些蓋民宿的商人，這麼划算的生意怎麼可以讓谷拉幸獨享。

話聽在谷拉幸父母耳裡心中直淌血，這幾個月已經受夠了言語騷擾，村子的人隔著窗子冷言冷語，他們不是不知道，酒鬼只是說得更直接。谷拉幸的父親坐到那酒鬼身邊，妮卡兒從門縫裡窺視客廳，見父親沒有動怒，從口袋裡拿了一些零散的錢塞在酒鬼手中，而後父親壓低了聲音不知說了什麼，說完那酒鬼安靜了許久，父親問他是否要一起用晚餐，只見他輕輕搖頭，起身走出家門。

那夜的晚餐一家人都很安靜。妮卡兒不敢問父親跟酒鬼說了什麼，更不敢先開口說話，怕說出來的話題都會帶來傷害性。谷拉幸勉強擠出一點笑容，說找時間要開車一起出遊，讓吃飯的氣氛稍稍緩和。父親提議去花蓮壽豐的池南，那裡有個鯉魚潭，他年少時期曾經在那片山區林場工作，提起當年他曾經喜歡上一位在鯉魚潭畔出租小船的老闆女兒，後來女方說家人反對她和「番人」交朋友，這段單戀還沒開始就結束了。母親許是為了緩和酒鬼的鬧劇，調侃著父親穿著過於土氣才會被嫌棄，兩人說起了年輕時代的自己，竟是洋溢著歡樂，他們的年代純真熱誠，與世無爭。晚餐就在父母兩人的鬥嘴中和緩地結束，但一家人都知道，今夜會是個很難入眠的長夜。

谷拉幸不想說自己在日本的生活，除了不忍父母傷心自責，更多的是自己無法再一次面對那些無助。想起初到日本的那段驚恐無助，每個日子被安排至不同的溫泉或酒館，沒有屬於自己的時間，也不能單獨出入。任誰都知道偷跑的下場必定很慘，曾經看著偷跑的女子被綑綁一整夜，被幾個看守的男子毒打強姦。那日之後谷拉幸極度的恐懼，夜裡只要聽見有腳步聲便會嚇醒，自己沒有勇氣偷跑，她想保住性命活著回臺灣。

「只要活著就會有希望。」

谷拉幸記得蘇麥依娜在她離開的那日所說的話，當時一心想改善家裡的經濟，沒有意識到蘇麥依娜的警示。蘇麥依娜還提醒自己：

「如果可以在溫泉周邊生活，就能順利回來。」

但在日本一年多了，谷拉幸和其他女孩依舊被看守著，沒有自由，又如何能在溫泉周邊生活呢？谷拉幸幾乎已經不抱任何希望，只希望三年快點結束，換回自由身。

日本的雪季十分酷寒，習慣在亞熱帶生活的谷拉幸，縱然喜歡雪花紛飛的美景，但依舊受不了凜冽的寒風。在這樣寒冷的冬季中，谷拉幸被指派到木崎湖溫泉當陪侍；木崎湖位於長野縣大町市附近，那天有個商業餐會的會場，媽媽桑耳提面命要谷拉幸注意每個細節，這次的商業聚會攸關著幾家店的合作。谷拉幸被安排在一位年紀稍長的老闆身邊服務，那老闆並不多話，表情嚴肅，舉止嚴謹，谷拉幸戰戰兢兢地做著每一項安排的服務。長谷川老闆的模樣讓谷拉幸很緊張，一場餐會下來，長谷川沒有正眼看過谷拉幸，直到餐敘結束前，問了幾個簡單的問題之後，長谷川把媽媽桑喚去。谷拉幸站在遠處，看著媽媽桑頻頻鞠躬，不知道是不是自己做錯了什麼，嚇得雙腿發軟。很快的，媽媽桑招手喚著谷拉幸過去，媽媽桑要谷拉幸趕緊向長谷川道謝，谷拉幸不知道發生什麼事情，也只能照做。

「長谷川老闆讓妳到花乃屋藝妓館學習舞蹈，以後妳就不用跟著我們了。」

「藝妓？舞蹈？」

看著走遠的長谷川，谷拉幸有一股衝動想追過去向長谷川下跪道謝。谷拉幸的淚水像湧泉無法停止，媽媽桑拍拍谷拉幸，說她應該高興才是。

怎麼能不哭？對谷拉幸來說，這黑暗的兩年終於結束了。她無法止住眼淚，蹲下身子盡全力地哭著。

「老闆說妳的頸子很美，手指也是，走路輕盈，是當藝妓的料。」

一位身穿和服的中年婦女蹲下來，將谷拉幸扶起來，她將頭髮整個盤在頭上，簡單的髮飾讓她看起來十分優雅；她是花乃屋的老闆娘，也是傳統藝妓的舞蹈老師。商會餐宴結束，老闆娘讓谷拉幸跟著回花乃屋，從此走上了舞妓之路。

花乃屋老闆娘並沒有限制谷拉幸的行動，也沒有人看守，但老闆娘告訴谷拉幸，至少要把贖身的錢還完再走，不要辜負了長谷川老闆的賞識，不是每個人都會有這種機會，而且當藝妓並不丟臉，是屬於日本才有的傳統藝術。當花乃屋老闆娘將谷拉幸的護照放在自己手上的當下，谷拉幸的眼淚又再一次潰堤，也允諾花乃屋的老闆娘，自己不會逃跑。

隔年，日本的櫻花季悄悄到來，老闆娘讓谷拉幸準備些出門的用具，他們要在櫻花下演出。谷拉幸聽了興奮不已，她翻箱倒櫃地找了一個自己珍藏的髮飾，像個孩子一樣地雀躍。平常總是叮嚀谷拉幸要端莊的老闆娘，此刻也就放任著她，並為她感到高興。

櫻花有多美？老闆娘這樣形容：

「就像帶著香氣的白雪，像初戀。」

就在那櫻花紛飛的時節，谷拉幸看見站在樹下的長谷川，身邊跟著幾位隨從人員。長谷川望著飄落的櫻花，隨之目光落在谷拉幸的身上。就在那同一時間，谷拉幸彎下腰，致上最深的感謝。

谷拉幸開著租來的車帶著一家人出遊，父親說很久沒有回壽豐，他比劃著木瓜林場在山區的路線，當年坐著林班地的台車繞著林區鐵道的情景歷歷在目。周邊的馬路已拓寬路線，又說不知道為什麼這裡有人喜歡吃活跳蝦。父親當年的初戀已不知去向，風景依舊，人事全非，是父親當下的感覺。

父親找了一家年輕時想吃的餐館，當時捨不得進去吃，沒想到這麼久了，這家小館子還在營業。小館子裡面賣的是一些特色滷味，主食以手擀牛肉麵為主，對父母親來說，牛肉麵是奢侈品。父親看著老闆已換成年輕一代的人，想來是傳給孩子來經營。難得的家庭旅遊，一家人沿著彎曲的公路回東海岸，結束了旅程。

村莊出現了濃霧，就在那樣霧氣瀰漫的日子，谷拉幸離開了村莊。父母親沒有太多的悲傷，他們知道谷拉幸留在村莊常常要面對冷言冷語，離開對誰都好，谷拉幸留下了一筆錢，開著車在濃霧中緩慢地消失。

「要到什麼樣的年紀，可以活著也能方便地死去呢？」

當然，妮卡兒沒有從蘇麥依娜口中得到回答。接連幾年，父母也相繼離世，谷拉幸在那天清晨離開之後，又再一次杳無音信。

村莊裡的人太習慣離別了，也或是不願意面對思念帶來的痛苦，誰都不願開口問起不在場的其他成員，一方面怕觸動傷心事，一方面也憐惜彼此的悲傷；村莊裡的人心都太苦了，於是紛紛逃離，留下的是走不開、思念親人的老人。送走母親的那天，妮卡兒帶著兒子布達爾來到海灣的一處岬角，蘇麥依娜要在這裡完成最後的送靈儀式。村莊的老人有一個很特殊的現象，生前會上教會做禮拜，但死後卻堅持要用傳統儀式送靈。妮卡兒的父母也是這樣。

當海風幾次吹襲，撕裂蘇麥依娜手中的芭蕉葉時，蘇麥依娜腰間的銅鈴飆出了高音階。濤聲混雜著禱詞有如群蜂飛舞，蘇麥依娜在背袋裡抓出一把不明粉粒拋向空中，有那麼一眨眼的時間，自己彷彿看見了母親在粉粒中浮現，海鳥用力展翅，發出沒有人聽懂的啼叫聲。

守在海灣一整夜，海角有一大片灰雲穿越晨曦而來，蘇麥依娜終於有了大動作，震響著銅鈴。海波移動輕得像貓，有聲納還有鳥叫聲……。當黑雲幻化成響雷驚醒了布達爾，如豆般的大雨打在身上的瞬間，雷聲、雨聲、還有布達爾的哭聲，蘇麥依娜完成了送靈儀式，轉身離開，沒說再見。

一晃眼過了這麼多年，母親掛念的姊姊依舊音訊全無。荒廢的土地是仲介眼中設立民宿的最佳地點，詢價的業者不計其數，但土地的主人谷拉幸還是沒有回來。

天空拉長的帷幕下，土地長滿著紫色小花，又看見蘇麥依娜走在遠處，她走過了幾處荒廢的稻田，舉高雙手切下一只芭蕉葉，蒼白的頭髮和湛藍的天空形成強烈對比。布達爾和凌子並肩走著，戰鬥機固定的操練飛行劃過藍天，細長白線將天空一分為二。

山海那邊

搭鹿岸顯得昏暗，凌子看著窗外，野薑花肆無忌憚地蔓生至斜坡上，這並不會影響什麼，倒是野薑花盛開時，花香會過於濃郁使人暈眩。布達爾自顧自地滑動手機、讀訊息，海風穿越了海岸，爬上山坡，母親曾經吊掛的彩色絲線早已風化，卻隱藏著深奧的訊息，蘆葦即將長出花絮，很快的，今年將悄悄地消逝。

屋內一角堆滿母親早期學日文的書籍，現在又多了自己的畫冊。將近一個上午的時間，布達爾盯著手機沒說上幾句話，正好給自己時間來處理委託的飾品設計圖。尚未看見惠珍和阿雄，凌子在屋裡就已經聽見她那爽朗的笑聲，她探出窗子向惠珍和阿雄揮揮手。凌子羨慕惠珍，她很清楚自己要的是什麼。

惠珍和阿雄正聚精會神地看著父親畫在牆上的小笠原島。

「在海角等妳。是這樣念嗎？凌子。」

「妳會日文啊？」

阿雄的表情好像又發現了令他驚訝的事。

「都快忘光了，學生時候學的，跟英文比起來，我比較喜歡日文。」

凌子緊靠著牆，害怕角落上幸田的名字被惠珍發現。

夜晚，風微涼，螢火蟲形成一道流線閃爍微光，只見惠珍把手中的烤肉串輕輕地放回烤架上，她站了起來，整理著妝容，伸出手對著阿雄說。

「快！趁你現在還有點勇氣，把戒指給我戴上。」

阿雄原本酒量就差，才幾杯下肚已是滿臉通紅，愣了一下，又突然驚醒地急忙翻找口袋。阿雄沒想到惠珍會這麼突然，但身上口袋沒有貴重物品，這下尷尬了！阿雄靦腆地強擠出笑容。

「惠珍妳等我一下。」

阿雄急急忙忙在搭鹿岸裡面搜尋了一下，很快地在窗臺上看見了一團苧麻絲線，扯斷一截染色的絲線，坐回原來的位子，聚精會神地編織一枚戒指。惠珍和凌子圍著阿雄，用驚訝的眼神看著，而凌子心中更是五味雜陳，那是母親留給自己的絲線，希望有一天自己也能為喜愛的人拉響彩線上的串鈴。看著阿雄專心地編織，她由衷地替惠珍感到開心。

「天涯海角，請妳跟著我好嗎？」

阿雄真誠地對著惠珍說出臨時想到的求婚臺詞，爐火燒得旺盛，照亮著四個人的臉龐，惠珍一下子安靜下來，看著阿雄編織完成的戒指，若有所思，阿雄等著惠珍回答，布達爾也屏息等待結果。

「讓我等這麼久。不用去天涯海角，我們一起回埔里吧。」

惠珍答應了，阿雄跳了起來，樂壞了，哭著撥了一通電話給父親尤哈尼。阿雄知道父母會比自己更開心，他們會上教會感謝上帝庇佑，會敲鑼打鼓宴請周邊的朋友，父親的好朋友尤幹會大老遠地從宜蘭南山部落騎著機車下山，再搭火車來找父親，他們會在學校操場比一場摔角。阿雄知道這件事情對父母親很重要，這簡直比自己通過考試還令他們開心，阿雄原本想公布自己通過高等考試的消息，卻意外地向惠珍求婚。自己也想過許多求婚的場景，送鑽戒下跪，或是到高級餐廳，請人演奏自己也聽不懂的古典音樂，再來一個驚喜求婚，怎麼也沒想到惠珍突然來這一招，這已經不是驚喜了。阿雄感動得像孩子一樣抱著惠珍大哭。

搭鹿岸的夜半應該沒有人平靜地入睡，布達爾和阿雄打了地鋪各自躺著，阿雄內心狂喜，無法入眠。惠珍和凌子一起躺在床榻上，凌子閉上了眼睛，但惠珍知道她不可能睡著，將下巴壓在凌子的肩上。隨著呼吸，凌子的淚水從眼角滑至耳邊，溫熱地沾上惠珍的額頭。惠珍伸手摟著她，直到凌子調整好了呼吸。

「妳一定會幸福的，走吧……我們去聽鯨魚唱歌。」凌子小小聲地說。

「好，清晨一起去。」

布達爾當然清楚惠珍的用意，她總是鬼點子很多，又不按常理出牌。惠珍想用這種方式提醒自己，該下定決心把自己和凌子的關係定位。布達爾何嘗不想這麼做，和凌子分分合合這些年，不知道該說造化弄人，還是老天開自己一個很大的玩笑。布達爾將自己藏在毯子裡，又滑開手機看著蘇蘇的訊息，一張出生證明和嬰兒的照片，從出生到滿月，或坐著螃蟹車學走路，或是蘇蘇抱著孩子的生活照，現在那孩子已經會走路了；那孩子的父親欄寫著自己的名字。布達爾一次次地看著照片，不知該如何跟凌子開口。

在大房子，阿雄忙著完成交接工作，他已申請到南投某家大學任職，過完暑假就可以正式上班。算算時間還有幾個月，阿雄想用這幾個月帶著父母到處走走，當然要盡快將婚期訂了。此時惠珍走過長廊，阿雄目不轉睛地看著惠珍的身影，誰知惠珍猛然地回頭給了阿雄一個飛吻，讓同事們調侃了阿雄一番，就只有布達爾完全沒有反應，心不在焉。惠珍也曾提醒阿雄打探布達爾對凌子的心意，阿雄想趁著今天沒有太多雜事，約布達爾一起吃晚餐，但布達爾卻推辭了。

花蓮海岸的遊客絡繹不絕，最著名的應該是七星潭，凌子還是習慣稱這裡為「月牙灣」。海灣的南方常有羊群走過，是海灣那家木屋咖啡的羊群，母親曾經說起這家咖啡屋，只是自己從來沒去過。離岸的幾處矮房粉刷著地中海的藍白色調，不協調的鐵皮屋頂發出震耳的音樂。雜亂停放的機車和穿著緊身褲抽菸的中年男子，染著粉色頭髮的年輕女孩穿著露肚裝在一家冰店翹腳滑手機，新蓋的建築物和女孩的裝扮一樣突兀。凌子說不出哪裡不好，顯然不協調的配色搭在這裡都能成為獨有的美學。

海灘的浪花滾動了鵝卵石，逐浪的情侶濃情蜜意地在海水中嬉戲，被大浪驚嚇的孩童尖叫著嚎啕大哭，一艘橡膠竹筏正準備上岸，鳴笛驅趕海灘嬉鬧的遊客。海堤上準備買魚的客群魚貫地走來，各個呈現備戰狀態。凌子也想加入搶魚的行列，不是為了吃魚，不知為什麼會喜歡那種爭奪的過程，但這次沒有起身。從那魚貫走來的人群中，依稀看見熟悉的身影，她身邊牽著一個小男孩，一手提著桶子，看來是要來買魚，她看著孩子的眼神溫柔，孩子步態不穩，搖搖晃晃地走著。凌子驚訝自己看見的是蘇蘇！

蘇蘇距離凌子有一段距離，看蘇蘇和船主說了些話，船主拿了另一袋魚放入蘇蘇的桶子裡，那孩子在蘇蘇的視線內自顧自地玩著，有那麼一會兒時間，凌子彷彿看見了縮小版的布達爾。

凌子的呼吸加速，許多想法在腦中繞了一遍。那是布達爾的孩子？他們還有聯繫？布達爾根本沒有要和自己相守的意思？還是布達爾太可惡？或是自己眼花亂猜測？不可能！凌子又再一次看那孩子，但蘇蘇已經帶著孩子往海堤上走去，留下背影和猜疑在凌子的腦海中，瞬間全身緊繃，無法理性思考。

今天是蘇蘇酒館的休息日，悠閒地帶著兒子跟熟識的船東買魚。自從離開布達爾到高雄找姊姊，才發現自己懷孕了，而好久不見的姊姊對自己的到來並不太熱絡。姊姊再婚了，姊夫那幾天到北部正好不在。姊姊的生活看起來還不錯，有棟透天的房子，兒子說是去讀軍校，蘇蘇幾乎記不起來那孩子的樣子了。住了幾日，卻在姊姊的起居室看見掛著一張熟悉臉孔的結婚照，男人竟是騎著機車載自己逃離的那位工人，現在已經是姊夫了！蘇蘇頓時愣住了，想著這些年沒來由地期待是多可笑的等待啊，那些期待在看見結婚照的瞬間急速地幻滅。即便此刻震驚，但依舊感激當日姊姊和現在的姊夫出手相救，也不由得打消原本想留在高雄的想法。

儘管月亮還照亮著城市，失眠的蘇蘇卻決定立即離開。雖然不像上次那樣逃離，但此刻充滿疑問的心情，讓蘇蘇無法繼續在姊姊家待著。臨走前，姊姊將花蓮老屋的房產證明交到手上，明白地表態不想再提起從前，那些過往讓她無法抬頭，沒有勇氣面對太多陰影，就像看到自己的妹妹也會想起以前的那些傷害。

蘇蘇恍然明白姊姊這幾天的冷淡，給了姊姊一個不捨的擁抱，也允諾姊姊，從此不會再主動找她。

高雄開往花蓮的路途漫長，獨自的旅程迎來更多的空虛感。經過布達爾工作的大房子已經是黃昏時刻，有那麼一瞬間的衝動，想撥電話告訴布達爾自己懷孕了，或是商議是否要留下孩子？但蘇蘇遲疑了，踩下油門，加速開過一座長橋，大房子在長橋下被推至後照鏡遠方，越拉越小，直到消失，而蘇蘇往花蓮的方向繼續前進。

沒想到這麼快，自己都還來不及後悔，孩子就已出生，為了將來，蘇蘇還是決定將孩子的事情告訴布達爾，至於布達爾怎麼決定，那就給老天安排。蘇蘇一手抱起兒子，一手提著滿桶子的魚，漫步走在防波堤上，七星潭的月光灑落在海面上。

原本停工的海灣渡假村不知什麼原因又全面復工，這樣反反覆覆地抗爭，讓原本心力交瘁的凌子想逃，看著雙方人馬相互推擠叫罵，原本維持秩序的警方，儼然成了建商的打手，朝著抗議方揮動警棍，雙方對峙的場面有些失控，年長的老人被警方阻擋倒地，引來抗議方年輕人的反擊，雙方都有人流血受傷。

凌子看布達爾心浮氣躁，不但幫不上什麼忙，只怕還會被警方帶走，正想上前勸說，只見惠珍一個箭步上前擋住布達爾，不知說了什麼。阿雄拉著凌子要她先離開，說大家準備馬上結束這次的抗爭。凌子看著抗議人群很快地各自帶開，自己也用最快的速度載著幾位長輩離去。回部落的路上和幾部警車交會，凌子有些震驚這次的支援警力是以往的兩倍，不知道是發生了什麼事？

夜晚的新聞畫面出現了渡假村的抗爭事件，新聞鏡頭一陣混亂，其中一位老人倒地，記者的鏡頭對準傷口處拉近，將抗議行動報導成攻擊流血事件。再一個鏡頭拉向了阿雄，他鏗鏘有力地控訴渡假村非法占用海岸，以及地方政府失職放任，更再一次讓事件登上了新聞版面，而惠珍就站在阿雄的身邊。

凌子關上電視，部落周邊仍然有多筆土地爭議，模糊的法規讓投資客以分享資源作為誘因，從中取得土地的使用權。凌子的腦中停留著阿雄和惠珍攜手抗爭的畫面，手機裡顯示著幸田簡單的問候。抗爭結束已經過了好幾個鐘頭，直到夜間都沒看見布達爾，海風襲來悶熱的氣息，窗外的騷動已沉入深夜，看來布達爾今夜應該不會來了。

天空勾著上弦月，落在海面上召喚著魚群，凌子走出了房子，往搭鹿岸的方向去，通往搭鹿岸的路徑，一路陪伴的是夜晚不睡覺的青蛙和小蟲鳴叫。點亮了燈火，牆角上有幸田後來填上的字跡，既然是個無法平靜的午夜，凌子攤開設計本，勾勒著腦中浮現的圖樣。

走出搭鹿岸時，晨曦已照亮了捕魚的船隻，在接近海平面的位置，是無邊的紫色海域。

拖著疲憊的身體，凌子來到布達爾家門口，看著他的車子還停放在自家門口，卻沒有想叫醒他的意思。布達爾的母親已經不再早起為孩子準備早餐，因為村莊已經有早餐店。陽光迅速地轉換成刺眼的光芒，一個黑影在光芒中緩慢移動，隨著黑影搖擺的節奏，傳來銅鈴的聲響；凌子看見熟悉的蘇麥依娜走在路上，但一轉眼，蘇麥依娜又消失在晨光中。也許是陽光太刺眼，看錯了吧？空蕩的街道，連狗也沒看見出門遊蕩。

漫無目的地往山區走去，此時可以療癒心靈的，也許只有熟悉的山林氣息。棕色的和綠色的樹葉透出美麗的光，斑鳩大清早便唱起求偶的歌。走在荒廢已久的山區小路，不知不覺地來到林間的一處濕地，除了蘇麥依娜，很少人會出入這個地方。周邊的黑檀木長得比以往更加茂密，白腹秧水鳥帶著牠的黑色小寶寶悠閒地在池中覓食，一對綠頭鴨滑過水面，又緊張地潛入水底，原來有老鷹盤旋在天空。

凌子繼續走著，原有的兩戶耆老已離世多年，屋子無人繼承，任其荒廢成荒煙蔓草的廢墟。其中一間鐵皮搭蓋的棚子是荒廢的染房，早期在這個季節，這裡早已聚集許多人染織祭典用的絲線，然而耆老一一凋零，熬煮色劑的大鍋子已爬滿牽牛花。凌子看著母親曾經使用的織布機也已腐朽破敗不堪，傳統的染織技術無人傳承，沒有人記得該去哪裡收集樹酯，更不可能有人記得哪些樹葉或球根可以染出色彩。凌子不知道為什麼要來到這個地方，感覺自己瀕臨荒廢，陷入了該往何處去的迷惘。

就在凌子離開布達爾家之後，村長的擴音器吵醒了尚在夢中的布達爾。廣播說山邊的一位老人昨夜在夢中離世，交代村民若無重要的工作，盡可能地去幫忙。布達爾驚醒地跳下床，昨天原本想躺著睡一下，再去找凌子，沒想到自己睡得這麼沉。滑開手機，有凌子的幾封訊息，其中一封問是否要見面，時間標示在半夜一點，布達爾立即撥了電話。

「我睡著了，沒看見訊息。」

一接通，布達爾趕忙解釋，聲音還帶著睡意。

「你繼續睡吧……沒事了。」

在山區陷入沉思的凌子淡淡地說，其實也不知道還能說什麼，更不想有太多情緒波動。

「我等一下過去找妳。」

「但是我在月牙灣，七星潭這裡。」

「怎麼跑到月牙灣？我去找妳。」

布達爾有點疑惑，前些日子蘇蘇的訊息困擾著自己，連帶著也影響了跟凌子的相處，想著出去走走也好。

「下午三點半過後，我會在月牙灣的堤防上。」

布達爾算算開車前往月牙灣需要三個小時的時間。幾位老人聽了廣播後，緩慢地走出家門，有些人甚至連門都不關，便騎著機車往山區移動。從屋內望向窗外，布達爾彷彿聽見了蘇麥依娜腰間的銅鈴聲，急忙走出屋外，卻沒看見人影，心想也許是自己耳鳴聽錯了。

蒼鷹今天的叫聲格外犀利，若是蘇麥依娜看見了，想必可以說出一段精彩的隱喻。布達爾低頭看著手臂上的一塊烏青，是抗爭時和警察推擠造成的，這樣的抗爭不知什麼時候才能告一段落。身邊的事情像雜亂的線團，釐不清頭緒，雖然蘇蘇沒有直接要求他對他們母子負責，但畢竟知道是自己的孩子，心裡難免牽掛。布達爾心煩地看著一對蒼鷹盤旋在藍天上，隨著氣流忽高忽低，看似親近，卻保持著一段安全距離，相互陪伴。

「七星潭……新城鄉……蘇蘇？」

布達爾急忙換件衣服，便匆匆出門。路的盡頭看見大海，布達爾將車子轉向了北方，加速地奔馳。

鯨魚的聲波

月牙灣的海岸瀰漫著海洋和果酸的氣味，可能是周邊的觀光餐廳林立所致，除了這些混雜的氣味，其他也沒有什麼可挑剔的了。布達爾環顧周邊，時間已將近午後四點，卻沒有看見凌子。看著捕魚的船隻準備上岸，布達爾隨著人群往海灘走去，遊客踩著鵝卵石喀喀作響。布達爾幾次在人群中尋找，依然沒有凌子的影子，布達爾拿起了手機自拍，想傳給凌子，好讓凌子可以找到自己。他找好了角度，背景還清楚地看見一家民宿，這樣比較容易辨認位置。

海灘上的人群開始朝舢舨漁船聚集，他們要搶買剛捕獲的魚。布達爾隨意拍了幾張便傳給了凌子。海面逐漸染上了混雜的色彩，買魚的人很快地將魚貨清空，布達爾查看幾次訊息，凌子都沒有讀取，倒是蘇蘇來了簡訊。

「有煤炭味道的酒我喝完了，你還會買給我嗎？」

布達爾想起那種怪味道的威士忌是蘇蘇的最愛，自己實在不喜歡。

「當然會買，至少包裝有海洋的色彩。妳在哪裡？我今天到加灣找妳，雖然不知道妳家在哪裡，只是想碰碰運氣，但是還是沒找到？妳在高雄嗎？」

早上布達爾突然想起來，蘇蘇曾經提起老家住在新城鄉的加灣。無論如何，都必須先和蘇蘇談談，自己沒有想過逃避責任，雖然剛接到訊息得知自己有個兒子確實十分震驚，也曾懷疑過，但幾日沉靜思考之後，卻感到欣慰和振奮，自己彷彿多了一份責任，必須照顧蘇蘇母子才行。

「你來找我，可能就走不了了，你必須考慮清楚。」

布達爾讀了兩次簡訊，怕自己錯看幾個字。

「我沒想走，是妳逃跑了。」

布達爾急了，直接撥打了電話，電話聲響起，沒人接聽。

「妳接電話吧，我有話跟妳說。」

「就站在你面前，還講電話嗎？」

布達爾抬頭，蘇蘇帶著一個小男孩，就站在自己前方，海風吹動著蘇蘇的長裙，那孩子的模樣簡直就是自己的翻版，這還要什麼身分證明嗎？布達爾激動地走向蘇蘇，她應該在自己懷裡，這令人難以掌控的女子，連喝個酒都能挑選怪味道的女人，甚至為自己獨自生了孩子。想著那段孤獨的日子，幾乎是蘇蘇日日陪他度過，布達爾緊緊擁抱蘇蘇。布達爾明白凌子對自己也很重要，但那和蘇蘇不同。

「我不會再放你走了，你兒子也不會。」

布達爾點點頭，承諾再也不離開。看著小男孩懵懂的眼神，一時間忘了和凌子相約見面。此刻的布達爾想帶著兒子去找海上的大鯨魚，在天空布滿著繁星、連海面也閃閃發亮的夜晚，父子兩人可以靜靜地躺在小船上，等待鯨魚唱歌，布達爾要帶著兒子去追屬於他們的歌，屬於和蘇蘇攜手度過的每個日子。

夜晚正包覆著每個記憶拼圖，月光束狀地投射，混淆於灰白之間，太平洋變成深藍、接近黑的顏色。凌子想跳舞，用熟悉的曲調獨唱，沒有合音，沒有舞伴，更沒有祝福的祭司，沒有奔向她的男子，沒有和自己搶奪所愛的女生，僅僅獨自地踩著腳步。那是蘇麥依娜教導的步子，腦子浮現的是祭典中和族人一起跳舞的影像。凌子赤著腳、用力地讓地板發出震響，逆著時針的方向象徵追隨祖靈的智慧，一圈又一圈地轉繞直到暈眩。凌子順手將母親染過的苧麻絲線綁上腰際，自己不曾為男人染過彩色絲線，不是自己不願意，而是已經沒有人能懂得彩線的寓意。

凌子一圈一圈地跳著舞步，為自己的離別做記憶的儀式，從這片土地連結至山林，從海濤的拍擊和深海的折光，曾經熟悉的小丑魚，和礁岩上養活自己的海貝螺，海灘上不起眼的寶石和離去的愛人……凌子感覺到大腿內側一陣濕熱，紅色的血液細長溫熱地滑到了腳底。

當惠珍接到布達爾的電話，沒有心情聽布達爾解釋他偉大的三角戀情。惠珍擔心凌子，撥了幾通電話都無人接聽，實在放心不下，和阿雄連夜趕往搭鹿岸尋找凌子，卻看見倒臥在地的凌子只剩微弱的呼吸。

幾道迴光閃爍，喚醒凌子熟睡的雙眼，看著滿山泛紅的欒樹，又是落葉枯黃的季節，故事總會不斷蔓延開來。惠珍和阿雄實在擔心，將凌子接到惠珍的住所，也方便有個照應。

「凌子，妳真的需要大哭一場，何必自我摧殘？」

「如果可以，我也想一次哭個夠，但是心卻沉甸甸地哭不出來。我實在太沒用了，別讓我父母知道才好。」

惠珍心疼地摟著凌子，滿臉淚水，口中還不時罵布達爾是個孬種，沒用的男人，連珠炮地罵了將近三分鐘，惹得凌子笑了出來。

「妳終於有表情了，哭不出來，笑也很好啊。」

惠珍開心地抱著凌子，不知不覺地說起自己少女時期的遭遇，說在貓囒山那一夜落下的陰影，從那夜開始便無法和異性交往，常常多疑、恐懼，夜半總是驚醒，長年來枕頭下總會預藏一把利刃防身。惠珍指著房內各角落的監視器，也是為了讓自己可以安心睡著，直到自己遇上了阿雄。惠珍伸出顫抖的手臂……

「妳看，到現在這麼多年了，我的身體還有記憶。」

惠珍說至今還沒有勇氣將貓囒山發生的事情告訴阿雄，自己沒把握阿雄知道後會有什麼反應。

「沒有什麼走不出來的，至少我跟阿雄還有妳弟弟古拉斯都支持妳，我知道還有一個幸田。」

惠珍露出一臉頑皮的笑容。惠珍當然看見了牆上幸田的那排簽字，也很精明地不說出來。惠珍的細膩心思讓凌子感到安心，兩人相擁而泣，沒有再多的言語。

門外的阿雄，正巧聽到惠珍當年貓囒山遇險的經過，聽完靜靜地下樓，呆坐在客廳的沙發，閉上雙眼。終於明白惠珍那年為何情緒突然低落，臉色蒼白，想起在貓囒山上，惠珍突然癱軟昏厥，而她燦爛迷人的笑容背後竟是深藏著巨大的陰影，讓阿雄十分不捨。

最適合的道別就是不再相見。

自從和布達爾相約在七星潭之後，兩人就不曾再見面，幾次土地抗爭的場合，也都刻意保持距離。彼此沒有多做解釋，也無需浪費口舌，凌子必須拋開和布達爾之間的糾結，為這片海洋和土地盡最大的努力。這是一場漫長的戰役，必須將精力化作抗爭的爆發力，一起並肩在人群中推擠，撕心裂肺地吶喊，不單單是為了別離，也為生命的階段做一次重要的註解。而遠處紀念作家的漂流木立柱，在灰鬱的海岸邊隆處頂住了天空。

青く光るぼやけた世界があります
（有一個模糊的世界流洩著藍色的光芒）
風景に表示された男，それは私です
（來的是我，一個陳列在風景裡的人）
狂人のように，しかし、私は自分自身を聖人だと思っています
（像個瘋子，但　我自認是聖徒）
数行の涙を流した
（我流下幾行淚珠）
振り返って、私はあなたを見ます
（回首，我與妳對望）
一瞬にして、永遠が注ぎ込まれ、光を取り入れます
（霎時永恆傾瀉，把光透了進來）

幸田自拍了一張相片，手上拿著一個獎牌，還生澀地念著凌子的詩。

「デザイン一等賞，あなたは賞を受賞しました。」（設計首獎，妳得獎了。）

這半年來，自己陷入低潮，凌子早忘了有參賽的事，而今天是頒獎日。

「私は本当にこれを忘れました。」（我真的忘了。）

「明日会いましょう。」（明天去看妳。）

「あなたは確かに？」（你確定？）

「もちろん確かに。」（當然。）

凌子繞過沼澤地時，遠遠地已看見蘇麥依娜在山腰上的矮房子，她的田裡種植了多種不同的小米雜糧，大部分是拿來做儀式用的，更多時候是餵養鳥群。微雨的天氣，一對蒼鷹在空中盤旋，通常在雨天老鷹比較不願意飛行。凌子走走停停，每次深吸一口森林的氣息，凌子便感覺身體多了一份力量，打散了這段日子的憔悴。海洋的波濤格外震耳，季風滾動著寒氣，直逼著凌子瞇著雙眼，凌子加快了腳步，免得恢復的氣息又著涼。她大步前行，卻被一隻竄出的麝香貓給驚嚇著，藍鵲成群低空飛過，像一道藍色流星越過山谷，凌子的目光跟著藍鵲往山腰下看，卻失去了重心往山谷墜落。凌子驚嚇地大叫後驚醒，幸田正坐在床邊拉著凌子的手，用擔憂的眼神看著她。

「私に会えなくて寂しい？」（妳想念我了嗎？）

「あなたがここにいてくれてうれしいです。」（我很高興你在。）

凌子不知道自己睡了這麼久，有好多話想跟幸田說，但不知該從何說起；想起剛才的夢，心裡多了一點不安。幸田沒讓凌子有太多猶豫的時間，將凌子一把拉進懷裡，凌子沒有拒絕，貼在幸田的懷裡，聞到大海的氣息。

惠珍不知道自己能幫上什麼忙，不過她很開心幸田來陪伴凌子。凌子把他們帶到這個廢棄的染織倉庫，看著周邊風景，實在太美了，尤其是附近濕地裡有許多水鳥，惠珍還看見食蟹獴正在覓食。阿雄和幸田正忙著幫凌子整理周邊環境，看在惠珍眼裡，這太沒有效率了，拿起了電話，很快的就來了一群人將所有的雜草全清理乾淨。阿雄和幸田帶著幾個人到山裡尋找水源，凌子將雜草堆成長條狀，惠珍看得一頭霧水。

「妳這是要幹嘛？」

凌子神祕兮兮地笑著，惠珍看凌子拿起一枝蘆葦草測風向，找了一個適當的位置讓惠珍點火。

「讓我點？」

「對，有兩個點火處，要快。」

惠珍瞬間玩心大起，好奇會有什麼事發生，她點上了火，很快的，雜草被點燃，順著凌子勾勒的線條燃燒，因風勢的關係，兩個起火點燃起煙幕，捲成麻花狀，這實在太奇妙了，惹得惠珍開心地跳著，她實在佩服凌子，真不知道她是怎麼知道可以這樣玩的。

「不管，妳要教我。」

凌子解釋，這不是想要就可以完成的，今天是剛好風勢和環境都合適，才能完成。

「這是給妳和阿雄的祝福，要幸福喔，惠珍。」

對惠珍來說，這是最特別的祝福。

就這樣又忙了十幾天，凌子設計的傳統竹屋順利地完成，惠珍看著蓋好的屋子，直吵著阿雄自己也要一間。

「布農族的傳統屋是石板做的喔，惠珍。」

阿雄安撫著惠珍，解釋各族傳統屋的差異，但是惠珍才不管什麼族，總之她就是要一間相同的竹屋。

「我才不管，我就要這種竹屋子，而且你要蓋兩層樓。」

「惠珍，妳別鬧阿雄啦，妳明明知道的，這裡以後會是我的工作室，這裡有太多耆老的故事需要有人記錄，我想我可以做到。」

「那我以後跟阿雄吵架，妳要收留我喔。」

惠珍就像一顆暖心糖，總能讓人會心一笑。

苦楝樹的果子熟透了，季風犀利地颳落了種子，秋雨紛紛帶著寒意。凌子答應父母，忙完手邊的事情便回日本一趟。

山下傳來村長的廣播，連續說了幾次，凌子沒有聽清楚內容，大概是說有什麼東西在海灘擱淺。已經隔了幾個月，昨夜又夢見和上次相同的夢境，只是這次自己沒有摔落山谷，但夢境總讓人忐忑不安，趁著幸田還沒回日本，凌子想去看看蘇麥依娜。

同樣的路徑，幸田回憶起初次拜訪蘇麥依娜的心情，雖然至今有些記憶還是片片段段，但心中踏實了許多。一隻麝香貓竄出，把凌子嚇了一跳，彷彿又進入了自己的夢境，她抬頭尋找，想知道夢中的老鷹是否也在空中盤旋，幸田便跟著指出老鷹的位置。

「次は青いカササギです。」（接下來會是藍鵲。）

「本気ですか？」（妳確定嗎？）

幸田的話才說完，成群的藍鵲從眼前低空飛過，像一道藍色流星越過山谷。幸田的目光跟著藍鵲往山腰下看，凌子急忙用力地抓住幸田。

「見下ろせない！」（不能往下看！）

專注看著藍鵲的幸田，沒注意斜坡，差點滑落山谷，幸好凌子用蠻力將他猛力拉回，兩人跌坐在地，幸田驚嚇地看著凌子。

「同じことが夢の中で起こりました、私は谷に落ちた人でした。」（夢裡也發生了同樣的事情，我是那個掉進山谷的人。）

凌子突然有一股不祥的預兆，不斷重複的夢境是一種訊息，蘇麥依娜曾經這樣告訴自己，凌子告訴幸田可能是蘇麥依娜發出了訊息，幸田半信半疑，緊跟著凌子，加快腳步前進。

到了蘇麥依娜的家屋，幾隻猴子趴在屋頂上，對凌子和幸田的到來無動於衷。大門半掩，屋簷下吊掛著不同顏色的小米和各種雜糧，凌子在門外叫了幾聲，卻沒有人應答。幾隻綠繡眼被凌子的聲音驚嚇，從幸田的眼前飛出屋外。進了門又被幾隻果子狸給嚇著，凌子又呼叫了幾次蘇麥依娜，依舊無人回應。幸田挺直身子不敢動，因為有一群黃蜂圍繞著他，凌子在桌上拿起蘇麥依娜常用的樹汁，對著幸田身上噴了幾下，黃蜂便飛進木箱子裡。正當想著蘇麥依娜可能不在，準備轉身離開時，屋內卻傳來了熟悉的銅鈴聲，凌子和幸田終於鬆了一口氣，走進蘇麥依娜起居的臥室。

窗外的光微微照亮著蘇麥依娜的臉龐，微雨稀疏地隨季風飄進了房內，海濤的聲響震撼著凌子胸口，那群飛來的藍鵲，正在窗外犀利地發出叫聲。凌子不敢相信眼前看見的，緊握幸田的手，看見蘇麥依娜的白髮靜靜地披放在枕頭上，蘇麥依娜用了幾張芭蕉葉鋪成床墊，睡在上面，遠遠看去就像睡躺在一艘綠色小船上那般的輕盈。蘇麥依娜手中握著一串古銅鈴，另一手握著五彩小米束，蘇麥依娜靜靜地躺著，手繡的蓋布上面有鯨魚的圖樣。

那幾日海洋湧起了大浪和白沫，村莊一陣兵荒馬亂，就在蘇麥依娜離世的同一天，村民在海灘上發現擱淺死亡的鯨魚，而近海捕撈的船隻無法進港，原因竟是有海豚聚集，堵住了海港，接連著是天空布滿著飛鳥。怪異的景象引起了村民的恐慌，村莊裡原本就有對於蘇麥依娜靈媒的身分非常反感的教徒，開始散播關於世界末日和魔鬼降臨的訊息，讓村長不得不聚集耆老商討，希望能找到適當的儀式送蘇麥依娜最後一程。但幾位耆老心裡明白，蘇麥依娜是周邊部落裡唯一的一位傳統巫師，沒有人可以為蘇麥依娜做適當的儀式。雖然如此，耆老們也不希望由其他宗教來完成蘇麥依娜的儀式，這是他們對蘇麥依娜的敬意，也是最重要的責任。

鯨魚的部分，幸田已經協同相關學術單位接手處理，並通知古拉斯回來協助。但是海豚固定時間聚集在海灣上的事，讓村長感到無能為力，只好交由漁業單位協助處理。

凌子看著藍色的羽毛飛過了山谷，空懸的深谷迴響著落葉聲，微微地有風。蘇麥依娜的葬禮在耆老的堅持下，要用最隆重的傳統儀式完成。凌子替蘇麥依娜蓋上最後一片芭蕉葉，細數著床頭竹籃子裡的白玉髓數量已多達六十顆，凌子將寶石排列在蘇麥依娜的衣裙下，蘇麥依娜的白髮有如白浪，閉上眼睛就像熟睡的嬰孩。耆老們用記憶中的流程盡可能地做好蘇麥依娜的送靈儀式，做完這一次，耆老知道再也不會有人使用這樣的送巫儀式了。

送行的人越來越多，這些人來自各方不同的族群，幸田也在人群裡，他們都曾經受過蘇麥依娜在精神、心靈上的療癒，凌子也意外地在人群中看見了幾位虔誠的教友，他們曾經私下尋求過蘇麥依娜的協助，在芭蕉葉的庇蔭下看見了自己，並重拾生命的方向。

蘇麥依娜就像眼前的大海、土地和冷雨，蘇麥依娜的世界來自宇宙，信仰萬物皆有靈的信念，最後孤獨地走完人生。那股神祕的力量是一股暗湧，維繫著千古流傳的文化力量，只可惜隨著文明進步和蘇麥依娜的離世，傳說與文化也可能漸漸地消失。

幾位耆老不顧教會的阻止，用蘇麥依娜最熟悉的舞樂祭儀做一場盛大的儀式。送行的人群一圈又一圈地圍繞，凌子看見熟悉的臉，是布達爾在人群中望著她；凌子也看著許多陌生人的臉，形成人形的大漩渦。海濤聲依然震耳，森林中的群鳥淒厲地尖叫。凌子看見了弟弟古拉斯匆忙地加入祭舞儀式，身旁的人是幸田，他也曾經受到蘇麥依娜的協助，幸田穿上了日本傳統服飾給蘇麥依娜行了大禮。當一群藍鵲飛過，黑白的尾翼遮蓋天空的剎那，凌子崩潰大哭。

葬禮在完成 Pakelang（巴歌浪）的儀式中結束，也象徵了蘇麥依娜完全地脫離了人間。大家忙了一陣子，必須回歸正常生活。

那一夜，天空連續打著響雷，閃電急速拉出長線，從天際投入大海，霎時海面呈現紫色的暈光，凌子全身汗毛豎立，而大雨很快地隨著雷聲到來，凌子點亮燈火，看見掛在牆上破繭而出的飛蛾，柔軟的彩翼奮力地展開。

雨天的清晨昏暗無光，凌子走向海岸時，大霧也跟著降臨。村莊街道上空無一人，前些日子聚集在電線桿上的鳥群已不知去向，一切回歸到村莊原來的樣貌，村長家的黑色大喇叭依舊高高地掛在電線桿上，村莊裡大部分的人應該都還在睡。海岸的林投樹被風吹得窸窣作響，霧越來越濃，幾乎將大海掩蓋，凌子無法正確地找到下海的位置，只好在海灘上等待濃霧散去。

白茫茫的世界除了風聲和海浪，凌子還聽見了海水飛濺的聲音，像是划槳，又像是大魚浮上海面再潛入的聲音。凌子往大海靠近，雙腳已踩在海水中，濃霧尚未退去，晨光微弱地將世界照亮，海面上浮出大塊黑影又隨即下沉。起風了，濃霧卻沒被吹散，凌子不自覺地往大海走去，她聽見了風的聲音像歌，閃爍的海面晨光正在變亮，只是一轉眼，晨光就變得極度刺眼。凌子漂浮在海面上，用手擋住刺眼的光芒，就在指縫間，她望見了大鯨魚浮上海面。

有一艘小船像是一扇芭蕉葉，依靠著鯨魚航向光的位置。凌子看見蘇麥依娜閃著金光的白髮像浪，凌子潛入大海，想奮力地游向蘇麥依娜，海底的波光像母親手染的彩線阻擋了她，波光無限延伸，拉向光的盡頭。凌子追不上大鯨魚，又感覺胸口悶，必須浮上海面呼吸，她用力踢了幾下浮上海面，此時濃霧已逐漸散去，除了海波、白浪，已經看不見蘇麥依娜和大鯨魚了。

幸田在海岸邊等著凌子，看她浮出海面終於鬆了一口氣。隨著光，凌子向幸田走來，幸田將蘇麥依娜很久以前交給他的魚骨頭放在凌子手中。

「心配しないでください、私はいつもそこにいます。」（別擔心，有我在。）

飛機加速後滑過跑道爬升，離心力讓凌子深吸一口氣。

土地的抗爭議題持續地延燒，腳下的土地因為人而產生了許多紛爭。凌子離開東海岸的那天，也是最高行政法院判決撤銷地方政府准許業者復工的行政處分定讞的同一天。聽到了判決，凌子和弟弟古拉斯相信有一天，這片海洋可以是自由的海洋，如同蘇麥依娜曾經說過的海洋故事——那大鯨魚將回到海灣，在閃閃發亮的海域唱著鯨魚的歌，為生命帶來新的契機。

故事的開頭，說著從前從前，有一隻受傷的大鯨魚游過一處閃閃發亮的海灣，那女子見大鯨魚受了傷，用彩線為鯨魚縫合傷口，又拿了芭蕉葉為鯨魚治療。為感謝女子，鯨魚吐出五顏六色的小米送給她，更承諾將守護在腰際綁上彩色絲線的女人，直到人們忘了天空的顏色，染不出大海的色彩……

機艙外，雲朵蒼白地堆疊，寂靜的山巔上，光的景象在高空漸漸繁衍、交融。村莊的樣貌越來越渺小，那裡曾有蘇麥依娜栽植的五彩小米田，豔紅的莿桐花燦爛地吸引著飛魚群，教堂的影子，斜斜地躺在族人的腳邊。曾經的那個小女孩，跟隨著母親跳著舞、轉圈圈，越過了白天與黑夜，說著為愛染上顏色的絲線。蘇麥依娜口中的傳說和她多次拜訪死亡的夢界，都將隨著黃蜂紛紛飛去，蘇麥依娜說逆光的風很輕，會帶來遠方鯨魚的祝福。飛機繼續爬升，跨越了彩虹線，無邊的大海不斷展開後與天空合一，凌子知道那裡只是個遠方，不會是世界的盡頭。

當代名家
邊界 那麼寬

2024年10月初版　　定價：新臺幣450元

著　　者　桂春・米雅
叢書主編　黃榮慶
特約編輯　李偉涵
封面插畫　張梓鈞
整體設計　李偉涵

出版者　聯經出版事業股份有限公司
地址　新北市汐止區大同路一段369號1樓
叢書編輯電話　(02)86925588轉5307
台北聯經書房　台北市新生南路三段94號
電話　(02)23620308
郵政劃撥帳戶第0100559-3號
郵撥電話　(02)23620308
印刷者　世和印製企業有限公司
總經銷　聯合發行股份有限公司
發行所　新北市新店區寶橋路235巷6弄6號2樓
電話　(02)29178022

編務總監　陳逸華
總編輯　涂豐恩
總經理　陳芝宇
社　　長　羅國俊
發行人　林載爵

行政院新聞局出版事業登記證局版臺業字第0130號

本書如有缺頁，破損，倒裝請寄回台北聯經書房更換。　ISBN 978-957-08-7496-9 (平裝)
電子信箱：linking@udngroup.com

國藝會
NCAF

本書獲國家文化藝術基金會創作補助

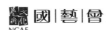

國家圖書館出版品預行編目資料

邊界 那麼寬/桂春・米雅著．初版．新北市．聯經．
2024年10月．344面．14.8×21公分（當代名家）
ISBN 978-957-08-7496-9（平裝）

863.857 113014562